ALEX WHEATLE

DIE RITTER VON CRONGTON

ROMAN

Aus dem Englischen
von Conny Lösch

Verlag Antje Kunstmann

Heather Thomas gewidmet, ein schöner Geist und zu gut,
um in Vergessenheit zu geraten

MEINE MUM HAT MIR ERZÄHLT, dass ich nach ihrem schottischen Großvater benannt wurde, Danny McKay. Anscheinend hatte er einmal im Jahr den besten Golfern der Welt in einem erstklassigen Hotel am Meer Essen serviert. Ich steh nicht auf Golf, aber Mum war super stolz auf ihren Opa. Sie wollte seinen Nachnamen bewahren, und deshalb bekam ich McKay Medgar Tambo verpasst. Nicht der coolste Name, aber wenigstens nicht so beleidigend wie Tortenfresser, Schwabbelsack und Kloßhintern, was ich mir in der Grundschule hab anhören müssen.

Ms Riddlesworth, meine Mathelehrerin, behauptet, ich sei vierzehn und fünfzehn Sechzehntel Jahre alt. Keine Ahnung, wie sie das ausgerechnet hat. Ich wohne im Dickens House, im South Crongton Estate, zusammen mit Nesta, meinem siebzehnjährigen Bruder, und meinem Dad. Mum ist seit ein paar Jahren tot. Pops arbeitet Nachtschicht in der Keksfabrik. Er fährt einen Gabelstapler im Lager. So wie er über seinen Chef schimpft, hasst er ihn wohl.

Meine Kumpels sind Lemar »Liccle Bit« Jackson und Jonah »Rapid« Hani. Die beiden kenn ich noch aus der Zeit bevor jemand auf die Idee kam, mir Spitznamen zu geben.

Vor sechs Monaten hatte Bit ernsthaft Ärger mit Manjaro, dem OG, dem absoluten Obergangsta hier aus unserer Siedlung. So richtig konnte er ihm nicht aus dem Weg gehen, weil der Verbrecherfürst auch noch der Daddy vom Baby von Elaine ist, Bits Schwester – eine abgefahrene Situation. Bit hat die ganze Sache noch schlimmer gemacht, als er sich von Manjaro überreden ließ, eine Pistole zu verstecken. Zu der Zeit ging voll der Beef ab zwischen North und South Crong, was in der Ermordung von mindestens drei Brüdern gipfelte.

Bit bekam von Manjaro den Befehl, die Pistole zurückzugeben. Aber mein Kumpel kam endlich zur Vernunft und weigerte sich. Seine Gran und er bekamen ganz schön was ab, aber seit jenem Tag ist Manjaro auf der Flucht. Die Bullen haben ihn an allen Ecken und Enden gesucht. Konnten ihn aber nicht finden. In South Crong stand an Hauswände gesprüht: »Manjaro war hier« und »Manjaro war da«. Die Bullen und das Sozialamt boten Bits Familie eine Wohnung in Ashburton an – aber sie lehnten sie ab. Sie lag im elften Stock und Bit meinte, in der Minibehausung hätte man keinen Schnuller schwingen können.

Wir lebten alle in ständiger Alarmbereitschaft. Die Bullen fuhren Streife um die Wohntürme und in den leer gefegten Straßen. Einmal pro Woche kontrollierten die Lehrer unsere Spinde. In den Telefonläden wurde man auf Schritt und Tritt von Security-Typen verfolgt. Und bei Footcave ließen sie nicht mehr als zwei Jugendliche gleichzeitig in den Laden. Die Bezirksverwaltung wollte einen neuen Jugendklub im Crongton Broadway aufmachen, aber über 500 Anwohner unterschrieben eine Petition dagegen. Wir zuckten schon zusammen, wenn irgendwo Kaugummiblasen platzten. Die meisten Eltern verboten ihren Kindern Missionen nach Einbruch der Dunkelheit. Einige nervenzerreißende Monate später aber verschwand das Graffiti. Wir schauten uns nicht mehr ständig über die Schulter. Eigentlich lief alles wieder normal. Die Brüder und Schwestern entspannten sich allmählich, im Park wurde wieder Fußball gespielt, aus den Gettoblastern dröhnten Sommer-Hits. Erstklassige Mädchen zogen in sexy Jeansshorts, langen Stiefeln und karierten Hemden vorbei – Möchtegern-Machos überspielten grinsend die Abfuhren, die sie sich bei ihnen holten. Gangsta saßen in parkenden Autos, rauchten Joints, spielten Basketball auf den Plätzen draußen und zählten die Scheine, die sie mit dem Verkauf von Dragon Hip kassierten. Aber erst vor wenigen Wochen war ein North Crong im Parkhaus von Crongton Movieworld erstochen worden. Er hieß General Madoo. War sechzehn Jahre alt. Seine Familie vergoß Tränen in den

Sechs-Uhr-Nachrichten. Mein Dad und Bits Mum waren bei der »Knives Take Young Lives«-Demo vor der Crongton Town Hall. Der Bürgermeister hielt die langweiligste Rede der Welt. Und wieder wurde Manjaros Name geflüstert. In North Crong trommelte Major Worries, der OG dort, seine Crew zusammen. Wir wurden noch vorsichtiger. Mann! In Crongton wohnen war nie einfach gewesen. Aber ich ahnte nicht, dass alles noch um Welten gefährlicher werden würde …

1

UNGEBETENE GÄSTE

»GEH NICHT AN DIE TÜR!«, bellte Dad aus der Küche, Schaum-flocken vom Abspülen hingen an seinem schmutzigen weißen Unter-hemd.

»Mr Tambo!«, brüllte eine Stimme von draußen. Eine tiefe. Ich stellte mir den Besitzer dieses Organs vor, wie er mit einem Nashorn an der Leine durch den Park marschierte. »Wir wissen, dass Sie da sind! Wir wollen uns wie Erwachsene benehmen, Mr Tambo. Setzen Sie sich mit uns zusammen, wir unterhalten uns über Ihre Rückzah-lungen. Von alleine wird sich das Problem *nicht* lösen.«

Ich atmete eine Dosis reine Angst. *Wieso haben wir Schulden? Dad arbeitet doch. Wieso sagt er mir nicht, was los ist?* Dad trocknete sich die Hände am Geschirrtuch ab, dann warf er es sich über die Schulter. Er schaute Nesta an, meinen großen Bruder, der im Flur nur wenige Me-ter von unserer Zugbrücke entfernt stand. Dad machte ihm Zeichen, er solle den Rückzug antreten. Nesta schüttelte den Kopf. Ich legte meine Gabel auf meinen Teller. Plötzlich schmeckte mir meine Bolo-gnese nicht mehr, obwohl ich sie extra mit geriebenem Käse aufge-pimpt hatte. Wieder klapperte der Briefschlitz. Mein Herz polterte. »Mr Tambo!«

Dad verließ die Küche und schaltete das Licht im Wohnzimmer vorne aus. Wieder machte er Nesta Zeichen, der aber noch einen Schritt weiter Richtung Tür ging. Ich schloss die Augen und versuch-te, die Männer draußen vermittels reiner Willenskraft zum Ver-schwinden zu bringen. Außerdem betete ich, dass Nesta nicht explo-dierte.

»Wieso hast du Angst vor den Pussys?«, fauchte Nesta und funkelte Dad böse an, als wollte er's mit den Gläubigerbrüdern draußen aufnehmen. Dad hob beschwichtigend die Hände, versuchte Nesta zu beruhigen. Ich konnte kaum hinsehen.

Ich spitzte die Ohren und hörte gedämpft einen Wortwechsel. Nesta machte noch einen Schritt vorwärts. Wir sahen uns alle drei gegenseitig an. Ich trank meinen schwarzen Johannisbeersaft halb aus. Als ich das Glas hinstellte, hätte ich's fast umgeschmissen, weil meine Hände so zitterten. *Kratz mich am Kettenhemd! Hört das nie auf?*

»Die hauen ab«, sagte Nesta. »Ich hör sie auf der Treppe.«

Mein Herz stieg auf die Bremse. Dad schloss die Augen und stieß einen schweren Seufzer aus.

»Wieso erlaubst du denen, mit dir zu reden, wie mit einer Pussy?«, wetterte Nesta. Er kam auf Dad zugestürmt, zog die Hände aus den Taschen. Ich stand auf und trat zwischen die beiden. Wollte nicht, dass sie sich schon wieder an den Kragen gingen.

»Lass dir das nicht gefallen!«, tobte Nesta. »Geh raus vor die Tür und sag, sie sollen ihre dreckigen, geldgierigen Ärsche aus dem Haus schieben.«

»Nesta«, rief ich. »Jetzt sind sie weg. Beruhig dich, Bro.«

Dad nahm das Geschirrtuch, drehte sich um und ging in die Küche. Ich setzte mich wieder und schob den halb aufgegessenen Teller von mir weg.

»So einfach ist das nicht«, sagte Dad und trocknete weiter Geschirr ab. »Ich schulde denen einen Haufen Geld und kann es mir nicht leisten, in Auseinandersetzungen zu geraten, durch die alles nur noch schlimmer wird. Ich hab Verpflichtungen.«

»Wieso schuldest du denen denn so viel Geld?«, fragte ich.

Nesta und Dad sahen einander wütend an. Eine Antwort bekam ich nicht.

»*Wieso erzählt ihr mir nie was, verdammt!*« Ich hob die Stimme. Dad starrte zu Boden.

Nesta schenkte mir einen warnenden Blick. Jetzt brodelte er. »Die dürfen dich nicht einfach durch den Briefschlitz anbrüllen, als wärst du eine Maus! Oder ein Kind, oder so. Ich schwör's dir, wenn die noch mal bei uns an die Tür hämmern, kümmer ich mich selbst drum.«

»Tust du nicht«, erwiderte Dad. »Du bist erst siebzehn … das ist *mein* Problem.«

»Dann kümmer dich um dein Problem, anstatt den scheiß Schwanz einzuziehen!«

Ich wünschte, ich könnte sie zum Aufhören bringen. Immer wieder war das so. Früher hatte ich mich in mein Gelass verzogen, die Tür hinter mir zugeknallt, aber das hatte auch nichts geändert. Ich hatte die Nase voll von den Streitereien der beiden und war sauer, denn anscheinend gab es irgendeinen bescheuerten Pakt, der besagte, dass man mir nicht erzählen durfte, was zum Henker eigentlich los war.

»Ich regel das auf meine Art«, sagte Dad. »Ich mach jetzt viel mehr Überstunden und … «

»Das bringt einen Scheiß!«, widersprach Nesta. »Du musst denen sagen, dass du die Zinsen nicht zahlst, die sie dir auf die Rechnung draufgeschlagen haben! Sag denen, die sollen sich ihre Zinsen hinschieben, wo die Sonne niemals scheint!«

Dad holte erneut tief Luft. Er schaute zur Zimmerdecke, als wollte er Gott um weise Worte bitten. »Ich tu mein Bestes«, sagte er.

»Dein Bestes?«, wiederholte Nesta. »Dich im Dunkeln verstecken wie verfluchtes Ungeziefer hältst du für dein Bestes? Verhalte dich wie ein Mann! Wann nimmst du endlich wieder Haltung an?«

»Nesta … «

»*Ich bin weg, verdammte Scheiße!*«

Er raste in sein Gelass, holte seine ausgewaschene Jeansjacke. Dann zog er den Vorhang im Wohnzimmer zurück, machte die Balkontür auf, nahm sein Fahrrad und schob es zur Zugbrücke. Dad folgte ihm mit Blicken, gab aber keinen Mucks von sich. Bevor Nesta abdüste, drehte er sich noch mal zu mir um. »McKay, geh nicht so spät ins Bett – du hast morgen früh Schule.«

»Mach ich«, sagte ich.

»Wenn ich Gott weiß wann spät zurückkomme und du noch Spiele spielst, kriegst du was von mir hinter die Ohren … ich bin weg.«

»*Nesta!*«, rief Dad plötzlich. »Seitdem der Junge ermordet wurde, hält die Polizei Jugendliche in der Siedlung an und durchsucht sie. Mach nicht …«

»Meinst du, ich hab Angst vor den Bullen?«, fiel Nesta ihm ins Wort. »Für mich ist viel schlimmer, dass mein Dad keinen Mumm hat.«

Dad mochte seine Fehler haben, aber so eine Ansage hatte er nicht verdient.

Nesta knallte die Tür zu. Dad klatschte sich die rechte Handfläche vor die Stirn. Genauso gut hätte er auch gleich mit den Füßen auf meinen Nerven herumtrampeln können. Nesta war weg. Schon wieder. Und wer weiß wohin, abends alleine – hier in der Gegend war's noch nie sicher gewesen, aber seit dem letzten Mord war's echt abgefahren.

Ich nahm meinen Teller und ging in die Küche.

»Kannst du bitte den schmutzigen Teller von deinem Bruder aus seinem Zimmer holen?«, fragte Dad.

»Keine Sorge, Dad. Ich spül den Rest nachher ab. Ruh dich aus, bevor du zur Arbeit musst.«

»*Nein*, du hast doch gekocht.«

»Ich mach das schon«, beharrte ich. »Und bitte, Dad. Sag mir einfach, was los ist.«

»Ich will nicht, dass du dir auch noch Sorgen machst«, erwiderte er. »Konzentrier dich lieber auf die Schule.«

»Aber ich bin fast fünfzehn!«

»McKay! *Ich kann das jetzt nicht gebrauchen.*«

Wut durchfuhr mich. Ich musste weg.

Nestas Zimmer befand sich neben dem Bad. Ein oberkörperfreier Tupac Shakur, die Oldschool-Hip-Hop-Legende, schaute auf sein Bett runter. Mein Bruder hatte ihm die Tätowierung auf die Brust geschrieben, die Tupac eigentlich auf dem Rücken hatte.

Only God Can Judge Me.

Nestas schmutziger Teller stand auf dem Nachttisch neben seinem Gettoblaster – leise lief eine Sendung, bei der die Leute im Studio anriefen. Ich schaltete sie aus. Die Kleiderschranktüren standen offen.

Jedes Mal, wenn ich Mums Klamotten da drin hängen sah, lief mir was Eiskaltes durch die Adern. Als sie gestorben war, hatte Dad Mums Klamotten an die Wohlfahrt geben wollen, aber Nesta war megamäßig ausgeklinkt. Es hatte einen Wahnsinnsstreit gegeben. Bevor die beiden endlich wieder aufhörten, sich schlimme Sachen an die Köpfe zu werfen, war in Dads Zimmer eine Fensterscheibe zu Bruch gegangen und sein Radiowecker hatte den Asphalt unten auf der Straße geküsst. Aber Nesta hatte seinen Willen bekommen und hier waren sie, Mums schöne Blusen und Röcke neben Nestas eigenen Sachen.

Auf der Kommode stand ein gerahmtes Foto von Mum, sodass es das Erste war, was Nesta morgens nach dem Aufwachen sah. Einmal hatte er mich gefragt, ob ich auch eins haben wollte, wollte ich aber nicht – war schon schwer genug, damit klarzukommen, dass Mum nicht mehr da war. Ich konnte es nicht auch noch gebrauchen, dass sie jede meiner Bewegungen von neben dem Bett aus beobachtete.

Ich ging zurück in die Küche, Dad starrte in die Spüle, als würde der Sinn des Lebens im Seifenschaum schwimmen. »Ich mach den Rest, Dad«, bot ich erneut an. »Mach dich fertig für die Arbeit.«

Dad trat beiseite, um mir Platz zu machen. Dann drehte er sich um und zwang sich zu lächeln, so ein verrutschtes Lächeln, mit dem Eltern verbergen, was wirklich in ihren Köpfen vor sich geht. Egal, was es war, ich wusste, es war was Schlimmes. Die Kacke musste kurz davor sein, über die Kloschüssel zu schwappen.

»Ich kauf dir *trotzdem* was zum Geburtstag«, beharrte Dad. »Das verspreche ich, so wahr ich hier stehe.«

Ich fing an, Nestas Teller zu spülen, lenkte meinen Frust in den Kratzschwamm. »Du musst nicht…«

»*Doch*, ich muss!« Dad hob die Stimme. »Irgendwo treib ich ein bisschen was auf und besorge dir ein Geschenk.«

»Dad, bitte.«

Seine Miene veränderte sich. Er verengte die Augen und seine Augenbrauen bildeten ein V. »Was willst du sagen? Dass ich nicht in der Lage bin, meinem jüngsten Sohn was zu seinem fünfzehnten Geburtstag zu schenken? Hältst du mich für so unbrauchbar? Hm? Ist das so?«

»Nein … so hab ich's nicht gemeint, Dad.«

»Will ich hoffen.«

Dad bedachte mich mit einem strengen Blick und schaute dann erneut zur Decke hinauf. »Ich hoffe, Nesta passiert nichts da draußen«, sagte er nach einer Weile. »Heutzutage passiert in der Siedlung viel zu viel Schlimmes. Weißt du, die Polizei hat Manjaro *immer* noch nicht gefunden. Der Bruder wird nicht wegen einem, sondern wegen zwei Morden gesucht und keiner sagt was. Irgendwer muss doch wissen, wo er steckt … «

Ein paar Wochen bevor Manjaro abgetaucht war, hatte ich gesehen, wie er Nesta im Park mit Gettofaust begrüßt hatte. Als ich Nesta danach gefragt hatte, hatte er gesagt, ich solle die Klappe halten. Ich konzentrierte mich auf das Seifenwasser.

»Wann ist dein Bruder gestern Nacht nach Hause gekommen?«

»Ich … ich weiß nicht.«

»Gefällt mir nicht, dass er zu allen möglichen Uhrzeiten rausgeht, aber wenn ich ein Machtwort spreche, wird es nur schlimmer. Er hört nicht mehr auf mich, McKay. Du weißt ja, wie er ist.«

Dad hatte nicht unrecht. Ich wusste, wie Nesta war.

Ich stellte den Teller auf das Abtropfgestell. Dad sah mich erneut an. Dieses Mal war da so eine komische Traurigkeit in seinem Blick, als wüsste er nicht mehr, was er machen sollte. »Ich geh duschen und leg mich noch mal eine Stunde hin, bevor ich los muss«, sagte er. »Bleib nicht so lange auf.«

»Okay, Dad.«

»Hast du noch Guthaben auf deinem Handy?«

»Ja.«

»Denk dran, wenn irgendwas ist, auch wenn's nur eine Kleinigkeit ist, ruf mich an, okay? Oder schick eine SMS. Verplemper nicht dein Guthaben mit Anrufen bei deinen Schulfreunden.«

»Ja, Dad, ich weiß Bescheid.«

Eine Stunde später war Dad weg. Ich ging nicht ins Bett. Pflanzte mich eine Weile an den Küchentisch und dachte an Mum. Wenn sie da gewesen wäre, hätte sie Dad und Nesta gepackt und so lange mit den Köpfen aneinandergestoßen, bis sie sich geküsst und wieder vertragen hätten – aber sie war nicht da und mir stand eine weitere Nacht alleine in der Wohnung bevor, weil Dad arbeiten war und Nesta stinksauer durch die Siedlung radelte.

Ich gab's nicht gerne vor anderen zu, aber nachts in unserer Burg alleine hatte ich eine verdammte Angst, besonders wo so viele in unserer Gegend ermordet wurden. Ich überlegte, ob ich Liccle Bit oder Jonah anrufen sollte, nur um eine Stimme zu hören, aber dann sparte ich doch lieber mein Guthaben und spielte Fifa 14 auf meiner PS 4.

Irgendwann musste mich die Müdigkeit erwischt haben, denn morgens um halb vier wurde ich von irgendwas geweckt. Mein Spiel stand auf Pause, aber der Fernseher brummte. Es war dunkel. Ich hörte Schritte.

»McKay! Spinnst du?«

Nesta! Er war zu Hause und schaute mich durch die Dunkelheit an.

»Kannst du nie machen, was ich dir sage?« Er klang echt sauer. Musste wohl eine echt harte Nacht gehabt haben. Seine Stimme war böse – jedenfalls machte sie mich hellwach.

»Wo ist dein Fahrrad?«, fragte ich und setzte mich auf.

»Wieso bist du nicht im Bett? Was hab ich dir gesagt, bevor ich weg bin? Du legst es drauf an, dass ich dir die Ohren lang ziehe. Schieb deinen breiten Arsch ins Bett, sonst...«

»Wo ist dein Fahrrad?«, fiel ich ihm erneut ins Wort.

Ich sprang auf und machte Licht im Wohnzimmer. Nesta zuckte zusammen und blinzelte. Seine Unterlippe war auf die Größe eines Luftkissenbootes angeschwollen, Blut tropfte ihm von der Stirn und sein linkes Auge war übel zugerichtet.

»Was ist dir denn passiert?«, fragte ich.

»Mit deinem Gehör ist aber alles in Ordnung, oder wie?«, fragte Nesta.

»Äh, ja klar«, erwiderte ich.

»Dann hast du ja gehört, was ich gesagt hab. Schieb deinen Hintern ins Bett. *Sofort!*«

Die Playstation packte ich nicht weg. Verzog mich einfach in mein

Gelass und machte die Tür hinter mir zu. Vollständig bekleidet lag ich auf dem Bett, still und reglos, und hörte Nesta im Badezimmer klappern. Ich drehte mich zu meinem Poster von Usain Bolt um, das ich mir über das Kopfende gepinnt hatte. »Wieder mal ein verrückter Tag in Tambo Castle, Usain«, sagte ich zu ihm. »Weiß nicht, wie viele ich noch aushalte.«

Keine Ahnung, wann ich endlich eingeschlafen bin, aber ich bin es wohl, denn ich wachte davon auf, dass mich jemand an der Schulter rüttelte. Ich wollte die Augen öffnen, aber der Schlaf legte erbittert Widerstand ein. Erneut wurde ich von schwerer Hand geschüttelt. Ich zwang meine Augen, sich ein kleines Stückchen weiter zu öffnen, sodass ich Nesta erkannte. Er hatte sich ein Pflaster auf die Stirn geklebt, sein linkes Auge war jetzt so groß wie ein Tischtennisball und mit seiner Unterlippe hätte er Flüchtlinge auf hoher See retten können.

»McKay! Wach auf, Bruder!«

Ich setzte mich, rieb mir die Augen und checkte mein Handy auf dem Nachttisch. Viertel vor sechs.

»Was ist los, Nesta?«

»Schalt auf stumm und hör zu«, befahl er.

Er sah aus, als würde er's echt ernst meinen, also hielt ich die Klappe.

»Ich muss abtauchen«, sagte er.

»Wieso?«

»Bin heute Nacht in eine Fehde geraten und ich will nicht, dass Pops mich so sieht. Ich hab unzählige Eiswürfel in ein Handtuch gepackt, aber die scheiß Schwellung wird nicht weniger. Dad fängt bloß mit der großen Fragenrunde an, wieso ich mir die Fresse so hab ramponieren lassen.«

»Wo willst du hin?«

»Musst du nicht wissen. Aber ich halt den Ball eine Weile flach, hab mich mit einer Crew von Major Worries angelegt.«

»Major Worries!« Jetzt saß ich kerzengerade. Die Haare an meinen Armen stellten sich auf. Mein Herz hämmerte. Ich schaute auf

Nestas rechte Hand und sah, dass seine Fingerknöchel blutig und aufgekratzt waren. »Pack schon aus!«

»Du musst nicht alles wissen«, sagte Nesta. »Hauptsache, du bleibst mit deinem Hintern hier bei uns in der Gegend und sagst Dad null Komma gar nichts. Ich mein's ernst. Hast du verstanden?«

»Kein Mensch erzählt mir hier, was los ist!«

»McKay! Ich kann jetzt nicht auch noch Stress wegen dir gebrauchen! Wie gesagt, kein Wort zu Dad. Ich brauch deine Hilfe.«

Ich starrte ihn böse an, nickte aber schließlich. »Und was sag ich ihm?«

»Sag ihm ... « Nesta hielt inne. »Sag ihm, ich bin bei einem Mädchen.«

»Was für einem Mädchen?«, wollte ich wissen.

»Egal was für ein Mädchen!«

»Schon gut! Krieg dich wieder ein.«

»Bin weg«, sagte Nesta und drehte sich um. »Und ich weiß nicht, wann wir uns das nächste Mal sehen.«

»Schickst du mir eine Nachricht oder rufst du an, damit ich weiß, was mit dir los ist?«

Nesta warf mir einen stinkigen Blick zu. »Wofür hältst du mich? Einen wandelnden Nachrichtensender? Du hörst von mir, wenn die Zeit reif ist.«

Aber bei Nesta war die Zeit nie reif.

Er schloss leise die Tür hinter sich, als würde Dad auf seine Schritte lauschen. Ich legte mich hin. Alleine zu Hause. Schon wieder.

2

VENETIA HAT EIN PROBLEM

UM SIEBEN KATAPULTIERTE ICH MICH aus dem Bett, befreite mich bei einem ausführlichen Duschbad von meinem Körpergeruch und schob anschließend, mit auf Vordermann gebrachten Achseln, eine verbogene Bratpfanne auf den Herd. Ich briet mir Speck, Rühreier und Zwiebeln mit einer Prise Pfeffer und aß alles ganz schnell – stellte noch was für Dad in den Ofen, wenn er nach Hause kam. Bevor ich die Burg verließ, versuchte ich mir den Afro so hoch zu kämmen, wie er sich nur ziehen ließ – wenn Liccle Bit es drauf angelegt hatte, den krassesten zu haben, dann stand ihm eine bittere Enttäuschung bevor.

Als ich nach draußen trat, war ich nervös wegen der Gläubigerbrüder. *Gesegnet sei meine Rüstung!* Was sollte ich sagen, wenn ich denen plötzlich auf der Treppe begegnete? Zum Glück trieben sie sich nirgends rum. Mann. In die Schule gehen war eine Erleichterung – ein bisschen so was wie Normalität.

Ich joggte quer über den Rasen zu Liccle Bits und Jonahs Block, überlegte, wie ich ungestraft damit durchkam, dass ich meine Hausaufgaben in Geschichte nicht gemacht hatte. Auf keinen Fall wollte ich Mr Lockton was von meinem Stress mit den Gläubigerbrüdern oder Nestas nächtlichem Ausflug erzählen und das als Entschuldigung anführen. Ich überlegte, Bit und Jonah zu fragen, ob ich bei ihnen abschreiben durfte, aber ich wettete, dass die beiden sie auch nicht gemacht hatten. Ich würde einfach sagen, dass ich sie vergessen hatte. Wenn ich nachsitzen musste, dann Hey-ho.

Ich stieg die Treppe hoch in das Stockwerk, in dem Liccle Bit wohnte, und klapperte bei ihm am Briefschlitz. Bit öffnete die Tür und sofort fielen mir zwei Dinge auf: erstens, er grinste nicht (*eigenartig*);

und zweitens, sein Afro war nicht halb so aufgebürstet wie meiner (*gut!*).

»Spinnst du, Bruder?«, fragte er. »Wie oft warst du in den letzten vier Monaten bei mir?«

»Hab's nicht gezählt«, erwiderte ich.

»Über einhundert Mal«, meckerte Liccle Bit. »Und du findest immer noch nicht die scheiß Türklingel? Drück verdammt noch mal drauf! Wenn du so an die Tür hämmerst, denken wir alle, es sind die Bullen oder noch schlimmer, dass Manjaro gekommen ist und Voldemort bei uns spielen will! Meine Familie macht mir sowieso schon genug Ärger deshalb.«

»Lass Hollywood stecken, Bro«, sagte ich. »Wird's nicht langsam Zeit, dass du dich abregst wegen Manjaro? Sechs Monate lang wurde sein kahler Schädel nicht mehr gesichtet. Jetzt setz dein kurzes Gestell in Bewegung und lass uns in die Schule gehen.«

Mann! Seitdem Bit liebesmäßig bei Venetia punkten wollte, war er bei jeder Kleinigkeit furchtbar empfindlich. Frust nagte an seinem traurigen Hintern.

Bit sagte seiner Familie Tschüs, wir rasten drei Treppen runter und riefen nach Jonah. Jonah kam angerannt, aber Bit und ich hörten Geschrei aus seiner Bude. Seine Eltern brüllten sich an. Irgendwas wegen Geld.

Bit und ich tauschten Blicke. Jonah sagte nichts, also zogen wir los.

»Hast du Venetia schon mal angehaun wegen der Neuen?«, fragte Jonah Bit.

»Welcher Neuen?«, wollte ich wissen.

»Einer sexy Neuen«, grinste Jonah. »Ich glaub, die ist Inderin oder so.«

»Ihre Mum ist Türkin«, sagte Bit. »Ich glaube, die ist überhaupt erst seit drei oder vier Jahren hier im Land.«

Wir gingen bergab auf einem Weg zwischen zwei Blocks. In der Ferne hörten wir eine Sirene. Dann entdeckten wir am Shaka House ein neues Graffiti. In großen orangefarbenen Buchstaben stand dort:

19

Ich dachte an Nesta, der unzählige Male von den Bullen angehalten worden war. *Wo ist er?*

»Hast du sie noch nicht gesehen, McKay?«, fragte Jonah aufgeregt. »Die ist hübscher als alle Mädchen in Bollywood. Ihr Front-Display ist liebreizend und ihre Beine verlangen nach meinen Zärtlichkeiten. Glaub's mir! Wenn Bit das für mich arrangiert, bin ich in null Komma gar nichts an ihr dran!«

»Das Einzige, womit du dran bist«, sagte ich, »ist Nachsitzen wegen Stalking. Stürz dich nicht gleich wie ein Jagdhund drauf, wenn du sie siehst.«

»Sie heißt Saira«, sagte Bit. »Saira Aslan. Sie hat mit ihrer Familie in Ashburton gewohnt und vorher in einem Flüchtlingsheim. Venetia sagt, sie hatte es echt schwer im Leben. Und Jonah, du bist mein Bruder und ich steh zu dir, aber ich werde sie dir nicht vorstellen, Bro. Du bist immer viel zu gierig, wenn sexy Mädchen auftauchen.«

»Da hast du nicht unrecht«, pflichtete ich ihm bei. »Jonah, du darfst nicht immer alles vollsabbern, wenn du eine siehst, Bro. Oder stopf dir wenigstens Klopapier in den Mund, damit er trockener wird.«

»Ich sabber überhaupt nicht, wenn ich sexy Mädchen sehe!«, widersprach Jonah.

»*Doch*, tust du wohl!«, beharrte ich. »Wie war das, als Syreeta Davis im Kino neben dir gesessen hat? Deine Zunge war wie die von einer Eidechse. Niagarafälle kamen aus deinem Mund. Voll peinlich, Bro. Sperr deine Zunge lieber in einen Käfig, bevor dich die Bullen noch wegen Perversitäten verhaften.«

Als wir auf die Straße kamen, die aus der Siedlung rausführte, fiel mir auf, dass Jonah auf einmal ganz schön finster guckte. Ich dachte, ich sollte lieber ein bisschen lockerlassen – er konnte länger schmollen als ein roter Teppich voller Diven.

»Nach dem ganzen Scheiß, den ich für dich getan habe«, sagte er zu Bit. »Ich leihe dir Spiele, und ständig futterst du die Cupcakes von meiner Mum. Mein letztes Handy hab ich dir zu einem sensationellen Sonderpreis verkauft, Bro. Und du kannst nicht mal Saira für mich klarmachen? Du bist zur dunklen Seite übergelaufen! Vielleicht, weil du bei Venetia kein Stück vorankommst. Ich wette, du hast noch nicht gefummelt!«

»Venetia hat jemanden«, erwiderte Bit. »Wir sind nur Freunde.«

»Aber du willst doch mehr«, sagte ich. »Du willst doch zur Endzone vorstoßen, einen Touchdown hinlegen und eine Ehrenrunde anschließen.«

»Immerhin bin ich überhaupt mit einem Mädchen befreundet!« Plötzlich wurde Bit sauer. »Mit welcher telefonierst du denn? Mit keiner! Sogar die Zweitklassigen gucken dich nicht mit dem Arsch an.«

»Mit einer Zweitklassigen will ich gar nicht befreundet sein«, sagte ich. »Ich steh nicht auf diesen ganzen Freunde-Mist auf der ersten Base. Telefonieren und treffen würde ich mich nur, wenn ich dann auch zur vierten Base komme und fummeln darf. Und wenn's so weit ist, wird's eine aus der Spitzenklasse sein. Glaub mir!«

Jonah und Bit lachten beide. »Mit deinem fetten Arsch?«, meinte Jonah.

»Die werden viel zu viel Schiss vor dir haben. Die denken, du willst sie zum Abendbrot verdrücken!«, setzte Bit noch dazu.

Ich beschleunigte meine Schritte und lief ihnen davon. Ich ärgerte mich immer, wenn Jonah und Bit sich über mein Gewicht lustig machten, und außerdem hatte ich ganz andere Sorgen als Mädchen. Erst mal ging mir das mit Nesta durch den Kopf; der war heute jedenfalls bei keiner Frau …

Sie holten mich ein, gerade als ich durchs Schultor ging.

»Versau das lieber nicht, Jonah«, betonte Bit. »In der Pause rede ich mit Venetia und lege ein gutes Wort für dich ein. Aber du musst mir versprechen, dass du dein verfluchtes Handy stecken läßt. Keine Fotos!«

»Deshalb halten dich die Mädchen für notgeil, Bro«, warf ich ein.

»Ich werd nicht sabbern und auch keine Fotos machen«, sagte Jonah. »Leg einfach nur ein gutes Wort für mich ein, den Rest mach ich dann schon. Saira und ich werden ineinander verwickelt sein wie Stacheldraht, glaub mir.«

»Okay«, stimmte Bit zu. »Aber mach mir keine Vorwürfe, wenn du eine große Dosis Enttäuschung bekommst.«

»Ich werde keine Dosis von irgendwas außer Liebreiz bekommen«, erwiderte Jonah.

»Und noch was«, sagte Bit. »Wenn du mit Saira telefonierst, *bitte* behalt das mit Manjaro für dich. Die erzählt das in null Komma gar nichts Venetia weiter.«

Bit ließ uns beide schwören, dass wir niemandem erzählen würden, was mit ihm und Manjaro passiert war. Er wollte nicht, dass Venetia es rausbekam – damit wäre die Beziehung zwischen den beiden für immer im Eimer gewesen.

»Wofür hältst du mich?«, fragte Jonah. »Als ob ich so was weitererzählen würde! Das würde ich dir niemals antun. Bin ich nicht dein Bruder? Hör auf, dir Sorgen zu machen! Wieso fängst du überhaupt schon wieder damit an? Ich will nur eine Base bei Saira ansteuern und … «

»Versprich es!«, beharrte Bit.

Jonah nickte. »Na schön! Ich versprech's. Aber das ist jetzt Monate her, Bro, und du machst dir immer noch Sorgen. Manjaro ist lange weg. Wahrscheinlich hat ihn einer abgeknallt oder abgestochen.«

»Nein, glaub bloß nicht die Gerüchte. Der ist irgendwo da draußen und hält den Ball flach. Ich spür das«, sagte Bit.

»Bist du jetzt Jedi geworden?«, warf ich ein.

Niemand lachte.

Schließlich kamen wir in die Schule und Jonah grinste, als hätte er irgendwas Lustiges geraucht. »Hat jemand die Hausaufgaben in Geschichte gemacht?«, fragte ich.

»Ja«, erwiderte Bit. »Ich. Meine Schwester hat mir Arrest verpasst, bis ich fertig war.«

»Zeig mal, was du gemacht hast.«

Bit verdrehte die Augen, aber mich durchflutete Erleichterung – meine letzte Warnung von Mr Lockton hatte ich längst bekommen. Ich lieh mir Bits Hefte und machte Geschichte heimlich in Physik. Ich hatte nichts übrig für Physik, Chemie oder das Aufschlitzen von Fröschen, aber mir gefiel die Vorstellung, dass Könige auf Pferden ritten und um ihr Land, ihre Burgen und Frauen kämpften.

Bit hatte in den ersten beiden Stunden heute Theater – das Fach hatte er nur gewählt, weil Venetia auch dabei war –, also gingen Jonah und ich in der Pause zu ihm in den Theatersaal.

Als wir dort ankamen, standen Bit und Venetia in einer Ecke und redeten unter vier Augen. Venetia guckte ganz schön fertig. Sie fuhr sich immer wieder über die Augen. Auch Ms Crawford, die Theaterlehrerin, war nicht gerade am Singen vor lauter Glück. Sie hockte auf einem Stuhl mitten im Saal, futterte einen Apfel und starrte ins Leere. Sie verbreitete immer so eine trostlose Atmosphäre um sich herum.

»Draußen ist ein herrlicher Tag«, sagte sie plötzlich aus dem Nichts, schaute uns und noch ein paar andere an. »Warum geht ihr nicht raus und genießt die Sonne?«

Wir ignorierten sie. Ich schaute rüber zu Venetia, die jetzt ganz eindeutig Tränen auf Bits Schulter heulte.

»O Mann! Du wirkst echt unglaublich auf Frauen!«, ärgerte ich Jonah. »Bit hat ihr gesagt, dass du dich mit Saira treffen willst, aber sie bringt es nicht über sich, ihrer Freundin die Botschaft zu vermitteln. Bro, sie ist untröstlich!«

Jonah gab mir einen Klaps auf den Hinterkopf und marschierte auf die beiden zu. »Wo willst du hin?«, zischte ich. »Hör auf, so notgeil zu sein! Siehst du nicht, dass sich da was ganz Tiefes abspielt?«

»Aber ich will wissen, ob Bit angedockt hat«, sagte Jonah.

»Komm her!«, warnte ich ihn. »Genau das meine ich. Hast du schon mal was von *Geduld* gehört? Merk dir, wie man's schreibt, dann kannst du's googeln.«

Jonah zog verächtlich die Oberlippe hoch und verschränkte die Arme. Er würde mindestens den Rest des Tages beleidigt sein.

Wir mussten fünf Minuten warten, bis die beiden ihre Unterhaltung beendet hatten, und als Venetia abschob – o Mann, und wie das Mädchen schieben konnte –, kam Bit zu uns rüber.

»Na, wer hat Venetia in den Parfümzerstäuber gepisst?«, fragte ich.

»Das ist nicht witzig, McKay«, erwiderte Bit. »Sie ist echt deprimiert. Richtig fertig.«

»Hast du ein gutes Wort bei ihr für mich eingelegt?«, fragte Jonah. »Wo ist Saira?«

»Spinnst du, Jonah?«, schimpfte ich. »Siehst du nicht, dass sie voll traumatisiert ist?«

»Aber gerade eben hat sie gelächelt und mir zugewunken«, sagte Jonah.

»Sie tut nur so«, sagte Bit. »Vor dem Unterricht hat sie Sturzbäche geheult.«

»Sag schon, wer hat ihr auf den Schminkspiegel gekotzt?«, fragte ich erneut.

»Ihr Freund«, erwiderte Bit. »Oder sollte ich sagen, ihr *Ex*-Freund?«

»Ex-Freund?«, wiederholte ich. »Aber das ist doch gut, oder? Solltest du dich nicht bei Amor bedanken, ihn lobpreisen und dein Schlafzimmer beflaggen? Ist das nicht die beste Neuigkeit, seit deine Mum dir erlaubt hat, freitags bis zehn rauszugehen?«

»Ich muss zu gar keiner bestimmten Zeit zu Hause sein!«, behauptete Bit.

»Musst du wohl!«, schaltete Jonah sich ein.

»Na gut, na gut!«, sagte ich. »Also, Sergio hat seine Kündigung erhalten und steckt im Müllsack der Geschichte. Bit, deine Zeit ist gekommen, Bro. Wie lange wartest du jetzt schon auf das Mädchen? Sechs Monate und drei Achtel? Vielleicht sogar noch länger? Niemand sonst ist auf der Rennstrecke vor dir, also fahr deinen Charme hoch, befrei deine Achseln vom Kohlgestank und erobere sie!«

»Das … das ist nicht so einfach«, sagte Bit. Ich kam nicht dahinter, wieso er so gestresst guckte.

»Warum nicht?«, fragte ich.

»Wenn ich du wäre, würde ich da einfach reinplatzen«, lachte Jonah.

Bit holte tief Luft. Da wusste ich, dass er echte Scheiße zu berichten hatte.

»Als sie sich gestritten haben«, erklärte er, »hat Sergio sich ihr iPhone gekrallt. Venetia will, dass ich mit ihr hingehe und es hole. Hab überlegt, ob ihr beiden vielleicht mitkommen könnt?«

3

AUF IN FERNE GEFILDE

JONAH UND ICH TAUSCHTEN besorgte Blicke. »Wie alt ist dieser Sergio?«, wollte ich wissen.

»Achtzehn«, erwiderte Bit.

»Achtzehn!«, wiederholte Jonah. »Venetia war mit einem Achtzehnjährigen zusammen! Ich hab ihn einmal gesehen, als er sie von der Schule abgeholt hat. Ist irgendwie schmierig, oder? Seine Arme sind dicker als meine Beine! Ich will bei der Mission nicht mein gutes Aussehen riskieren. Ist ja nicht so, dass Venetia mir gegenüber große Zuneigung zeigen würde. Und Bit, du hast sie noch nicht mal geküsst, Bro, also warum diskutieren wir das? Die wird sich mit ihrer Wenigkeit alleine um das Handynapping kümmern müssen.«

»Warte mal!«, sagte ich. »Wieso bittet Venetia nicht ihren Dad um Hilfe … wie heißt der Ex noch mal?«

»Sergio«, half mir Bit.

»Ich hab Venetias Dad gesehen, neben dem würdest du in einem rammelvollen Fahrstuhl auf keinen Fall furzen. Der Typ trägt Dampfkessel unter dem Arm spazieren! Glaub mir!«

Kurz blitzte Vs Dad vor meinem geistigen Auge auf. Mr King hatte stets die Ärmel hochgekrempelt, um seine Superheldenfäuste zur Geltung zu bringen.

»Der ist massiver als dein Dad, McKay«, Bit nickte. »Aber sie kann's ihm nicht sagen.«

»Warum nicht?«, fragte Jonah.

»Weil er gar nicht weiß, dass Venetia was mit einem Achtzehnjährigen hatte«, erklärte Bit. »Wenn er's erfährt, lässt er die Krake los.«

»Welche Krake?«, wollte Jonah wissen.

»Hast du *Kampf der Titanen* gesehen?«, fragte ich. »Die Krake ist ein riesiges Meeresungeheuer. Wenn die in Fahrt kommt, frisst sie Menschen wie Knabbergebäck.«

»Klingt ein bisschen nach dir«, scherzte Bit.

»Ach, jetzt hab ich's kapiert«, Jonah nickte. »Venetias Dad würde auf Psycho umschalten, sollte er rausbekommen, dass ein achtzehnjähriger Bruder es seiner Tochter besorgt hat.«

»Schön zu wissen, dass deine Festplatte funktioniert«, sagte ich.

Wir sahen uns an. Die Sache war ernst. Bit brauchte unsere Hilfe, aber Nesta hatte mir gesagt, dass ich mit meinem Arsch in der Siedlung bleiben soll. Wenn er mich auf Mission draußen entdeckte, um einem Mädchen sein Handy wiederzubesorgen, würde er mich schlimmer vermöbeln als jede Krake. Ich wollte Bit wirklich helfen, aber ich hatte eigene Probleme. Und Venetia wollte ich auch unterstützen – wenn sie mit mir redete, machte sie mir immer Mut, mit dem Backen weiterzumachen und das Kochen ernst zu nehmen. »*Lern was Positives, dann schaffst du's irgendwann hier raus*«, sagte sie immer. Ich hatte eine Menge Respekt für sie.

»Mag kalt klingen, Bit«, sagte ich. »Aber kann sie sich nicht einfach ein neues iPhone besorgen? Oder vielleicht ein gebrauchtes?«

»Wieso macht sie das nicht?«, pflichtete Jonah mir bei. »Kiran Cassidy verkauft welche. Keine Ahnung, wo er die herhat.«

Ich wusste wo, aber ich würde es Jonah nicht erzählen – man konnte sich nicht drauf verlassen, dass er den Schnabel hielt. Pinchers beschaffte die Handys. Jetzt wo Manjaro verschwunden war, dealte er alles Mögliche in South Crongton. Pinchers' kleiner Bruder war vor ein paar Monaten von einem aus Major Worries' Crew abgestochen worden, und seitdem war in Crongton Syrien angesagt.

In meinen Augen war das bescheuert, dass Brüder sich gegenseitig die Lichter ausknipsten, nur weil die einen ein South und die anderen ein North in der Adresse hatten. Die Bullen waren völlig para, sobald sie jemanden entdeckten, der nach Gettoratte aussah. Und Brüder wie Nesta, die zu keiner Crew gehörten, waren genervt, weil sie an jeder

Straßenecke von den Bullen gefilzt wurden. Ein irrer, niemals endender Kreislauf.

Bit holte erneut tief Luft. Er schwenkte den Blick von Jonah zu mir.

»Da ist noch was«, sagte er. »Aber wenn ich die Info absetze, haltet ihr Brüder sie besser unter Verschluss.«

»Spuck's aus, Bro«, drängelte ich.

»Ich mach keine Witze«, sagte Bit. »Nicht mal euren Kissen erzählt ihr das, schon gar nicht euren Verwandten. Hast du mich verstanden, Jonah, ein Baby mit Dünnschiss hält dichter als du.«

»In Ordnung«, Jonah nickte. »Hab's gehört. Meinem Mund entweicht nichts. Was ist es?«

Genau in dem Moment stand Ms Crawford auf, sah uns an und sagte mit einer Stimme kaum lauter als ein Flüstern: »Würdet ihr *bitte* den Theatersaal verlassen? Ihr dürft in der Pause gar nicht hier sein, das wisst ihr, Jungs.«

Draußen auf dem Gang versammelten wir uns wieder.

»Lass mich raten – Venetia ist schwanger?«, sagte Jonah.

»Sie ist *nicht* schwanger«, erwiderte Bit schnell.

»Was denn?«, fragte ich, wurde ungeduldig. »Lass die Bombe platzen, sonst säbeln wir dir den Afro vom Kopf.«

Bit checkte den Gang, ob sich jemand in Hörweite befand. »Auf dem Handy sind Bilder.«

»Bilder?«, wiederholte Jonah.

Bit schaute zu Boden. Der Nebel in meinem Kopf lichtete sich, aber Jonah war dem Tempo nicht gewachsen. »Was für scheiß Bilder?«, fragte er und hob die Stimme.

»Welche, auf denen sie nackt ist«, sagte Bit. »Sergio hat sie mit seinem Handy aufgenommen, als sie ... als die beiden ... egal, er hat ihr die Bilder geschickt.«

»Mann! Das ... das ... das ist krank«, sagte ich. »Total falsch!«

Jonah riss die Augen auf.

Nacktbilder von Mädchen auf Handys waren an unserer Schule immer eine nukleare Großkatastrophe. Letztes Jahr musste Sharon Goddard von der Schule abgehen, weil sie so traumatisiert war wegen der peinlichen Bilder, die von ihr im Netz aufgetaucht sind. Ich hab nie verstanden, wieso die sich überhaupt so fotografieren lassen. Venetia hatte das nicht verdient.

Garantiert wollte Jonah die Nacktansichten von Venetia auschecken. Ich musste zugeben, ich auch – immerhin war sie heißer als Miley Cyrus beim Twerken am Lagerfeuer. Bit aber… Bit sah aus, als wäre die Welt in ihre Einzelteile zerbombt worden. Er liebte Venetia abgöttisch.

Wir mussten uns einen Plan einfallen lassen, und zwar schnell.

»Wartet mal kurz«, sagte ich. »Wenn Sergio die Bilder an Venetia geschickt hat, müssen wir uns sein Handy auch unter den Nagel reißen.«

Jonah stand eine Dosis Panik ins Gesicht geschrieben. »Ich bin bei der Mission *definitiv* nicht dabei«, sagte er. »Wir können uns das Handy von dem Typen nicht unter den Nagel reißen. Der macht uns kalt.«

»Bro, wie würde es dir an Venetias Stelle gehen? Du weißt doch, dass in ihrer Familie alle bei Gott in der Mannschaft spielen, richtig? Die darf nicht mal einen Freund haben, schon gar keinen achtzehnjährigen Perverso! Angenommen, Sergio schickt die Bilder rum oder lädt sie ins Netz hoch. Wenn ihre Familie das rausfindet, gibt's einen Riesenknall.«

»Leute, die bei Gott in der Mannschaft spielen, setzen ihre Kinder nicht auf die Straße«, sagte Jonah. »Ich glaube, du übertreibst.«

»Wie geht's ihr?«, fragte ich.

Blöde Frage. Ganz offensichtlich war Venetia maximal gestresst. Bit schenkte mir einen schiefen Blick und schüttelte den Kopf.

»Wo wohnt dieser Sergio?«, fragte Jonah.

»Notre Dame Estate«, erwiderte Bit. »In einer Einzimmerwohnung.«

»Notre Dame!«, wiederholte ich. »Das ist auf der anderen Seite von North Crong. South-Crong-Brüder gehen da nicht hin. Da gehen nicht mal bewaffnete Spezialeinheiten mit Nachtsichtgeräten hin. Das ist das Reich von Major Worries.«

»Und *dieser* South-Crong-Bruder geht ganz bestimmt *nicht* da hin«, beharrte auch Jonah. »Das ist zu gefährlich. Die schnappen uns, schneiden uns in Scheiben und machen Hackfleisch aus uns.«

»Dann muss ich mit V alleine hin – nur wir beide«, sagte Bit. Er zuckte mit den Schultern, drehte sich um und zog ab.

Jonah und ich sahen ihm durch den Gang hinterher.

»Ist der verrückt geworden?«, sagte Jonah zu mir, als es zum Unterricht klingelte.

»Manjaro, der irre Arsch, ist da draußen, in der Siedlung wimmelt es nur so vor Bullen, und Bit will auf Mission nach Notre Dame?«

»Der ist verrückt geworden«, erwiderte ich. »Verrückt vor Liebe zu Venetia.«

In Geschichte ging es um die Deutschen und den Ersten Weltkrieg, aber ich konnte mich nicht konzentrieren. Auf meiner Festplatte war zu viel los. *Wer hatte sich Nestas Fahrrad gekrallt und ihn verdroschen? Wo versteckt er sich? Kommen die Gläubigerbrüder heute Abend wieder? Und sollte ich mich der Mission anschließen, Bit helfen, Venetias Handy zurückzuholen und Sergios zu klauen?* An neuen Erkenntnissen gewonnen hatte ich bis zur Mittagspause nur die, dass die deutschen Soldaten echt abgefahrene Helme getragen hatten und ich in einem Riesenhaufen Scheiße steckte.

In meinem Hirn ratterte es immer noch wie verrückt, als ich mich auf den Weg in die Cafeteria machte. Auf dem Gang begegnete ich zufällig Boy aus den Bergen. Eigentlich hieß er Colin, aber wir nannten ihn Boy aus den Bergen, weil er Zweige, Gras, Blätter und wahrscheinlich auch kleine Käfer in seinen langen verfilzten Haaren beherbergte.

»Hab das mit deinem Bruder gehört«, sagte Boy aus den Bergen.

»Was?«, erwiderte ich.

»Dass er Festus Livingstone die Fresse poliert hat – das ist einer aus der Crew von Major Worries.«

»Wer hat das gesagt?«

»Macht überall die Runde, Bro. Pass lieber auf, wo du hingehst. Möchte ungern mit meinen Zehen in deinen Socken stecken.«

Bei der Vorstellung, dass Boy aus den Bergen mit seinen Zehen in meinen Socken steckte, wär's mir fast hochgekommen.

»Das hast du falsch verstanden«, sagte ich. »Nesta wurde das Fahrrad geklaut. Wahrscheinlich hat er sich gewehrt.«

Boy aus den Bergen kratzte sich am Kopf und ein Matschklumpen oder so was fiel raus. Er streckte die Arme aus. Seine Fingernägel waren nicht sauber. Ich wollte um ihn herumgehen, aber er versperrte mir den Weg. »Dieser Festus liegt im Krankenhaus, Bro, und muss sich überall röntgen lassen.«

»Du lügst!«

»Nein, Bro«, behauptete Boy aus den Bergen. Er schaute mich besorgt an. »Ich versuch nur, auf dich aufzupassen.«

»Du musst nicht auf mich aufpassen!« Ich wurde lauter. »Nur wegen dem, was du für mich getan hast, als du verhindert hast, dass Peter Ellison und seine Crew mir mein Tablet abziehen.«

»So was bringt man gar nicht mit in die Schule, Mann. Hättest du's nicht dabeigehabt, hätte auch keiner versucht, es dir abzunehmen«, sagte ich. »Um da draufzukommen, brauchst du keine *Big Bang Theory*! Jetzt geh mir aus dem Weg!«

Boy aus den Bergen schlappte davon. Ich blieb noch kurz stehen, machte mir Sorgen, dass Major Worries vielleicht auch mir das Fell über die Ohren ziehen wollte. Nesta und ich sahen uns ganz schön ähnlich – auf keinen Fall würde mir jemand abkaufen, dass er *nicht* mein Bruder war (glaubt mir, ich hab's schon versucht …).

In der Cafeteria entdeckte Jonah mich und winkte mir. Liccle Bit saß alleine an einem anderen Tisch (wahrscheinlich schmollend). Ich holte mir Shepherd's Pie und setzte mich zu Jonah. Kaum saß ich, fing er an, mir ein Ohr abzukauen.

»Hab das mit Nesta gehört«, sagte er. »Was willst du machen? Wirst den Ball flach halten müssen, oder?«

»Die haben ihm sein Fahrrad abgenommen!«, fauchte ich. »Was soll er denn tun? Es sich einfach klauen lassen? Mein Dad hat es ihm vor ein paar Jahren zum Geburtstag gekauft.«

Jonah vergaß mich aber gleich wieder. Venetia hatte sich gerade in die Schlange an der Essensausgabe gestellt und ich vermutete, dass die Schönheit neben ihr Saira war. Wie eine wärmesuchende Rakete wanderte Jonahs Blick zu den beiden. Sairas lange Haare waren schwärzer als die Nacht. Ihr Front-Display war einwandfrei und ihre Hinterseite in der schwarzen Hose schön kurvig. Ich konnte definitiv verstehen, warum Jonah in ihrer Nähe sabberte.

Saira und Venetia holten sich ihr Essen und setzten sich zu Bit an den Tisch. Venetia schob ihre Gabel in ihren Shepherd's Pie, aß ihn aber eigentlich gar nicht. Sie ließ den Kopf hängen und man sah ihr an, dass sie geweint hatte.

»McKay, Bro!«, sagte Jonah aufgeregt. »Verstehst du jetzt, was ich meine? Kannst du dir vorstellen, deinen Eltern die Kreditkarte zu klauen, eine Woche Urlaub auf Barbados zu buchen und Saira mitzunehmen? Und wenn ich dafür ein Jahr im Gefängnis sitzen müsste, ich würd's trotzdem tun!«

»Hör auf zu fantasieren, Bro«, sagte ich. »Weißt du was? Ich hab nachgedacht. Vielleicht sollten wir Bit doch auf seiner Mission begleiten.«

Jetzt hatte ich seine volle Aufmerksamkeit. Er schaute mich an, als wäre ich der dümmste Junge auf dem Planeten Dämlich. »Geht's dir gut, McKay? Hast du Fieber?«, fragte er. »Hast du nicht gehört, was Bit gesagt hat?«

»Doch, ich hab's gehört«, erwiderte ich.

»Weißt du, um sechs Uhr kommt im Fernsehen immer so eine Sendung, die heißt Nachrichten«, sagte ich.

»Ich weiß.«

»Neulich erst haben sie da das Gesicht von einem Bruder aus North Crong gezeigt. Der war … «

»Ich *weiß*.«

»Dieser Sergio wohnt in Notre Dame«, sagte Jonah. »Bevor wir überhaupt nach Notre Dame kommen, müssen wir durch North Crong.«

»Aber wir sitzen im Bus«, wendete ich ein.

»Und wie viele Brüder da drüben würden es wohl hinbekommen,

in einen Bus zu steigen? Ich weiß nicht, wie's bei dir aussieht, aber ich bin *keiner* von den Expendables. Ich schlepp keinen Raketenwerfer in meiner Sporttasche mit mir rum. Meine Eltern wünschen sich eines Tages Enkelkinder von mir!«

Jonah hatte nicht unrecht. Ich verdrückte die untere Hälfte von meinem Shepherd's Pie, dann erst antwortete ich. Das Hackfleisch war nicht gut – wieso konnten die Lunch Ladies nicht mal ein bisschen besser würzen? – und nicht mal der Kohl war okay.

»Wenn Busfahren so wahnsinnig gefährlich ist, dann müssen wir eben laufen«, sagte ich.

»Laufen!«, wiederholte Jonah. In seinen Augen wogte das reine Entsetzen. Zumindest hörte er kurz auf, Saira Aslan anzuglotzen. »Von hier sind es ungefähr zehn Kilometer bis zum Notre Dame Estate. Vielleicht sogar fünfzehn. Wenn wir zu Fuß gehen, kriegen wir Krämpfe und klauen keine Handys mehr! Nee, Bro. Wir sollten aufpassen, dass Bit den Ball flach hält. Manjaro hätte ihn umbringen können, als er bei ihm reingeplatzt ist.«

Ich widmete mich wieder meinem Shepherd's Pie. Geschmeidiges Kartoffelpüree war das nicht. Ich spülte die trockene Pampe mit Wasser runter. Jonah sah mich immer noch an, als wollte er mich in eine Zwangsjacke tackern.

»Okay, du hast nicht unrecht«, gab ich zu. »Es ist gefährlich. Aber wie würdest du dich fühlen, wenn Bit und Venetia alleine gehen und bei lebendigem Leib verschlungen werden? Und noch was. Was würde diese Saira von dir halten?«

Jonah dachte nach. Er schaute zu Bit, Venetia und Saira rüber und sagte nichts, bis ich meinen Shepherd's Pie aufgegessen hatte und mir einen Apfel vornahm – Äpfel waren eigentlich nicht so mein Ding, aber Dad meinte, ich soll Obst in der Schule futtern, keinen Pudding und keine Schokoriegel. Ich biss drei Mal rein, dann ließ ich ihn auf dem Teller liegen.

»Vielleicht können wir Kiran Cassidy fragen, ob er mitkommt?«, schlug Jonah vor. »Oder Peter Ellison.«

Ich schüttelte den Kopf. »Das ist zweimal nein«, sagte ich. »Besonders Peter Ellison – das ist ein echter Tyrann. Venetia will nicht, dass noch irgendwer was von den Nacktfotos erfährt, und Kiran Cassidy verbreitet mehr Nachrichten als CNN.«

»Aber dann sind wir nur zu dritt, richtig? Und Venetia?«

»Vier gegen einen«, sagte ich. »Hast du's jetzt kapiert?«

Jonah kratzte sich am Ohr und dachte weiter nach. Mein Handy brummte. Ich checkte kurz, ob Lehrer in der Nähe waren. Keine. Ich zog mein Handy aus der Tasche und sah auf den Namen. Dad. *Brat mir einer eine Wildsau!* Ich konnte mich nicht erinnern, wann er mich das letzte Mal in der Schule angerufen hatte. Eigentlich hatte ich gedacht, er würde nach seiner langen Nachtschicht schlafen. Musste um Nesta gehen, ging es ja immer.

4

NESTAS GEHEIMFREUNDIN

»HAST DU NESTA GESEHEN?«, fragte Dad. Er klang ganz schön angespannt. »Anscheinend hat er nicht in seinem Bett geschlafen, und auch sonst ist in der Wohnung keine Spur von ihm zu entdecken.«

»Ich … ich hab ihn nicht gesehen, Dad.«

»Auch heute Morgen nicht?«

»Nein, Dad. Hab versucht, ihn anzurufen, aber er ist nicht drangegangen.«

»Ich hab's auch versucht«, sagte Dad. »Ich mach mir Sorgen. Wir streiten uns manchmal, aber er kommt immer nach Hause.«

Ich hasste es, Dad anzulügen, aber was sollte ich machen? Ich spürte, wie gestresst er war, und in dem Moment schwor ich mir, Nesta nach der Schule zu suchen. Mann! Wenn Lehrer und Eltern nur begreifen würden, unter was für einem Traumaberg wir Jugendlichen hier in Crongton lebten.

»Er kommt nach Hause, wenn er so weit ist«, sagte ich. »Vielleicht chillt er nur bei einem Freund.«

Soviel ich wusste, hatte Nesta gar nicht so richtig viele echte Freunde. Er kannte alle Gs in der Gegend, einschließlich Manjaro, weil er ständig unterwegs war. Aber irgendwie war er ein Einzelgänger. Eine Zeit lang hing er öfter mit einem ab, der Sergeant Rizla genannt wurde, aber die Freundschaft war gegessen, als Dad den Sergeant eines Nachts völlig high auf seinem Bett fand – mit anzusehen, wie er ihn bis an die Zugbrücke abführte und rauskantete, gehörte zum Lustigsten, das ich je gesehen hatte. Er war der Letzte gewesen, der uns in unserer Burg besucht und bei Nesta anzudocken versucht hatte. Ich konnte mich definitiv nicht erinnern, dass mein Bro schon mal eine Freundin hatte.

»Das hoffe ich«, sagte Dad. »Ich glaub nicht, dass es gestern Nacht irgendwo Ärger gab. Hast du was gehört, McKay?«

Ich schluckte einen Löffel voll Spucke.

»Nein, Dad. Hab nichts gehört.«

Schlechtes Gewissen hoch zehn! Noch so eine bescheuerte Lüge. Fühlte sich schrecklich an.

»Ich weiß, dass es in letzter Zeit zwischen deinem Bruder und mir nicht so gut lief«, sagte Dad. »Aber wenn du was von ihm hörst, sagst du mir so schnell wie möglich Bescheid, ja?«

»In Ordnung, Dad.«

»Okay, McKay, ich leg mich jetzt ein bisschen hin und versuch, ihn noch mal anzurufen, wenn ich aufstehe. Ich hab dir Geld fürs Abendessen auf die Kommode gelegt.«

»Danke, Dad.«

»Kein Problem. Denk dran, sag mir gleich Bescheid, sobald du was von Nesta hörst.«

Ich legte auf. Jonah schaute mich missbilligend an.

»Du solltest deinem Pops keine Lügen erzählen«, sagte er.

»Ich hab Nesta versprochen, dass ich nicht sage, wo er ist und was passiert ist.« Bevor ich mein Handy einsteckte, schickte ich Nesta noch eine SMS.

WO BIST DU?

Am Nachmittag hatte ich Englisch, aber der Shepherd's Pie half mir nicht gerade bei meiner Konzentration. Wenn überhaupt, war's nach dem Gespräch mit Dad noch schlimmer. *Wieso hat Nesta noch nicht zurückgeschrieben? Wo ist er?* Die Kacke würde bis in mein Gelass dampfen, wenn Dad mitbekam, dass Nesta Festus Livingstone krankenhausreif geschlagen hatte. *Also kann ich mich auch von Venetias Ex verdreschen lassen!*

Ich entschied auf der Stelle, Bit bei seiner Mission zu helfen. Bit half mir auch immer, wenn sich bei mir irgendein Drama abspielte. Als mein Dad vor einiger Zeit im Krankenhaus war, hatte mich seine Familie ein paar Tage lang aufgenommen – was seine Mum gekocht hat, war nicht mein Ding, aber das Essen und die Kuchen von seiner Gran hatten meine Geschmacksknospen in maximale Wallung versetzt. Und Bit hatte ein hartes Jahr hinter sich, weil Manjaro seine Familie terrorisiert hatte. Und überhaupt, was waren denn die Alternativen? Die Aussicht, in meiner Burg zu hocken, während die Gläubigerbrüder vor der Tür lauerten, und Dad und Nesta beim Streiten zuzuhören, brachte mich nicht gerade dazu, mir mein Smiley-T-Shirt überzuziehen.

Nach Schulschluss traf ich Bit und Jonah draußen vor dem Tor. Polizeiwagen fuhren vorbei – wir hatten uns alle dran gewöhnt, dass die Bullen draußen bei runtergelassenen Scheiben in den Autos saßen und aufpassten, ob es irgendwo Ärger gab. Ein Beamter fragte: »Alles klar bei euch, Jungs?« Wir ignorierten ihn.

Bit wollte eine Antwort – waren wir dabei oder nicht? Ich nickte, ja. Bit grinste, dann drehte er sich zu Jonah um. »Was ist mit dir?«

»Ich… ich weiß nicht«, erwiderte er.

»Was ist das denn für ein Schlappschwanzgetue?«, tobte Bit. »Entweder du bist dabei oder nicht.«

Jonah starrte zu Boden. Ich bin sicher, sein schlechtes Gewissen verpasste ihm einen Tritt zwischen die Beine. Saira und Venetia kamen aus dem Haupteingang gerannt. Mann! Die beiden gaben ein schönes Bild ab. Ein oder zwei Sekunden lang verschwanden meine Sorgen. Manchmal musste man sich einfach an den schönen Dingen des Lebens erfreuen. Sie entdeckten uns, winkten und kamen auf uns zu. Jonah richtete sich gerade auf, klopfte sich den Schmutz vom Blazer und fingerte an seiner Krawatte rum.

Venetia sah ein bisschen fröhlicher aus als noch vorhin. Ihre Augen waren nicht mehr so verquollen und sie gab sich Mühe, zu lächeln. Was Saira Aslan betraf – ich betrachtete sie zum ersten Mal aus nächster Nähe. Ihre Augen waren größer und dunkler als die Mitternacht, und auf ihrer linken Wange hatte sie einen Schönheitsfleck – hätte auch ein Stippser von einem schwarzen Kugelschreiber sein können, war mir aber egal. Sie sah verdammt wunderschön damit aus. Jonah würde sich ranhalten müssen, wenn er's bei ihr bis auf die zweite Base schaffen wollte.

Zeit, einen Plan zu machen. Venetia fing an.

»Saira kommt mit. Wir sind zu dritt.«

»Zu viert«, setzte ich hinzu. »Venetia, Sis, mach dir keine Sorgen. Wir sind die Rebellenallianz. Dieser Sergio wird getodessternt.«

»Ich bin auch dabei!«, sagte Jonah, der plötzlich ganz draufgängerisch wurde. »Ja, Mann. Sergio hat sich was herausgenommen! Das dürfen wir nicht zulassen! Der kriegt einen Arschtritt!«

Bit und ich schauten Jonah misstrauisch an.

»Das sind fünf!« Venetia lächelte. »Danke, Jungs. Das bedeutet mir viel. Hoffentlich erwischen wir ihn, bevor er die Fo… na ja, ihr wisst schon.«

Unsere Mission erinnerte mich an die tapferen Ritter zu König Artus Zeit, die loszogen, um sexy Mädchen mit langen Haaren vor Kriegsherren zu retten, die sie in Turmverliese sperrten. Das würde super werden!

Plötzlich gab Venetia Bit ein Küsschen auf die Wange. Bits Augen vollführten so ein eigenartiges, verrutschtes Tänzchen, als hätte er den ganzen Tag gekifft. Ich hab noch nie gesehen, dass ein Bruder wegen einem angenehmen Download so gegrinst hätte. Jonah starrte ihn an, Eifersucht pumpte durch sein System.

»Also wann geht's los?«, fragte Bit.

»Morgen Abend«, erwiderte Venetia. »Sergio ist freitagabends immer zu Hause und wartet, dass seine Mum anruft.«

»Geht klar bei mir«, sagte ich.

Jonah nickte. »Bei mir auch.« Der Neid trat ihm immer noch in den Hintern.

»Um wie viel Uhr treffen wir uns?«

»Sagen wir um sechs«, erwiderte Venetia. »Dann haben wir Zeit, uns umzuziehen und nach der Schule noch was zu futtern. Kommt ihr zu mir? Ich sag meinen Leuten, dass ihr mir bei neuen Tanzschritten helft oder so.«

»Ja«, erwiderte ich. »Bin bei dem Programm dabei. Alle einverstanden?«

Bit grinste, ohne Zweifel war er erleichtert, dass er sich wenigstens nicht ganz alleine seinen kleinen Arsch versohlen lassen musste. Jonah grinste auch, aber da war noch ein Hauch von etwas anderem in seinem Gesicht – eine Dosis Schiss direkt hinter den Augen. Ich wollte es nicht zugeben, aber auch bei mir rumorte Angst im Magen. Ritter hatten wenigstens eine Rüstung, Schwerter, Streitkolben und Pferde, die ewig dahingaloppierten. Und wir? Wir fuhren mit dem 159er Bus nach Notre Dame, bewehrt einzig mit unseren Fäusten und aufgebürsteten Afros.

Plötzlich hielt so eine Gettoratte mit Fahrrad quietschend neben uns.

Er warf den Kopf in den Nacken, um die Kapuze vom Kopf zu schütteln, grinste Saira und Venetia an, dann nahm er mich ins Visier. Collie Vulture! Einer von Nestas Kumpels. Er war ungefähr siebzehn, vielleicht achtzehn – schwer zu sagen bei den ganzen Eiterbergen, die auf seinem Gesicht sprossen. Ich wusste über ihn nur, dass er von unserer Schule geflogen war, ein Akne-Problem hatte und in Wirklichkeit Simon hieß. Ich hatte nie auch nur zwei Worte an ihn gerichtet, also wieso glotzte er mich jetzt an?

»McKay«, rief er. »Man hat mir gesagt, ich soll dich holen.«

»Wer?«, wollte ich wissen.

»Meine Schwester«, sagte er.

»Ich kenne deine Schwester nicht.«

»Aber dein Bruder kennt sie.«

»Woher kennt mein Bruder deine Schwester?«

»Komm mit und find's raus«, erwiderte Collie Vulture.

Ich blieb eine Weile stehen, dachte nach. Dann sah ich Jonah an und der schüttelte den Kopf. Bit zuckte mit den Schultern. Ich hatte mir geschworen, dass ich Nesta suchen wollte, und wenn es bedeutete, Collie auf einer irren Mission zu folgen, dann würde ich das tun. Ich verabschiedete mich von meiner Crew.

Collie machte Wheelies, Spins und Skids und führte mich zum südlichen Rand unserer Siedlung. Die ganzen Blocks lagen hinter uns. Ich dachte, wir würden nach Crongton Heath abbiegen, aber wir gingen weiter östlich zu den schmalen Straßen mit den Reihenhäusern. In großen schwarzen blasenförmigen Buchstaben stand auf eine Hauswand gesprüht:

KRIEGER REDEN NICHT MIT BULLEN
UND WENN DOCH, DANN MÜSSEN KÖPFE ROLLEN

Die Farbe blätterte von den Türen und die Fassaden waren schmutzig. Vor den Fenstern hatten gerade mal ein paar Mülltonnen Platz, dann kam schon der Gehweg. Kinder fuhren auf quietschenden Rollern vorbei, und aus einem offenen Fenster hörte man eine Frau zum Radio mitsingen, total schief, probte wohl ihren *X-Factor*-Auftritt. So wie's aussah, spielte sich gerade nichts Gefährliches ab, aber es war so eine Gegend, wo man sich alle zehn Schritte über die Schulter schaut und auf der Hut bleibt.

Collie Vulture lachte, dann drehte er noch einen Wheelie auf dem Bürgersteig, zerlegte beinahe einen Passanten und schoss die Straße runter. Als ich ihn wieder eingeholt hatte, führte er mich noch um drei weitere Ecken, dann blieb er vor einer grünen Tür mit zwei schmutzigen Fenstern links und rechts stehen. Der beißende Gestank von Katzenpisse stieg mir in die Nase.

»Wir wohnen in der Wohnung oben«, sagte er.

Er steckte den Schlüssel ins Türschloss, dann drehte er sich um und grinste mich irre an. Ich muss zugeben, mein Herz fing an zu hämmern. Ich überlegte, ob ich kehrtmachen sollte – schließlich musste ich nicht jeden Tag einer Gettoratte, die ich kaum kannte, in ferne Gefilde folgen, die ich normalerweise nie betreten würde. Ich zögerte, als er die Tür öffnete und sein Fahrrad durchschob.

»Was ist los?«, fragte er. »Dein Bruder ist oben.«

Vor uns lag eine kurze Diele mit zwei Türen am Ende. Collie parkte sein Fahrrad und öffnete die Tür rechts. Eine Treppe führte zu seiner Wohnung. Ich folgte ihm und versuchte, äußerlich cool zu bleiben, während meine Nerven in mir Pingpong spielten.

»Yvonne! *Yvonne!*«, schrie Collie. »Ich hab ihn.«

Wir kamen an einen Treppenabsatz und gingen links weiter. Klamotten trockneten auf dem Geländer. Ich ging vorbei an einer kleinen Küche und wurde bis ans Ende des Flurs geführt, wo eine Tür war. Collie hämmerte mit seinem Schlüssel dagegen. Ich hielt die Luft an.

»Herein«, rief eine Mädchenstimme.

Ich stieß die Tür auf und trat in das Zimmer eines Mädchens. Nesta saß auf ihrem Bett. Rote Kissen im Rücken. Er trug seine schwarze Jeans, aber obenrum war er nackt. Mehr als genug Blutergüsse auf dem Rücken und den Schultern. Sein linkes Auge war bläulich schwarz und fast vollständig zugeschwollen. Auf dem Nachttisch stand ein Fläschchen Desinfektionsmittel (der Gestank lieferte sich eine wilde Schlacht mit dem kräftigen Katzenpissearoma) und ein Mädchen mit blonden, krausen Haaren tupfte ihm das Gesicht mit Wattebäuschen ab. Sie trug ein *Matrix*-T-Shirt und unzählige Armreife am Handgelenk. Ein grünes Buddha-Tattoo sexte ihren Hals auf. Sie sah aus wie ungefähr neunzehn, vielleicht zwanzig.

Als er mich sah, funkelte Nesta mich mit seinem gesunden Auge wütend an.

»Was willst du mit deinem Fettarsch hier?«, schrie er. Er schwenkte seinen bösen Blick zu dem Mädchen herum. »Hast du das eingefädelt?«

»Ja, hab ich!«, sagte das Mädchen. »Wenn du mit mir nicht hingehen willst, dann gehst du mit deinem kleinen Bruder.«

»Wohin?«, wollte ich wissen.

»Zur Polizei, sein Fahrrad gestohlen melden«, eröffnete das Mädchen.

Ich brauchte ein paar Sekunden, um die Info vollständig runterzuladen. Erst mal war offensichtlich, dass mein einzelgängerischer großer Bruder eine Freundin hatte. Eine Freundin! Das war an sich schon eine Galaxie weit abgefahren, aber außerdem war klar, dass sie – seine *Freundin* – wollte, dass er zu den Bullen ging! *Stutz einer Merlins Augenbrauen!*

Nesta war unberechenbar, aber wenn man drei Dinge über ihn sagen konnte, dann: erstens, er hasste Bullen; zweitens, er liebte sein

Fahrrad bis zum Gehtnichtmehr; und drittens, er hatte keine Freundinnen!

»Ich bin Yvonne«, sagte das Mädchen, stellte die liebevoll zärtlichen Zuwendungen kurz ein und schenkte mir die Andeutung eines Lächelns.

»Ich hau ab, Sis«, sagte Collie zu Yvonne. Er streckte die Hand aus. »Wo sind meine fünf Pfund dafür, dass ich McKay geholt habe?«

»Geb ich dir später, morgen vielleicht«, erwiderte Yvonne. »Mein Budget ist echt bescheiden gerade.«

Offensichtlich gefrustet, schüttelte Collie den Kopf, dann drehte er um und ging durch den Flur zurück.

»Leg dich mit niemandem an und fahr *nicht* auf dem Gehweg!«, bellte Yvonne. Er sprang die Treppe runter und wir hörten die Tür zuknallen.

»Man kann den Bullen nicht trauen«, gab Nesta zu Bedenken. »Ich hol mir mein Fahrrad selbst zurück!«

»Du hältst dich wohl für unverwundbar?« Yvonne hob die Stimme. »Der Ironman aus Crongton?« Sie zog abfällig die Oberlippe hoch. »Schau dich an. Anscheinend blutest du, und Blutergüsse bekommst du auch in allen Farben zwischen grün und blau! Wenn die dich erwischen, schlagen sie dich rollstuhlreif! Also hör ausnahmsweise mal auf, den Helden zu spielen, schluck deinen verdammten Stolz und melde dein Fahrrad bei den Bullen gestohlen. Das ist die einzige Möglichkeit, es zurückzubekommen.«

Nesta schloss die Augen. *Heiliges Veilchen!* So klein mit Hut hatte ich ihn noch nie erlebt. Er musste Yvonne wahnsinnig lieben. Wenn Dad versucht hätte, ihn zu überreden, dass er mit den Bullen spricht, hätte er einen Wahnsinn an Widerstand aufgefahren.

»Was ... was genau ist denn passiert gestern?«, fragte ich.

Yvonne wischte meinem Bruder mit so einem Feuchttuch übers Gesicht, das man sonst für Babyhintern benutzt, dann klebte sie ihm ein frisches Pflaster auf die Stirn. Nesta zuckte zusammen. »*Sag's* ihm!«, beharrte sie.

Nesta machte die Augen auf, oder wenigstens das eine. Er schaute mich so stinksauer an, dass ich weggucken musste. Dabei entdeckte ich eine schlafende schwarz-weiße Katze am Fußende des Bettes.

»Ich bin nachts nach North Crong hochgefahren«, fing Nesta an. Er starrte ins Leere. »War am Jubilee Way, in der Nähe vom Basketballplatz.«

»Wieso bist du da hin?«, fragte Yvonne, schüttelte den Kopf. »Du hast Ärger gesucht. Die North-Crong-Brüder legen sich mit allen aus dem Süden an. Erst vor drei Wochen wurde General Madoo abgestochen und Manjaro suchen sie auch immer noch.«

»Soviel ich weiß, ist das ein freies Land, oder?«, erwiderte Nesta. »Ich kann rumfahren, wo ich will.«

»Dumme Entscheidung«, fauchte Yvonne. »Manchmal denkst du nicht nach. Erwarte nicht von mir, dass ich dir Blumen aufs Grab lege.«

»Ich will gar keine!«

Irgendwie war's komisch, dass ich in meinem ganzen Leben noch kein einziges Mal in North Crong war. Ich musste Nesta recht geben. War ein freies Land. In was für einer bescheuerten Welt lebten wir eigentlich, wenn man nicht mal durchs Nachbarviertel spazieren konnte, ohne von Gettoratten gejagt zu werden?

Die Katze wachte auf, gähnte und sprang auf den Boden, stolzierte durchs Zimmer, als wär sie die Königin der Welt.

»Die haben einen neuen Skatepark«, erzählte Nesta weiter. »Den wollte ich mir ansehen. Ich hab keinen Ärger gesucht. Ich meine, was soll ich alleine schon machen? Jedenfalls hab ich gemerkt, dass mich da so ein paar Ratten anglotzen, da dachte ich, ich schieb meinen Arsch lieber wieder von der Bildfläche.«

Nesta stieg vom Bett, nahm sein weißes Unterhemd vom Stuhl, zog es über und fuhr fort. »Ich bin über den Rasen gefahren und gegen irgendwas geknallt – ich glaub, ein scheiß Skateboard. Bin vom Fahrrad gefallen, und schon waren die drei Ratten auf mir drauf. Kann mich nicht erinnern, wie oft die Pussys zugeschlagen haben. Als ich am Boden gelegen hab, hat einer mein Fahrrad geschnappt und ist weg damit. *Dreistes Arschloch!* Ich bin wütend geworden, hab die Ratten abgeworfen und bin dem Dieb hinterher. Hab ihn eingeholt und vom Fahrrad getreten. Er ist mit dem Schädel auf den Asphalt geknallt. Dabei ist ganz schön Blut geflossen. Ich wollte wegfahren, aber da hatten mich seine Kumpels schon wieder in der Mangel. Die haben mich krass verprügelt. Und das Schlimmste war, dass sie mein scheiß Fahrrad dann trotzdem geklaut haben.«

»Das hättest du deinem Dad erzählen sollen«, sagte Yvonne.

»*Nein!*«, schrie Nesta. »Das muss er nicht wissen. Ich kämpfe meine eigenen Kriege. Was soll er überhaupt machen? Der kommt doch nicht mal gegen die Gerichtsvollzieher an!«

Die Katze sprang auf Yvonnes Schoß, putzte sich das Gesicht und schloss erneut die Augen für ein Nickerchen.

»Ich bin auf Yvonnes Seite«, sagte ich, hatte schon Angst, dass Nesta mich in Grund und Boden schimpft. »Du hättest es Dad erzählen sollen … er hat dir das Fahrrad gekauft.«

»Was weißt *du* denn schon?«, blaffte er zurück.

»Pass auf, du willst dein Fahrrad, oder?«, fuhr Yvonne fort. »Und wenn du alleine nach North Crong fährst, um es dir zurückzuholen, dann brauchst du bei mir nicht mehr anklopfen und jammern, dass ich dich verarzten soll. Mach ich nämlich nicht! Dann kannst du deinen sturen Arsch ins scheiß Krankenhaus schieben und warten, bis die dich dort zusammenflicken!«

»Du bist eiskalt«, erwiderte Nesta.

»Ist mir schnurzfurzegal, ob du das eiskalt findest. Ich mein's ernst«, sagte Yvonne, hob die Stimme. »Wenn du wirklich dein Fahrrad wiederhaben willst, dann geh zu den Bullen und gib eine Anzeige auf.«

Yvonne wandte sich an mich. »Bring deinen bockigen Bruder dazu, dass er das macht, McKay.«

Ich hatte es in meinem ganzen Leben noch kein einziges Mal geschafft, Nesta zu irgendwas zu bringen.

»Außerdem, Nesta«, setzte Yvonne hinzu, »ich brauche Zeit für mich und meine soziologischen Studien. Und ich muss die Küche aufräumen! Ich hab den ganzen Tag überhaupt nichts gemacht, nur wegen *deinen* Problemen, und in ein paar Stunden kommt Mum von der Arbeit, also kneif deinen Knackarsch zusammen und zieh Leine.«

Ich gab mir die größte Mühe, nicht dreckig zu grinsen. Nesta zog sein T-Shirt und seine Jeansjacke an. Ich sah ihm zu, wie er die Schnürsenkel seiner Sneaker zuband – Socken trug er nie. Als er fertig war, gab er Yvonne ein Küsschen auf die Wange, sah mich an und sagte: »Los, wir düsen ab.«

5

BEI DEN BULLEN

BIS WIR DEN SÜDLICHEN RAND unserer Siedlung erreicht hatten, sagte Nesta gar nichts. »Meinst du wirklich, man kann den Bullen trauen?«

Ich zuckte mit den Schultern. »Weiß nicht. Man hört immer wieder Schlimmes. Bits Schwester hasst sie.«

»Kann sein, dass es sowieso Zeitverschwendung ist. Wahrscheinlich haben die North-Crong-Ratten mein Rad längst verkauft. Keine Ahnung, was ich Dad sagen soll, wenn ich's nicht wiederbekomme.«

»Sei halt ehrlich, oder?«, sagte ich. »Das kapiert der schon. Kommt vor. Neulich hat jemand Colonel Slab den Laptop gerippt – und guck dir an, wie groß und schlecht gelaunt der ist. Dad weiß doch, was hier los ist.«

»*Nein!* Er wird's nicht kapieren. Er wird denken, dass ich mich nicht wehren kann.«

»Da ist noch was«, sagte ich.

Nesta blieb kurz stehen und fing mich mit seinem einäugigen Starren ein. »Was?«, fragte er ungeduldig.

»Der Typ – der Typ, der dich vom Rad getreten hat. Ich glaube, der musste sich im Krankenhaus röntgen lassen. Wird gerade in der Schule rumerzählt.«

Nesta hielt inne und starrte erneut ins Leere, als würde er die Szene in Gedanken noch einmal abspulen. »Der ist heftig mit dem Kopf auf den Boden geknallt«, gab er zu. »Aber wer hat der Ratte auch gesagt, dass sie mein verfluchtes Rad klauen soll?«

»Der Typ heißt Festus.«

»Festus?«, wiederholte mein Bruder. Entsetzen schlabberte ihm übers Gesicht. »Festus Livingstone?«

Ich nickte. Er wischte sich über die Stirn und holte tief Luft. Die Angst in meinem Bauch schoss in die Höhe wie eine Bohnenranke im Märchen. »Komm, geh mal einen Schritt schneller, Bro«, sagte er. »Wir haben einen Fahrraddiebstahl zu melden.«

Nesta verlor kein weiteres Wort mehr, bis wir an den alten Fabriken waren – ich wusste nicht, wieso die Bezirksverwaltung die nicht längst platt gewalzt und was Neues gebaut hatte. Die Einzigen, die die Gebäude nutzten, waren Penner und Ausreißer.

»Wie war's heute in der Schule?«, fragte Nesta.

»Wie immer.«

»Hast du was gebacken?«

»Nein, das ist dienstags.«

»Nimm das lieber ernst«, sagte er. »Man weiß nie, vielleicht wirst du mal Chefkoch, arbeitest in einem vornehmen Hotel wie dein Uropa. Hey – da werden Fünfzigpfundscheine als Trinkgeld verteilt, wie beim Zahnarzt Lutscher. Also bleib dran.«

»Ich *bleib* ja dran«, erwiderte ich. »Aber wenn ich eines Tages ins Küchengewerbe einsteige, dann will ich nicht bloß Chefkoch werden – ich will, dass mir der ganze verdammte Laden gehört.«

Nesta nickte und grinste. Anscheinend hatte er sich an was erinnert. »Mums Bücher waren ganz praktisch, oder?«, sagte er. »Gut, dass ich gerade noch verhindert hab, dass Dad sie der Wohlfahrt spendet.«

»Ja, die kann ich echt gut gebrauchen.«

»Ihre Schürzen hätte ich auch behalten und Dad davon abbringen sollen, sie wegzuschmeißen – die hättest du im Kochunterricht anziehen können.«

»Ist nicht so wichtig.«

»Doch, das ist wichtig!« Nesta hob die Stimme. »Alles, was ihr gehört hat, ist wichtig.«

Gespräche mit Nesta endeten immer mit Mum.

Ich wollte ihn nach Yvonne fragen. Wie lange er schon mit ihr zusammen war? Warum er sich damit so bedeckt gehalten hatte? Ich hatte sie erst fünf Minuten mitbekommen, aber schon kapiert, dass sie gut für ihn war. Nesta konnte Leute echt einschüchtern mit seinem irren Starren und seiner schrägen Art – aber sie nicht. Vielleicht würde sie dazu beitragen, dass er ein bisschen ruhiger wurde. Und ihm helfen, mit seinen Problemen klarzukommen, die er seit Mums Tod mit sich rumschleppte. Das Drama mit Dad hatte sie schon im Visier.

»Ich finde trotzdem, dass du Dad erzählen solltest, dass die dir dein Rad geklaut haben«, sagte ich.

Nesta schloss sein gesundes Auge und schüttelte den Kopf. Mein Handy brummte. Ich zog es aus der Tasche. Dad, wie aufs Stichwort.

»Sag ihm nicht, dass ich hier bin!«, warnte Nesta.

»Aber … «

»Ich mein's *ernst!* Du sagst ihm null Komma gar nichts, sonst bleibt Festus Livingstone nicht der einzige Bruder, dem ich einen Tritt verpasst habe.«

»Hi, Dad.«

»Hi, McKay. Wo bist du?«

»Ach … ich will grad in den Park, bisschen Fußball gucken.«

»Wer spielt denn?«, fragte Dad.

»Irgendwelche aus der Elften.«

»Hast du was von Nesta gehört?«

»Nein, Dad. Der hat sich noch nicht gemeldet.«

Nesta nickte und hob einen Daumen. Aber ich hatte ein schlechtes Gewissen.

Wahrscheinlich war Dad zu Hause in der Burg und gestresst bis zum Gehtnichtmehr. In meinem Magen rumorte es wie in einem kaputten Mixer.

»Der kommt schon wieder, Dad. Mach dir nicht so viele Sorgen«, sagte ich.

»Na, hoffentlich«, meinte Dad. »Okay, McKay. Denk dran, ich hab dir fünf Pfund fürs Essen hingelegt.«

»Danke, Dad.«

Ich killte den Anruf. »Noch mal lüg ich aber nicht für dich!«, sagte ich. »Ihr beide müsst euch hinsetzen, die Köpfe zusammenstecken und über eure Probleme reden. Ich kann's nicht leiden, bei euren Gefechten als Schiedsrichter dazwischen zu stehen.«

Nesta legte mir eine Hand auf die Schulter. »Erst, wenn er mir auch mal *zuhört*. Du *weißt*, wie er ist. Entweder läuft es so, wie er sagt, oder gar nicht. Das muss er ändern, sonst setz ich mich gar nicht erst mit ihm hin.«

Ich merkte, dass Nesta sich gleich wieder aufregte, also ließ ich's bleiben.

Wir kamen an die Crongton High Street. Schulkinder hingen draußen vor dem Footcave ab, bewunderten die Marken-Sneaker. Andere verputzten Hühnerbeine im Hot Rooster Takeaway. Vier Bullen liefen Streife, zwei auf jeder Straßenseite. Draußen an der Bushaltestelle vor Norley's Kaufhaus hockte ein Penner eingewickelt in eine Daunendecke und bettelte um Geld. Wohltätige Büchsenschüttler lächelten ihr aufgesetztes Lächeln. Die beiden Kaffeeläden waren rappelvoll mit Endzwanzigern, die an Laptops arbeiteten, und jungen Müttern, die Kuchen futterten. Im Handyladen standen Brüder und Schwestern in meinem Alter und checkten die neuesten Smartphones. Nesta blieb nicht stehen und ließ sich nicht ablenken. Er marschierte direkt zur Polizeiwache am Ende der Straße. Ich musste joggen, um überhaupt mit ihm mitzuhalten.

Der Anblick der Polizeiwache stimmte mich nachdenklich. Ich hielt inne. Nesta drehte sich um.

»Was ist los – wieso bleibst du stehen?«

»Darf ich dich was fragen?«, sagte ich, wischte mir den Schweiß von der Stirn.

»Was?«

»Was ist aus Manjaro geworden?«

»Wie oft hast du mich das schon gefragt?«, blaffte Nesta ungeduldig zurück.

»Ist er tot?«, wagte ich zu fragen. »Du würdest das doch wissen … oder?«

Nesta ließ sich Zeit mit der Antwort. Guckte weg. »Sprich leise,

Bro. Vergiss nicht, wo wir sind. Nein, er ist ganz bestimmt nicht *tot*.«
Er zischte das Wort kaum hörbar. »Jetzt steck die Fragen weg, wir
bringen es hinter uns.«

Wir platzten durch die Schwingtüren und ließen uns auf zwei ver-
kratzten Plastikstühlen im Empfangsbereich nieder. An den Wänden
hingen Plakate, auf denen stand, welche Nummern man anrufen sollte, wenn man Zeuge eines Verbrechens geworden war. *Dreimal an den
Helm getreten!* Wenn ich jedes Mal, wenn ich was Schlimmes sah, bei
den Bullen anrufen würde, käm ich gar nicht mehr weg vom Telefon.

Durch eine Glastür sahen wir eine alte Frau am Hauptschalter, die
sich über irgendwas aufregte. Eine Beamtin machte sich Notizen. Ich
schaute Nesta an – er starrte wie immer psychomäßig ins Leere. Ich
hoffte, dass er nicht ausklinkte. Wenn doch, würde ich definitiv Dad
anrufen.

Einmal, kurz nach Mums Tod, war Dad in die Schule bestellt worden. Im Sportunterricht war es zu einem Vorfall gekommen. Nesta
hatte sich geweigert am Geländelauf teilzunehmen – und als der Lehrer gedroht hatte, bei ihm zu Hause anzurufen, damit »seine Mutter
herkommt und sich drum kümmert«, ist Nesta ausgerastet. Mit einem Kricketschläger hatte er einen Vitrinenschrank zerlegt. Der
Sportlehrer war neu – er hatte es nicht besser gewusst.

Ich wurde aus dem Unterricht geholt, damit ich Nestas Festplatte
wieder in die Spur zurückquatsche. Als ich ankam, saß er zusammen-
gekauert auf dem Stuhl von dem Lehrer und hielt den Schläger im
Arm wie ein Baby. Niemand hat versucht, ihn ihm abzunehmen.
Schließlich kam Dad, erklärte der Schule die Situation und überrede-
te Nesta, seinen Zorn runterzufahren und den Schläger fallen zu lassen. Nesta meinte, alles wäre cool gewesen, wären die anderen einfach
laufen gegangen und hätten ihn alleine Basketball spielen lassen.

Allen tat's leid. Trotzdem wurde er eine Woche lang vom Unterricht suspendiert.

Die alte Frau kam jetzt durch die Glastür. Nesta sah sie böse an
und sie murmelte leise was vor sich hin, dann trollte sie sich. Nesta
stand auf. Mein Herz wummerte. Ich folgte ihm an den Schalter. Die

Bullenfrau kritzelte irgendwas auf einen DIN-A4-Block. Sah aus, als hätte sie Nägel gekaut. Ihr Haar war rot. Ihre weiße Bluse sauberer als frischer Schnee.

Nesta machte sich bemerkbar. »Entschuldigung!«

Die Beamtin sah auf und lächelte. Für eine Bullenfrau war sie ganz schön hübsch. »Wie kann ich Ihnen helfen, Sir?« Sie registrierte die Verletzungen in Nestas Gesicht. Ihre Miene änderte sich. »Was ist dir denn passiert?«

»Hab mich oben am Jubilee Way von ein paar North-Crong-Pussys verprügeln und mir das Fahrrad klauen lassen«, antwortete Nesta. »Die Schläge kann ich ab, die will ich nicht melden, aber ich will mein verfluchtes Fahrrad wiederhaben. Es hat einen silbernen Rahmen, und die Griffe hab ich mit goldenem Band umwickelt. Hintendran hat es vier Reflektoren und …«

»Warte mal kurz«, sagte die Bullenfrau und hob eine Hand. »Zuerst muss ich deine Personalien aufnehmen – deinen Namen und so weiter.« Sie betrachtete erneut sein Gesicht. »Das sieht nicht gut aus«, meinte sie. »Wurde das schon medizinisch versorgt?«

»Ich brauche keine medizinische Versorgung«, blaffte mein Bruder. »Ich will bloß mein Fahrrad wiederhaben. Mein Dad hat es mir gekauft! Wieso schickt ihr nicht welche vom Militär mit ein paar sabbernden Hunden nach North Crong und kümmert euch um das Problem?«

Mein Herz schlug schneller. *Dreh jetzt bloß nicht durch, Nesta*, beschwor ich ihn leise. *Nicht hier drin!* Ich legte Nesta eine Hand auf die Schulter. Spürte dabei, wie sich sein Körper anspannte.

»Ich muss ein Formular holen«, sagte die Bullenfrau. »Und einen Kaffee. Möchtest du auch einen?«

Nesta guckte verdattert. Er schaute mich an, dann wieder die Beamtin. »Äh, keine Ahnung. Ja, was zum … ja, ich nehme einen Kaffee. Was ist mit meinem kleinen Bruder? Kann der auch einen haben?«

»Natürlich«, erwiderte sie. »Milch? Zucker?«

»Ein bisschen Milch in meinen und zwei Würfel Zucker. Danke«, sagte Nesta.

Beide sahen mich an.

»Äh, ich auch«, sagte ich.

Die Bullenfrau trabte davon. Nesta stierte ihr auf den Hintern. Ich glaube, ihm gefiel, was er sah. Ich weiß, dass es mir gefiel. Er drehte sich um. »Ist das zu fassen?«, meinte er. »Eine von den Bullen bringt mir Kaffee?«

Ich schüttelte den Kopf. »Vielleicht arbeiten die ja doch nicht alle für die dunkle Seite«, sagte ich und grinste bemüht in der Hoffnung, ihn ein bisschen damit zu chillen – ich sah ihm an, dass er nervös war. Jedenfalls war *ich* nervös.

»Aber wir haben den Kaffee ja noch nicht probiert, Bro«, sagte er. »Man weiß nie, vielleicht haben sie ihn mit Stinktierpisse oder noch was Ekligerem gestreckt.«

Ich lachte. »Wenn ich dir die brutale Wahrheit anvertrauen darf, Bro, eigentlich schreit mein Magen nicht nach einem Heißgetränk. Ich *brauche* ein paar Chickenwings oder so!«

Nesta zog verächtlich die Oberlippe hoch. »Du und deine Wampe. Immer denkst du ans *Essen!*«

»Hab seit der Mittagspause nichts mehr zu mir genommen!«

Während wir auf unsere Kaffees warteten, erinnerte ich mich, wie Mum mit mir in den Supermarkt gegangen war und mich gefragt hatte, was ich auf meine Schulbrote wollte. Ich sagte Corned Beef, Gurke und Branston Pickle. *»Aber du bekommst keine süße Limo, brauchst gar nicht erst fragen!«*

Die Bullenfrau kam mit dampfenden Styroporbechern auf einem Tablett und ein paar Formularen wieder. Der Kaffee war bescheiden, aber allmählich entspannte ich mich, weil Nesta sich sehr zu meinem Erstaunen scheinbar gut mit der Bullenfrau verstand. »Sie hätten mal sehen sollen, wie mein Mädchen reagiert hat, als sie mein zermatschtes Gesicht gesehen hat«, erzählte er. »Konnte gerade noch verhindern, dass sie zu den Waffen greift, in North Crong einmarschiert und sich persönlich um die Ratten kümmert. Das ist eine echte Kriegerin, die hat vor gar nichts Angst. Sie macht ein Fernstudium und dann einen Abschluss in Soziologie. Eines Tages wird sie Sozialarbeiterin. Ja! Meine Freundin hat voll was im Hirn.«

Total viel Stolz in seiner Stimme. Mein Bruder liebte diese Yvonne durch und durch.

»Deine Familie und deine Freunde haben sich bestimmt Sorgen gemacht«, sagte die Bullenfrau. »Also, du musst deinen Namen und deine vollständige Adresse, eine Kontaktnummer und … «

»Mein Dad erfährt davon aber doch nichts, oder?«

»Wie alt bist du?«

»Fast achtzehn.«

»Ich denke, wenigstens ein Elternteil sollte informiert werden. Wenn nicht dein Dad, dann vielleicht deine Mum?«

Nesta umklammerte seinen Becher noch fester. Kaffee kleckerte auf den Tresen. Ich legte Nesta meine Hand auf die Schulter. Einen Augenblick lang hielt ich die Luft an.

»Meiner Mum kann ich nichts mehr sagen«, meinte er. »Sie ist tot.«

»O Gott. Das tut mir sehr leid«, erwiderte die Bullenfrau. Mitgefühl zeigte sich in ihrem Gesicht. Dann wieder Schweigen. Sie suchte direkten Blickkontakt zu meinem Bruder. »Das wusste ich nicht«, sagte sie schließlich, »und ich entschuldige mich dafür, wenn ich was Falsches gesagt habe.«

Im Kopf lud ich das Bild von Ms Archer runter, der Jahrgangsleiterin, wie sie zu uns in Lebensmitteltechnologie gekommen war, um mir das mit meiner Mum zu sagen. Sie hatte sich die Finger gerieben und gestammelt. Daran erinnere ich mich deutlicher als an das, was sie tatsächlich gesagt hat.

»Schon gut«, meinte Nesta nach einer verlegenen Pause. »Tut mir leid wegen dem verkleckerten Kaffee.«

»Kein Problem.« Sie lächelte wieder. »Ich kümmere mich drum.« Dann ging sie einen Lappen holen. Ich stieß einen Monsterseufzer aus. Nesta ließ den Kopf hängen.

Als sie zurückkam, füllte er das Formular aus und erzählte ihr, dass er verprügelt worden war und hatte zusehen müssen, wie die ihm sein Fahrrad geklaut hatten. Kurz wünschte ich, Dad wäre hier, um sich das anzusehen.

»Und Sie schicken dann ein Sondereinsatzkommando los, das mir mein Fahrrad wiederbeschafft?«, scherzte Nesta.

»Ein Sondereinsatzkommando kann ich dir nicht versprechen, aber sobald jemand verfügbar ist, wird er sich drum kümmern. Wahrscheinlich weißt du ja, dass wir zurzeit ein bisschen unterbesetzt sind – ist so viel los.«

»Hab ich gehört«, erwiderte Nesta.

»Aber du hast jetzt ein Aktenzeichen«, sagte die Bullenfrau. »Hoffentlich war dein Fahrrad versichert. Und ich denke immer noch, dass du wenigstens mal zu deinem Hausarzt gehen solltest.«

Nesta schüttelte den Kopf. »Danke für alles«, sagte er. Er drehte sich um, sah mich an und meinte: »Los, wir ziehen ab.«

Wenig später sprangen wir die Stufen vor der Wache runter. Nesta meinte irgendwas von wegen Yvonne könne sich jetzt nicht mehr beschweren, aber ich dachte ans Essen – mein Magen hatte die Knurrmaschine angeworfen.

6

IN HANDSCHELLEN

WIR GINGEN ÜBER DIE HIGH STREET zurück. Jetzt liefen schon sechs Bullen Streife – drei auf jeder Seite. Der Hot Rooster Takeaway kitzelte meine Nüstern. Nesta laberrhabarberte immer noch über Yvonne dies und Yvonne das. War schon lustig. Vor heute hatte er sie mir gegenüber null Komma gar keinmal erwähnt. Klingt kalt, aber ich hab ihn ausgeblendet.

Dad hatte vor ein paar Tagen eine Packung Hühnerfilets gekauft und in den Kühlschrank gelegt. Ich wollte nach Hause, das erstklassige Huhn in Stücke schneiden, würzen, Zwiebeln, Paprika und Knoblauch hacken und alles mit Gemüse und einer guten Ladung Jamaican Jerk in der Pfanne braten. Olivenöl war, glaube ich, noch da. Ich würde es ein paar Minuten unter Alufolie ziehen lassen, bis es richtig geil roch und durch war. Dazu noch einen Topf mit Reis, schön auf dem Herd gegart. Mmm. Mir lief das Wasser im Mund zusammen, aber wie.

»Also, was meinst du?«, fragte Nesta auf dem Weg Richtung South Crong.

»Was meine ich wozu?«, fragte ich zurück.

»Hast du nicht zugehört, McKay? Yvonne natürlich.«

»Yvonne«, wiederholte ich. »Was ist mit ihr?«

»Geht's noch? Ich hab dich gefragt, was du von ihr hältst.«

»Oh, ach so, scheint ganz cool zu sein«, erwiderte ich. »*Aber quetsch mir die Eier! Die hat dich ganz schön unter der Fuchtel! Geh zu den Bullen ... red mit deinem Dad!*«

»Hat sie nicht«, widersprach Nesta. »Aber ich respektiere sie.«

Wieder mal verkniff ich mir ein dreckiges Grinsen.

Wir zogen zum Laden in unserer Siedlung, weil Nesta Durst hatte –
ich hoffte, dass er mir auch was zu trinken kaufen würde. Ich überlegte gerade, ob Nesta mit mir nach Hause kommen wollte, als ich ungefähr hundert Meter weiter vorne Blaulicht sah – nicht weit vom Laden
entfernt.

»Beeil dich, Bro«, meinte Nesta. »Da ist was faul.«

Wir flitzten zum Schauplatz. Vor dem Laden hatte sich bereits eine
Menge Schaulustiger versammelt. Ein Streifenwagen parkte davor
und Mr Dagthorn, der ewig gestresste, glatzköpfige Besitzer, zeigte
hierhin und dorthin, quatschte zwei Bullen voll. Ungefähr dreißig Meter weiter zerrten zwei andere Polizisten eine Gettoratte zu ihrem Wagen, den sie ein Stück weiter die Straße rauf geparkt hatten. Collie Vulture! Die Hände mit Handschellen auf den Rücken gefesselt. Wüste
Flüche entfuhren seinem Mund. Sein Fahrrad war auf dem Gehweg
liegen geblieben. Ich schaute Nesta an. Er schüttelte den Kopf und
fluchte leise vor sich hin. Ich entdeckte Boy aus den Bergen an der La-
dentür und düste zu ihm. »Was geht ab?«, fragte ich.

»Collie hat eine Flasche Tonic Wine aus dem Laden mitgehen lassen, und als er aufs Fahrrad steigen wollte, sind plötzlich, wie aus dem
Nichts, die Bullen aufgetaucht.«

Ich schüttelte den Kopf.

»Collie hat getobt. Angeblich hat er Mr Dagthorn versprochen, er
würde morgen bezahlen«, setzte Boy aus den Bergen hinzu.

Ich spulte zurück, an die Stelle, als Collie ein bisschen früher am
Nachmittag die fünf Pfund von Yvonne haben wollte, die sie ihm dafür versprochen hatte, dass er mich aus der Schule holt. Echt abgefahren, wie aus kleinen Dramen plötzlich ausgewachsene Blockbuster
werden konnten.

»Ich hab ihm Hausverbot erteilt, aber er kommt trotzdem wieder
rein und klaut«, schimpfte Mr Dagthorn gegenüber den Beamten.

»Süßigkeiten, Schokoriegel, Kaugummi, Pornohefte – ich hab's
echt satt, von Jugendlichen ausgeraubt zu werden. Einsperren und
den Schlüssel wegwerfen, sage ich!«

Collie hörte, was Mr Dagthorn sagte, und ließ sich mit dem Zurückkläffen keine Zeit. »Fick dich, du alter Sack, ich hab gesagt, ich bezahl morgen, und das hätte ich auch gemacht!«

Die Bullen wollten Collie auf den Rücksitz ihres Wagens schieben. Collie wehrte sich ordentlich. »Steig in den Wagen!«, befahl ihm einer der Bullen.

Bei dem Versuch, sich loszureißen, knallte Collie mit dem Kopf an den Türgriff. Über seiner Augenbraue tauchte eine rote Stelle auf. Zuschauer äußerten wütend ihren Unmut. Immer mehr Leute kamen zum Gucken; über uns in den Wohnungen gingen die Fenster auf. Ein Angestellter vom Bezirksamt in einer neonfarbenen Jacke stellte das Straßenfegen ein und gab sich ebenfalls das Drama.

»Komm *nie* wieder in meinen Laden«, brüllte Mr Dagthorn. »Wahrscheinlich klaust du sogar noch in der Gefängniskantine!«

Jemand warf einen Stein, traf die Haube eines Streifenwagens. Als wir uns umdrehten, sahen wir eine Gettoratte Richtung Wareika Way wie Usain Bolt vom Schauplatz sausen. Seine Sneaker hatten knallorangefarbene Sohlen. Ich gab mir Mühe, nicht zu lachen, aber es war schon echt komisch. Die Bullen waren nicht gerade dabei, »Always Look on the Bright Side of Life« zu singen. Der arme Collie jaulte und schrie, als sie ihn unsanft im Wagen versenkten. Nestas Miene änderte sich schlagartig.

Dann warf noch jemand einen Stein und zertrümmerte damit die Schaufensterscheibe von Mr Dagthorns Laden. Ein Neun- oder Zehnjähriger zischte lachend davon, ein Bulle war ihm dicht auf den Fersen.

Boy aus den Bergen und ich traten schnell ein Stück zurück, wollten nicht in irgendwas reingeraten.

»Beruhigt euch alle«, schrie ein Beamter.

»Da sehen Sie, was ich mir gefallen lassen muss!«, brüllte Mr Dagthorn, der jetzt die Hände über dem Kopf zusammengeschlagen hatte. »Sehen Sie, wie viel Respekt man mir entgegenbringt? Hab ich das verdient? Wenn ich nicht wäre, wo würde man morgens seine Milch kaufen? Ich will nur meinen Lebensunterhalt bestreiten, und so werde ich behandelt!«

Nesta trat an die Beamten heran, die Collie in der Mangel hatten.

»Wenn ich die Flasche bezahle, die er geklaut hat, lasst ihr ihn dann gehen?«

»Er hat eine Straftat begangen«, erwiderte ein Bulle. »Man kann doch nicht einfach in einen Laden gehen und sich nehmen, was einem gefällt.«

»Die Flasche kostet keine drei Pfund«, sagte Nesta. »Und Dagthorn verlangt fünfzig Pence mehr als die im Supermarkt – der verfluchte Halsabschneider! Ich bezahl die Flasche, und glauben Sie mir, wenn ich's seiner Schwester erzähle, klaut der nie wieder was.«

Ich war nicht sicher, ob Nesta überhaupt drei Pfund dabeihatte. Und auch meine finanziellen Mittel waren begrenzt – ich hatte nur siebenundzwanzig Pence in der Tasche.

Der Bulle schüttelte den Kopf und knallte die Wagentür zu. Der andere stieg auf der Fahrerseite vorne ein und ließ den Motor an. Nesta klatschte an die Scheibe. Mr Dagthorn hatte aufgehört zu zetern und begaffte jetzt wie alle anderen meinen Bruder.

»Nesta!«, rief ich. Er hörte mich nicht. Die Krake stand im Begriff auszubrechen. *Ach du Scheiße!*

»Könnt ihr Bullen nicht mal halblang machen?«, tobte Nesta, hämmerte auf das Dach des Streifenwagens. »Wieso nehmt ihr ihn wegen nicht mal drei Pfund fest? Lasst ihn laufen! Niemandem ist was passiert. Er hat die Flasche nicht aufgemacht. Stellt sie einfach zurück in das scheiß Regal.«

Mein Herzschlag beschleunigte. Der Beamte im Wagen stieß die Beifahrertür auf, sie knallte Nesta ans Bein, fast hätte er sich hingelegt. »Sieh zu, dass du weiterkommst!«, befahl der Bulle meinem Bruder. »Geh nach Hause!«

Ich konnte spüren, wie Nesta explodierte. Ohne zu zögern, rannte er gegen den Bullen, stieß ihm den Kopf in die Brust. Der Bulle verlor das Gleichgewicht und ging unsanft zu Boden.

Auf dem Gehweg wurde gejohlt. Ein Mädchen kicherte wie bescheuert. Sogar der Straßenfeger hatte ein Grinsen im Gesicht.

Die anderen starrten ungläubig.

»Nesta!«, schrie ich noch mal.

Die Bullen umringten ihn jetzt. *Zwei* packten ihn, schlangen die Arme um ihn und hätten ihn bei dem Versuch, ihm Handschellen anzulegen, fast erwürgt. Nesta wand sich wie verrückt, trat und schlug wild um sich. Er verpasste ihnen ein paar Kratzer in die Gesichter, aber dann überwältigten sie ihn.

Alle um mich herum beschimpften die Bullen. Eine Stimme in mir schrie: *Steh nicht rum wie 'ne Pussy! Hilf him! Hilf ihm!*

Ich wollte zu Nesta rennen und ihm helfen, aber Boy aus den Bergen schubste mich um und sagte: »McKay, bleib mit deinem breiten Hintern hier.«

Mein rechtes Knie knutschte das Pflaster.

»Die Bullen nehmen meinen Bruder fest!«

»Und wie geht's deinem Dad, wenn er hört, dass nicht einer, sondern gleich *zwei* seiner Söhne Haferbrei fressen?«

Bis ich mich wieder aufgerappelt hatte, war Nesta in Handschellen. Sämtlicher Widerstand war aus ihm gewichen. Seine Brust hob und senkte sich, aber er wirkte eigenartig ruhig. Ich glaube, er starrte mich an. Seine Lippen bewegten sich. Ich konnte nur raten, was er sagte. Wahrscheinlich, dass ich Dad nichts erzählen sollte.

Sie stießen ihn in einen anderen Wagen. Die Türen wurden zugeknallt. Dann heulten die Motoren auf. Ich sah den Streifenwagen hinterher, als sie davonrasten. Nesta drehte sich nicht noch mal um. Und der Straßenfeger fegte weiter.

7

YVONNES MUM

MÜDIGKEIT ÜBERFIEL MICH. Ich setzte mich auf den Gehweg.
Mr Dagthorn war immer noch am Schimpfen. »Wer zahlt mir den
Schaden? Die Versicherung braucht Monate! Ich mach für heute zu!
Wieso laufen nicht mehr Polizisten hier in der Siedlung Streife? Wie
bin ich bloß an diesem gottverlassenen Ort gelandet? Ich will doch nur
meinen Lebensunterhalt bestreiten!«

»Hier sind schon genug Bullen unterwegs«, widersprach einer.

»Wieso lassen Sie Collie die Flasche nicht bezahlen?«

»Weil er ein *Dieb* ist!«

»Wenn ich einen Laden hätte, würde ich Collie gar nicht erst rein-
lassen«, schaltete sich jemand anders ein. »Eine Gettoratte wie der
würde seiner Großmutter noch das Kissen aus dem Sarg klauen!«

»Aber Dagthorn ist ein Wichser«, kam die Entgegnung. »Meine
Mum wollte ihr Stromguthaben aufladen und hat versprochen, ihm
am nächsten Tag das Geld zu bringen. Die hat nie was geklaut, aber er
hat einfach nur den Kopf geschüttelt und Nein gesagt, voll gemein. An
dem Abend haben wir im Dunkeln gesessen. Und *Scandal* verpasst. Ist
mir scheißegal, wer den beklaut und ausraubt.«

Mir fehlte die Energie, auch nur hochzugucken und nachzuschau-
en, wer da gegen Mr Dagthorn wetterte. Ich konnte nur eins denken:
Nesta war verhaftet und würde die Nacht in einer kalten Zelle auf der
Bullenwache sitzen. Einmal hatte mir Bits Schwester von den Verlie-
sen erzählt, die sie da haben – sie war fix und fertig gewesen, als sie
rauskam. Ich hatte keine Ahnung, wie die Anklage lauten würde. *Was
sollte ich Dad sagen?* Ich wusste, dass Nesta mir niemals verzeihen würde, wenn ich die Klappe nicht hielt. *Verdammt! Was soll ich machen?*

60

Ich spürte eine Hand auf der Schulter. Boy aus den Bergen. »Nimm lieber Collies Rad mit, bevor das auch noch einer klaut«, schlug er vor.

Ich stand auf und ging zu dem Fahrrad. Ich hob es auf und setzte mich drauf.

»Weißt du, wo er wohnt?«, fragte Boy aus den Bergen.

»Komischerweise hab ich's heute erfahren«, erwiderte ich. »Er wohnt in einer Seitenstraße an der Heath Road. Hat eine ältere Schwester, Yvonne. Die wird nicht gerade Halleluja singen, wenn sie hört, was passiert ist.«

»Kommt vor«, sagte Boy aus den Bergen. »Was willst du deinem Vater sagen?«

»Ich werd wohl auspacken müssen«, sagte ich. »Der Bulle hat Nesta mit der Wagentür erwischt. Gibt genug Zeugen, die das gesehen haben. Aber ich bring erst mal das Fahrrad zu Collie nach Hause.«

»Soll ich mitkommen?«, bot Boy aus den Bergen an.

Ich hielt inne und betrachtete ihn genauer. Ich kannte ihn schon seit über drei Jahren, aber wir hatten uns noch nie richtig unterhalten oder sonst was zusammen gemacht, in der Schule nie nebeneinander gesessen und waren auch noch nie zusammen nach Hause gegangen. Ab und zu riefen wir ihm ein paar blöde Sprüche in der Schule hinterher, aber das war's auch schon. Bisschen Quatsch halt. Aber seitdem ich ihm vor ein paar Wochen geholfen hatte, die Crew in die Flucht zu schlagen, die ihm das Tablet hatte abnehmen wollen, gab's so was wie ein unausgesprochenes Band zwischen uns. Ich wusste nicht mal genau, warum ich ihm geholfen hatte. Wahrscheinlich, weil er mir leidgetan hatte.

»Ja«, erwiderte ich schließlich, »kann ein bisschen Gesellschaft gut gebrauchen.«

Als wir an die Heath Road kamen, vibrierte mein Handy in meiner Tasche. Ich dachte, es wäre Dad, aber es war Bit.

»Was ist mit deinem Bruder?«, fragte er. Bit war total aufgekratzt, redete voll schnell, als wäre gleich sein Guthaben alle.

»Hab 'ne Nachricht bekommen, dass es draußen vor Dagthorns Laden voll abgeht. Alles klar mit Nesta?«

Ich erzählte, was passiert war.

»Boy aus den Bergen ist bei dir?«, fragte er, man hörte ihm voll die Überraschung an.

»Ja, wieso nicht?«

»Hab ich dir nicht gesagt, dass der an dir kleben wird wie der Verband an einer Mumie, bloß weil du ihm den Arsch gerettet hast?«

»So schlimm ist er gar nicht.«

»Hoffentlich kriegt dein Bruder seine Wut in den Griff, wenn ihn die Bullen vernehmen«, sagte Bit nach einer kurzen Pause.

»Der wird schon cool bleiben«, sagte ich.

In Wirklichkeit kackte ich Backsteine bei dem Gedanken daran, dass die Bullen Nesta vernehmen würden. Aber das musste Bit ja nicht wissen.

»Du lässt uns doch morgen nicht mit der Mission hängen, oder? Wegen deinem Bruder oder so?«

»Nein, Mann«, sagte ich. »Ich helf dir. Ich bin dabei.«

»Sicher?« Bit wollte eine Bestätigung. »Wenn du nämlich aussteigst, macht Jonah das auch. Kennst ihn doch. Ich brauche alle Chewbaccas, die ich auftreiben kann. Dieser Sergio ist kein Ewok. Und ich bin nicht so richtig groß.«

»Bit, hör mich an. Ich steig schon nicht aus. Ich zieh mit euch nach Notre Dame.«

»Okay … danke. Erzähl Boy aus den Bergen aber nichts von der Mission.«

»Mach ich nicht. Kein Problem. Wir reden später weiter.«

»Okay, ich ruf Venetia an und sag ihr, dass wir alle bereit sind.«

»Cool.«

Ich legte auf. Boy aus den Bergen guckte mich schief an. »Ihr wollt nach Notre Dame pilgern?«

»Äh, ja. Bit muss was für seine Mum erledigen und will nicht alleine hin.«

»Haltet euch bloß fern von North Crong – vergiss nicht, dass dein

Bruder sich mit Festus Livingstone angelegt hat – und der hat Major Worries an seiner Seite. Die zetern immer noch rum und zerreißen sich das Maul wegen General Madoo. Und Major Worries ist immer noch auf der Suche nach Manjaro ...«

»Daran musst du mich nicht erinnern«, fiel ich ihm in den Redefluss.

»... *und* du und dein Bruder, ihr seht euch echt ähnlich ...«

»Ich *weiß!* Aber halt jetzt einfach die Luft an, okay?«

Nach zweimal falsch abbiegen, fand ich endlich Collies grüne Tür. Ich klapperte am Briefschlitz. Yvonne machte auf, nachdem sie oben aus dem Fenster geschaut hatte. Sie erkannte Collies Fahrrad und sah's mir sofort an. »Was ist passiert?«, fragte sie.

»Nesta«, fing ich an. »Nesta war bei den Bullen und hat das mit seinem geklauten Fahrrad gemeldet.«

Yvonne verschränkte die Arme. Sie hatte einen Kuli hinter einem Ohr stecken. »Was noch?«, drängte sie mich. »Erzähl mir einfach, worauf's hinausläuft. Das ganze ›Es war einmal‹ interessiert mich nicht.«

»Die Bullen haben Collie und Nesta festgenommen«, platzte ich raus.

Yvonne schloss die Augen, schlug die Hände an den Kopf.

»Wieso? Was haben sie gemacht?«

»Collie hat eine Flasche Tonic Wine aus Dagthorns Laden mitgehen lassen und ist auf dem Weg nach draußen den Bullen in die Arme gerannt«, erwiderte ich. »Nesta wollte die Bullen überreden, ihn gehen zu lassen, aber die haben ihm eine Autotür gegen das Schienbein gerammt und da ist er durchgedreht.«

»Und was hat er *dieses* Mal angestellt?«, wollte Yvonne wissen.

Dieses Mal?, dachte ich. *Was für einen Wahnsinn hat er denn verzapft, von dem ich null Komma gar nichts weiß?* »Hat mit dem Kopf ...«

Im Haus hörten wir Schritte die Treppe runterkommen. Eine Frau tauchte auf. Sie trug einen eleganten himmelblauen Hosenanzug, aber die langen falschen Wimpern wirkten völlig daneben. Zwischen ihren

Fingern qualmte eine Zigarette. Ihre Füße waren nackt – an ihrem rechten Fuß hatte sie einen hammergroßen Ballenzeh. »Was ist los?«, wollte sie wissen.

»Simon wurde verhaftet, Mum«, seufzte Yvonne, sprach mit gedämpfter Stimme.

»Kann nicht behaupten, dass mich das wundert«, sagte Yvonnes Mum. Sie zog fest an der Zigarette, schaute erst Boy aus den Bergen an, dann mich. »Liegt an den Typen, mit denen er sich abgibt, aber er will ja nicht auf mich hören. Nein, bloß das nicht! Hat er wieder geklaut?«

Yvonne nickte.

»Wo?«, wollte Yvonnes Mum wissen.

Boy aus den Bergen und ich tauschten verzweifelte Blicke. Die brutale Wahrheit war, dass ich mich auf keinen Fall in einen Wortwechsel mit der Frau einlassen wollte. Sie sah aus, als wäre sie zu einer mordsmäßigen Schimpftirade fähig – mindestens so krass wie die von Bits Mum und das wollte was heißen.

»Er hat eine Flasche Tonic Wine bei Dagthorn aus dem Laden geklaut«, sagte Yvonne.

»Genau wie sein Vater«, meinte Yvonnes Mum, warf die Hände in die Höhe. »Der hat auch gesoffen! Tonic Wine? Hätte er nicht wenigstens was klauen können, was sich lohnt? Champagner! Das hat mir gerade noch gefehlt. Ich geh arbeiten, versuch genug Geld zu verdienen, damit wir ein Dach über dem Kopf haben, und Simon fällt nichts Besseres ein, als stundenlang im verdammten Badezimmer zu stehen, sich Zahnpasta auf die Pickel zu schmieren, mit dem Fahrrad rumzufahren und sich verhaften zu lassen. Dafür hab ich nichts übrig!«

»Ich geh auf die Wache, Mum«, bot Yvonne an.

Yvonnes Mum zog noch einmal fest an ihrer Zigarette. Erst guckte sie links und rechts die Straße runter, dann auf die eigenen Füße. Ich musste mir das Grinsen verkneifen, das in meinen Mundwinkeln zuckte.

»Wenn sie ihn rauslassen, sagst du ihm, wenn er sich noch mal beim Klauen erwischen lässt, muss er gar nicht mehr nach Hause kommen«, wetterte Yvonnes Mum mit erhobener Stimme. »Mir reicht's! Und sag ihm, er soll keine Cornflakesschüsseln mehr in seinem Zimmer stehen lassen!«

Sie warf Boy aus den Bergen und mir noch einen bösen Blick zu, dann drehte sie sich um und verzog sich wieder in die Burg.

»Tut mir leid«, sagte Yvonne. »Passt mal kurz auf das Fahrrad auf. Muss nur was anziehen, dann fahr ich auf die Wache und versuch rauszukriegen, was los ist.«

8

VERZOCKT

WIR MUSSTEN NUR ZWEI MINUTEN WARTEN. Yvonne trug jetzt einen grauen Trainingsanzug. Ein schwarzes Haarband bändigte ihren krausen Wuschelkopf.

»Ich kann's nicht fassen, dass sich gleich alle beide festnehmen lassen«, meinte sie. »Hatte auch schon mal bessere Tage als diesen heute! Danke, dass du gekommen bist und Simons Rad gebracht hast. Weiß ich echt zu schätzen. Keine Ahnung, was ich mit seiner diebischen Durchlaucht machen soll.«

Boy aus den Bergen und ich sahen ihr hinterher, wie sie davonradelte. Bevor sie das Ende der Straße erreicht hatte, kam sie noch mal zurück, zog einen Kuli und einen Zettel aus der Tasche. »Hier ist meine Handynummer«, sagte sie, schrieb sie auf. »Ruf mich an, wenn du noch was hörst. Die Bullen haben ihnen bestimmt die Handys abgenommen.«

Sie gab mir den Zettel und ich verstaute ihn in meiner Hosentasche. »Lass uns nach Hause gehen«, sagte ich zu Boy aus den Bergen. »Wo ist deine Burg?«

»In Crongton Heath«, erwiderte Boy aus den Bergen.

»Du wohnst in Crongton Heath?«, fragte ich. »Nicht in einer von den Straßen in der weiteren Umgebung, sondern *in* Crongton Heath?«

»Äh ... ja«, erwiderte Boy aus den Bergen. »Auf der anderen Seite, in Ripcorn Wood. Da ist nicht viel los. Mum gefällt das.«

»Du lügst«, unterstellte ich ihm.

»Ich lüge nicht, Bro.«

»Was sind deine Eltern von Beruf?«

»Ach, äh … mein Vater ist Anwalt und meine Mutter ist Psychologin – manchmal arbeitet sie für die Bullen.«

Boy aus den Bergen guckte total verlegen. Ich blieb stehen. *Verflixte Psychoschrauber!* Man lernte doch jeden Tag dazu. Wenigstens erklärte das, wie dieser verdreckte Zotteltyp an so ein allererstesahne Tablet kam … vielleicht konnte seine Mum ja mal an unserer Burg vorbeitraben und meinen Dad hinsichtlich eines Rabatts beraten. Was machte der Typ überhaupt auf unserer Schule? Eigentlich müsste er auf eine private gehen. Aber vielleicht wollten die ihn da nicht wegen seiner Haare.

»Wenn du nichts Besseres zu tun hast«, sagte Boy aus den Bergen, »kannst du auch mit zu mir kommen und wir gucken die ganze Box *Boardwalk Empire* oder so. Oder du kannst mir paar Tipps geben, von welchen Websites ich Filme aufs Tablet runterladen kann. Mein Dad ist nicht da und meine Mum kommt freitags immer ganz spät. Ich glaube, zum Essen gibt's Lamm. Nach fünf bin ich alleine – eigentlich bin ich immer alleine zu Hause. Wenn du willst, hol ich eine Flasche Wein aus dem Keller. Ich könnte Gesellschaft gebrauchen. Spielst du Billard?«

Lamm! Ich geriet ernsthaft in Versuchung. Aber ich hatte nicht den blassesten Schimmer vom Filmedownloaden. Boy aus den Bergen hatte mich voll durcheinandergebracht. Der hatte einen Billardtisch! Und grünes Licht, um Wein aus dem Keller zu holen! Außerdem wohnte er in einem Palast! Wieso konnte er sich dann aber nicht mal die verdammten Haare waschen, und wieso musste er oberbillige markenlose Räumungsverkaufsschuhe anziehen? Das ergab doch keinen Sinn.

»Vielleicht das nächste Mal«, sagte ich schließlich. »Mein Dad wird sich fragen, wo ich stecke – hab ihm gesagt, ich gehe Fußball gucken im Park.«

»Okay, verstehe«, sagte Boy aus den Bergen und ließ den Kopf hängen. Sah echt enttäuscht aus.

Wir trennten uns an der Heath Road. Er wirkte immer noch angefressen, aber eigentlich konnte er von Glück sagen – ich hätte jedenfalls lieber alleine Billard gespielt, als meinem Dad beibringen zu müssen, dass Nesta verhaftet worden war.

Fünfundzwanzig Minuten später kam ich zu Hause an – ich ging die Treppen jetzt immer ganz langsam rauf, weil ich keinem Gläubigerbruder in die Arme laufen wollte. Die Luft war rein. Ich steckte den Schlüssel in die Wohnungstür und trat ein. Kickte die Schuhe in die Ecke und hängte meinen Blazer auf.

»Bist du das, Nesta?«, rief Dad aus dem Wohnzimmer.

»Nein, ich bin's.«

Ich ging durch den Flur und fand Dad am Esstisch, wo er eine Dose Coke trank. Er trug ein weißes Unterhemd, schwarze Jeans und seine Arbeitsstiefel – die Schnürsenkel waren offen. Stoppeln bevölkerten sein Kinn. Rechnungen, Blätter und Umschläge lagen vor ihm verstreut. Er sah aus, als hätte er schon ewig da gesessen. Vielleicht versuchte er zu entscheiden, welche Rechnung er zuerst bezahlen sollte. Er nahm noch einen Schluck aus der Dose und sah mich an. »Hat Nesta sich bei dir gemeldet?«

Ich stellte meine Schultasche auf einen freien Stuhl und setzte mich auf den danebnen.

»Ich hab dich was gefragt!« Dad hob die Stimme. »Hat Nesta angerufen oder dir eine Nachricht geschickt?«

»Er wurde festgenommen«, platzte ich heraus.

Die Stressfalten auf Dads Stirn wurden tiefer, als er die Neuigkeit aufnahm.

»Warum?«, fragte er.

»Er wollte einem Freund helfen ...«

»Warum?«, wiederholte Dad.

»Weil er einem Bullen eine Kopfnuss gegen die Brust gerammt hat«, verkündete ich. »Aber die haben ihm vorher eine Autotür ans Schienbein gehauen. Ich hab's gesehen! Da waren jede Menge Zuschauer und die haben es alle gesehen – vor Dagthorns Laden.«

Die nächste halbe Stunde oder so erzählte ich Dad die ganze Geschichte. Er sagte nicht viel, stattdessen starrte er nur ins Leere und trank seine Coke, bis sie alle war.

»Dann hast du mich angelogen!«

»Wieso?«

»Als ich dich angerufen und gefragt hab, wo Nesta ist, da hast du mich dreist *angelogen.*«

»Er hat gesagt, ich soll die Klappe halten, sonst …!«, wollte ich mich verteidigen.

Dad stand auf, ging in die Küche, um die leere Dose zu entsorgen und sich noch eine aus dem Kühlschrank zu holen. Er zog an dem Ring und schüttete gleich ein Drittel in sich rein. Dass ich ihn angelogen hatte, schien ihm mehr zuzusetzen, als dass Nesta verhaftet worden war. »Ich geh besser hin und seh nach, wie's ihm geht«, sagte er. »Er ist gerade noch minderjährig, aber du weißt ja, wie er ist – der würde sich lieber die Finger abhacken, als drum zu bitten, dass die mich kontaktieren.«

Ich sah zu, wie Dad seine Schnürsenkel band und sein Bruce-Lee-T-Shirt überzog. Mum hatte es ihm vor drei Jahren zusammen mit ein paar oldschool Kung-Fu-DVDs zum Geburtstag geschenkt. Das T-Shirt hatte sie ihm in seine Sandwichbox gestopft, als Überraschung. So was hatte Mum immer gerne gemacht.

»Von der Wache aus geh ich direkt zur Arbeit«, sagte Dad. »Du kommst doch alleine klar, oder?«

Am liebsten hätte ich Nein gesagt. Ich hatte gerade zugeguckt, wie mein großer Bruder verhaftet worden war, und als wäre das nicht schlimm genug, hatten Festus Livingstone und die anderen Gettoratten aus North Crong es drauf abgesehen, ihn fertigzumachen. Vielleicht war er im Gefängnis ja sicherer als auf der Straße. Also nein, eigentlich wollte ich nicht alleine sein. Tatsächlich wär's ganz schön gewesen, wenn Dad mit seinem traurigen Hintern in der Burg geblieben wäre und mir weisgemacht hätte, dass alles wieder gut wird, auch wenn er's selbst nicht glaubte.

Tatsächlich aber sagte ich: »Ich komm klar.«

Er packte alle Papiere zu einem ordentlichen Stapel zusammen, dann steckte er sie in einen großen Umschlag. »Holst du dir was vom Imbiss?«, fragte er.

»Nein, Dad. Ich brat mir die Hühnerteile, die noch im Kühlschrank sind.«

»Dann mach genug für drei.«

»Ja, na klar.«

Ich denke, wir hofften wohl beide, dass Nesta bald wieder zu Hause sein würde, aber ich konnte mich kaum erinnern, wann wir zum letzten Mal zu dritt am Esstisch eine Mahlzeit verzehrt hatten. Mum hatte immer drauf bestanden, dass wir zusammen aßen.

»Und deinen Geburtstag hab ich nicht vergessen«, setzte er hinzu. »Hab extra Überstunden gemacht.«

»Mach dich nicht kaputt für mich, Dad. Ich weiß, dass es knapp ist.«

»So was machen Eltern eben«, sagte er, setzte seinen ernsten Blick auf. »Jeden Tag! dachte, wenn's klappt gehen wir alle zusammen essen. In ein Steakhouse oder so.«

Er holte seine Arbeitstasche aus dem Schlafzimmer, dann kam er zu mir und legte mir seine rechte Hand auf die Wange. Ein Viertel von seinem Gesicht lächelte – nur eine halbe Wange und ein Stückchen Mund. Der Rest sah aus, als wollte er in den Krieg ziehen. Tat er ja auch irgendwie. Nesta würde nicht drauf stehen, wenn Dad bei den Bullen auftauchte. »Mach auf keinen Fall die Tür auf«, ermahnte er mich noch mal. »Wenn du dir wegen irgendwas Sorgen machst, ruf mich an oder schick mir eine Nachricht. Hast du genug Guthaben?«

»Hab ich, Dad.«

»Gut. Geh zu einer vernünftigen Zeit ins Bett.«

Er zog seinen dicken schwarzen Anorak vom Haken im Flur, machte die Tür auf und hinter sich wieder zu.

Allein zu Haus. Schon wieder. Eine Zeit lang blieb ich sitzen und dachte über den verrückten Tag nach und alles, was passiert war. Ich dachte an Boy aus den Bergen und sein Lamm. Dann ging ich in die Küche, schaltete das Radio ein und briet mir mein Huhn. Ganz hinten im Kühlschrank fand ich eine Tomate, schnitt sie klein und gab sie noch dazu. Fast eine Stunde später saß ich vor dem Fernseher, guckte eine DVD mit irgendeiner Kämpferei aus Hongkong und futterte gierig mein Essen. Ich will ja nicht angeben, aber mit meinem gebratenen

Huhn hätte ich bei *MasterChef* gewonnen. Meine Familie konnte von Glück sagen, dass ich so krass viel in der Küche draufhatte!

Der Kung-Fu war brutal – ein von Kopf bis Fuß tätowierter Kerl trat einem anderen die Nieren aus der Hüfte –, aber wenigstens lenkte es mich von meinen Gedanken an Nesta in seiner Zelle ab. Als mein Handy klingelte, war's nach elf. Ich dachte, es wäre Dad mit Neuigkeiten, aber es war Jonah.

»Das mit deinem Bruder tut mir leid«, sagte er. »Alle sagen, die Bullen hätten ihm mit der Autotür fast das Bein gebrochen.«

»Ja, haben alle gesehen«, erwiderte ich. »Damit kommen die Bullen nicht durch.«

»Er kann sie verklagen«, schlug Jonah vor. »Die Bullen vor Gericht zerren. Sag deinem Bruder, er soll behaupten, die ganze Erfahrung hat ihn traumatisiert. Er kann sagen, dass er Albträume hat. Wie heißt das, was Soldaten kriegen? Prostraumatisches Stress Irgendwas? Also, pass auf, dass er erklärt, seine Sicht ist gestört. Dafür kriegt er einen Haufen Kohle.«

»Mein Dad ist vor zwei Stunden zu den Bullen«, sagte ich. »Ich will Nesta einfach nur hier sehen.«

Jonah hielt inne. Ich merkte, dass er nicht wegen Nesta und dessen Problemen mit den Bullen angerufen hatte. »Wegen morgen«, sagte er.

»Wieso?«, fragte ich.

»Willst du immer noch mit?«

»Ich bin dabei«, erwiderte ich. »Wir müssen Bit helfen.«

»Meinst du nicht, Venetia könnte zu den Bullen gehen und Anzeige erstatten, weil dieser Sergio ihr Handy geklaut hat?«

»Wenn sie zu den Bullen geht, muss sie's ihren Eltern erzählen«, wendete ich ein. »Und du weißt doch, was Bit gesagt hat, wie streng die bei so was sind ... kannst du dir vorstellen, was die sagen, wenn sie mitbekommen, dass Venetia was mit einem Älteren hatte? Ältere Bros wollen nicht bloß Händchen halten, zusehen, wie der Mond über den Wohnblocks aufgeht, und Little Mix dabei hören, glaub mir. Und wenn Venetias Dad die Fotos sieht ... Mann, wahrscheinlich bindet er ihr eine Kirchenorgel ans Bein und wirft sie über die Balkonbrüstung.«

»Aber haben wir mit der Manjaro-Situation nicht schon genug Sorgen?«, erinnerte mich Jonah. »Wir sind Bits Freunde und wer weiß, vielleicht fällt Manjaro über uns her wie der lebendige Predator.«

»Ich hab's dir schon tausend Mal gesagt, Jonah – wieso sollte Manjaro uns was tun?«

»Weil er psycho ist!«, erwiderte Jonah ganz schnell. »Vielleicht hat er's gar nicht auf Bit abgesehen, immerhin ist er Elaines Bruder. Vielleicht will er lieber uns die Lichter ausknipsen, um sich an Bit zu rächen.«

»Mach dir keine Sorgen, Jonah«, versuchte ich ihn zu beruhigen. »Seit sechs Monaten hat niemand mehr Manjaros Witterung aufgenommen. Der wird seine irre Person in North Crong oder in Notre Dame verstecken.«

Ausgedehntes Schweigen. Jonah dachte drüber nach.

»Also machen wir das wirklich?«, fragte er schließlich.

Jonah klang nicht besonders sicher, und um die Wahrheit zu sagen, war ich's auch nicht. Aber wir konnten Bit nicht im Stich lassen, und deshalb musste ich die Angst in meinem Bauch ignorieren und positiv klingen.

»Bro, wir *werden* nach North Crong ziehen und Venetias Handy zurückerobern. ›Eye of the Tiger‹.«

»Okay«, sagte Jonah.

»Ich komme morgen vor der Schule vorbei.«

»Bit und ich warten auf dich.«

Ich legte auf. Während ich meinen Teller spülte, fragte ich mich, wie's Venetia ging. Wenn ich mit meinem ganzen Familienkram schon bis zum Gehtnichtmehr gestresst war, musste sie noch doller leiden. Für Gewalt war ich jetzt nicht in Stimmung. Ich machte die DVD aus und legte mich aufs Bett. Mit geschlossenen Augen und in der dunklen Stille sah ich Mum deutlich vor mir. Wild strömten Erinnerungen auf mich ein. Ich konnte fast spüren, wie sie mein Kinn mit den Fingern hob und morgens an meinem ersten Tag an der South Crongton High meine Krawatte richtete. Ich sah, wie sie mir in der Küche aus Spaß ein bisschen Kuchenteig auf die Nase stippste. Ich weiß noch, wie sie sich kaputtgelacht hat, als ich zum ersten Mal versucht habe, einen Pfannkuchen zu wenden. Sie hat immer gelächelt oder gelacht, auch wenn wir anderen den Grinch ausgepackt hatten.

Ich machte die Augen wieder auf und knipste die Lampe neben meinem Bett an. Sah mich im Zimmer um. Mums Kochbücher standen auf dem Regal neben meinen Mangaheften. Auf dem Brett untendrunter waren meine *Herr der Ringe*-DVDs und die *King Arthur und die Ritter der Tafelrunde*-Geschichten. Die meisten hatte Mum mir gekauft. Ich machte das Licht wieder aus. Tränen stiegen mir in die Augen, als ich in den Schlaf wegdämmerte.

Ich wachte auf, als jemand in mein Gelass kam. Ich schlug auf den Schalter der Lampe. Mein Wecker zeigte 3.20 Uhr. Nesta hockte am Ende meines Betts. Ich setzte mich auf. Erst starrte er mich nur ewig lange mit seinem gesunden Auge an, sagte kein mageres Garnichts. Schließlich machte er den Mund auf.

»Du hast es Dad verraten.«

»Ich … ich musste.«

»Ich hab dir gesagt, du sollst ihm nichts verraten, aber du hast es trotzdem getan, wie ein richtig mieser Verräter.«

»Aber die haben dich festgenommen«, presste ich heraus.

Nesta stand auf und zog meine Vorhänge auf. Er schaute aus dem Fenster. Wir wohnten im siebten Stock, also hatte er eine ganz gute Aussicht auf unsere Siedlung und den Crongton Park. Ich starrte Nesta auf den Rücken.

Er war meine Lieblingsperson auf der ganzen Welt. Mein Herz galoppierte.

»Ich hab dir gesagt, ich kann auf mich selbst aufpassen. Ich brauch Dads Hilfe nicht. Nach Mums Tod haben wir gesagt, du und ich gegen den Rest der Welt. Von jetzt an bin ich alleine!«

Er schob die Hände in die Taschen, drehte sich aber nicht um. Ich konnte die Tränen nicht unterdrücken.

»Ich kann dir nicht vertrauen, McKay.«

»Aber ich hab nur gemacht, was richtig ist«, protestierte ich. In meinem Gehirn war Suppe und mein Magen rebellierte. Ich wischte mir übers Gesicht.

»Nein, hast du nicht!« Plötzlich hob Nesta die Stimme und drehte sich um.

»Aber die Bullen haben dich mitgenommen. Ich hatte Schiss. Du bist nicht mal achtzehn.«

»Denkst du, Dad kriegt alles geregelt?«, tobte er. »Tut er nicht. Der baut auch Scheiße, genauso wie ich.«

»Wie meinst du das?«, fragte ich.

Nesta war kurz davor, was Wichtiges rauszurücken, hielt sich dann aber doch zurück, schüttelte den Kopf und setzte sich wieder ans Fußende meines Betts. »Was wolltest du sagen, Nesta?«, fragte ich leise. »Wieso erzählt ihr mir nichts? Ich gehöre auch zu dieser Familie!«

Er starrte mich lange stinksauer mit seinem einen Auge an. Ich schaffte es gerade so, die Tränen zu unterdrücken.

»Wir können uns auf niemanden verlassen, McKay. Nicht mal auf Dad.«

»Wie meinst du das?«, drängte ich ihn erneut. »Schließ mich nicht aus.«

»Meinst du, ich bin der Einzige, den Mums Tod aus der Bahn geworfen hat?«

Ich schüttelte den Kopf, begriff aber nicht, worauf Nesta hinauswollte.

»Dad geht wetten«, ließ Nesta schließlich raus. Fast war es nur ein Flüstern.

»Wetten worauf?«, wollte ich wissen.

»Weißt du noch, das Weihnachten nach Mums Tod? Weißt du noch, wie Dad gesagt hat, er will, dass wir ein ganz besonderes Weihnachten haben? Ich hab einen Computer bekommen und du deine Playstation 4 und die ganzen Spiele. Dad hat sogar Bits Grandma Geld gegeben, damit sie einen Rumkuchen backt.«

»Na klar, das weiß ich noch. Dad hat sich voll viel Mühe gegeben, weil Mum nicht mehr da war. Und wir haben uns doch auch voll drüber gefreut?«

Dad war für mich ein Superheld, der mich und meinen Bruder in schweren Zeiten beschützte.

Nesta stand wieder auf und spähte durchs Fenster – seit Mum tot war, zog er die Vorhänge nicht mehr zu, wenn er schlafen ging. Konnte ich gar nicht kapieren.

»Das meiste von dem Weihnachtsgeld hat er beim Buchmacher gewonnen. Hat er mir ins Gesicht gesagt, Bro.«

»Dann waren die ganzen Geschenke, der Kuchen und das ganze Schöne … das waren gar keine Überstunden?«

Nesta drehte sich um und schüttelte den Kopf.

In einer einzigen Sekunde löste sich Dads Superhelden-Umhang, flatterte zu Boden und landete im Wassergraben.

»Das waren keine Überstunden«, sagte Nesta. »Überstunden reißt der nur beim Buchmacher runter. Vor ein paar Wochen hab ich ihn da gesehen. Hat mir irgendeinen eingemachten Bockmist erzählen wollen von wegen er wettet für einen Freund. In Wirklichkeit hat er die Miete verzockt.«

Ich schüttelte den Kopf, wollte es nicht wahrhaben, aber es passte schon alles zusammen. Manchmal kam ich nach Hause und Dad guckte Pferde- oder Hunderennen. Er hatte Unmengen von Schimpfwörtern für langsame Hunde und träge Gäule parat. Hin und wieder ließ er Zettel auf dem Küchentisch liegen, auf denen stand, er müsste sich beim Buchmacher um einen Freund kümmern. Hab mir nie was dabei gedacht. Dad liebte seinen Sport halt bis zum Gehtnichtmehr.

»Was glaubst du wohl, warum ich in letzter Zeit so sauer auf ihn bin?«, fuhr Nesta fort. »Ich kann auf mich selbst aufpassen, aber was soll aus dir werden, wenn du hier rausfliegst, weil Dad die Miete nicht mehr bezahlen kann? Willst du den Pfadfindern hinten am Wareika Way ein Zelt klauen?«

»Ist nicht witzig. Wo ist Dad jetzt?«, fragte ich.

»Arbeiten. Er war bei meiner Vernehmung dabei, aber ich hab nicht mit ihm geredet.«

Plötzlich stand Nesta auf und ging. Ich fand ihn in der Küche, wo er sich ein Glas Wasser holte. Ich setzte mich in meinem Chicago-Bulls-Trikot und der Barcelona-Fussballhose an den Küchentisch – das war mein Schlafanzug. »Was war los auf der Wache?«, fragte ich. »Kriegst du eine Anzeige?«

Nesta hob die Folie von der Pfanne und begutachtete mein Huhn. Er war beeindruckt genug, um sich einen Teller zu nehmen und sich eine großzügige Portion aufzutun. Dann löffelte er noch Reis dazu und stellte alles in die Mikrowelle.

»Wir haben uns drauf geeinigt, dass sich der Bulle entschuldigt, der mir die Autotür ans Bein geknallt hat. Und ich werde verwarnt.«

»Also musst du nicht vor Gericht?«

»Nein. Der Sergeant hat gesagt, die Angelegenheit ruht. Aber die haben mich offiziell ermahnt, ich soll mich in Zukunft benehmen. Und da hat Dad dann beschlossen, auch mal was zu sagen.«

»Was denn?«, wollte ich wissen.

»Er meinte, der Bulle sollte auch ermahnt werden, damit er sich in Zukunft benimmt. Dad hat ein Riesentheater gemacht, aber ich fand's öde, ich wollte einfach nur da raus – in den Zellen stinkt's wirklich, kannst du mir glauben. Und wie das Scheißhaus bei denen aussieht, willst du gar nicht wissen.«

Die Mikrowelle piepte. Nesta holte sein Essen raus. Stolz durch-flutete meine Brust, als Nesta seinen Teller futterte und bis auf den letzten Rest leer kratzte. Er spülte alles mit einem Glas Wasser runter – der schwarze Johannisbeersaft war alle und Dad war nicht einkaufen gewesen. Wahrscheinlich hatte er unser Essensgeld auf einen lahmen Windhund gesetzt und verloren, dachte ich verbittert.

»Bleibst du hier?«, fragte ich.

Ich wollte, dass er *Ja* sagte. Ich wollte, dass er seine Probleme mit Dad klärte. Ich wollte, dass er noch mehr mit mir redete und mir Ge-sellschaft leistete. Ich brauchte ihn.

»Ich zieh weiter«, sagte er. »Ich will Dad nicht begegnen, wahr-scheinlich zoffen wir uns sowieso bloß wieder.«

»Wo willst du hin?«, fragte ich. »Zu Yvonne?«

76

Nesta nickte. »Wenn du Dad auch noch von *ihr* erzählst, dann haben du und ich aber *ernsthaft* Probleme.«

Ich folgte ihm in den Flur. Sah, wie er seine Jeansjacke überzog. Dann drehte er sich um und grinste. »Die Bullen haben mich verwarnt, aber ich hab ihnen gesagt, die sollen lieber mein scheiß Fahrrad suchen! Weißt du noch, die Frau, die uns bei den Bullen den Kaffee serviert hat?«

»Ich fand die ganz schön cool. Was ist mit der?«

»Sie hat mich gesehen, als die mich reingeführt haben – und hat so getan, als würde sie mich nicht kennen. Blöde Kuh! Die sind alle gleich. Die ganze Freundlichkeit ist reine Fassade.«

Dann war er weg.

9

JONAHS ELTERNSTRESS

FÜR EIN PAAR STUNDEN GING ICH noch mal ins Bett, aber mein Schlaf war kein gesegneter. Mir zischte so viel durch den Kopf. Um Punkt sechs Uhr dreißig brüllte mich mein Wecker an. Ich stand auf und duschte. Stand wie versteinert da, ließ mir heißes Wasser auf den Afro und über den ganzen Körper laufen. Heute war es so weit: der Tag unserer Mission war gekommen. Ich spürte Stiche im Herzen, wenn ich nur dran dachte, und fragte mich, wie's Bit, Jonah, Venetia und Saira ging.

Dann kochte ich mir zwei Eier und toastete zwei Scheiben Brot zum Frühstück. Ich war gerade beim zweiten Ei, als der Briefschlitz Krawall schlug. *Rumms, rumms, rumms!* Ich schaute Richtung Flur. *Rumms, rumms, rumms!* Die Gläubigerbrüder. *O Gott! Das hat mir gerade noch gefehlt!* Das Licht in der Küche war an. Ich stand auf und machte es aus. Dann setzte ich mich wieder und biss noch einmal in meinen Toast. *Rumms, rumms, rumms!* Gefolgt von einer tiefen Stimme. »Mr Tambo! Mr Tambo!«

Ich machte meine Ohren dicht, versuchte es zu ignorieren, aber ... *Rumms, rumms, rumms!* Ich kaute ganz leise, hatte plötzlich Angst, sie könnten das Knuspern hören. Dann stand ich auf und schlich in mein Gelass. Mein Handy lag auf dem Nachttisch. Ich schickte Dad eine SMS. Innerlich war ich stinksauer auf ihn. Eigentlich müsste er hier sein und sich selbst um den Scheiß kümmern.

> Die Gläubigerbrüder sind hier! Was soll ich machen?
> RUF NICHT AN!!!

Rumms, rumms, rumms!! »*Mr Tambo! Ist jemand zu Hause?*«
Ich fühlte mich ungeschützt, also ging ich zurück ins Wohnzim-

mer, holte mein Frühstück, nahm es mit in mein Zimmer und machte die Tür hinter mir zu. Wenn ich schon eliminiert werden sollte, wollte ich wenigstens vorher gefrühstückt haben! Mein Handy vibrierte. Ich las Dads SMS.

> Noch bei der Arbeit. Geh nicht an die Tür!

Superschnell schrieb ich zurück.

> Hatte Türöffnen auch nicht auf dem Zettel!

Verputzte noch ein Stück Toast. Wieder brummte mein Handy.

> Bleib ruhig. MACH NICHT AUF. Gewaltsames Eindringen ist illegal.

Ich brauchte für mein Frühstück doppelt so lang wie sonst. Trank zwei Gläser Wasser. An der Tür war's inzwischen schon eine Weile lang ruhig. Ich schaute aus allen Fenstern, um zu sehen, ob sie weg waren, aber ich wusste ja nicht mal, was für ein Auto die Gläubigerbrüder fuhren. Langsam atmete ich auf und suchte die Bücher zusammen, die ich für die Schule brauchte.

Acht Uhr. Zeit zu gehen. Leise trippelte ich an die Zugbrücke. Zog vorsichtig den Riegel zurück, legte meine Finger auf den Öffner und drehte ihn in Zeitlupe. Mein Herz raste. Schweißperlen liefen mir über die Wangen. Als die Zugbrücke zehn Zentimeter offen stand, spähte ich raus. Konnte niemanden sehen, aber ich roch Zigaretten. Ich lauschte, hörte aber nur das Piepen eines Mülllasters, der unten auf der Straße wendete. Blitzschnell riss ich die Tür auf, trat aus der Wohnung, zog sie zu, schloss ab und sprang die Treppe runter wie ein Karnickel auf der Flucht vor einem T-Rex. Ich hörte erst auf zu rennen, als ich vor Bits und Jonahs Block angekommen war.

Als ich die Stufen zu Jonahs Burg hinaufstieg, war ich völlig außer Atem. Vor seiner Tür ruhte ich mich erst mal aus – wollte mir von Jonah keine Witze über meine verschwitzten Achseln anhören müssen. Als sich mein Herzschlag normalisierte, hörte ich laute Stimmen von drinnen. Dass sie keine Lieder sangen, um Jonahs Schulnoten zu feiern, stand schon mal fest. Ich klapperte am Briefschlitz. Schließlich erkannte ich Jonahs Umrisse durch die drahtverstärkte Scheibe in der Zugbrücke. Er machte auf.

»Halt inne«, sagte er. »Muss noch Plaque bekämpfen.«

Ich trat in den Flur und wartete. Quadratische Marmorplatten zierten den Boden. Gerahmte Bilder von großen afrikanischen Frauen mit Krügen auf den Köpfen schmückten die Wände. Jonah verschwand im Bad, zweite Tür rechts. Dahinter war die Küche und von dort kamen die Stimmen.

»Ich hab's versucht, Amaka.« Jonahs Dad hatte eine tiefe, aber freundliche Stimme, wie der Sprecher aus dem Off bei einem Fernsehquiz. »Heute hab ich ein Bewerbungsgespräch für einen Job als Gasableser.«

Seit Mr Hani seinen Job verloren hatte, regierten Stress und Traurigkeit in Jonahs Burg.

»Als Gasableser?«, fragte Amaka, Jonahs Mum. »Und was bekommt man dafür? Wieso bewirbst du dich um so eine Stelle? Du hast siebzehn Jahre lang beim Einwohneramt für die Bezirksverwaltung gearbeitet, das war anstrengend und stressig. Zählt das denn gar nichts?«

Mrs Hani hatte diesen gewissen Tonfall – ganz hoch und schrill. Jonah würde ich das nie so sagen, aber verdammt noch mal, echt jetzt, mit der würde sich niemand so schnell freiwillig anlegen.

Betretene Stille. Schon aus der Ferne konnte ich die Anspannung spüren. Ehrlich gesagt, hatte ich ein schlechtes Gewissen, weil ich lauschte – das war privater Familienkram.

»Ich kann mich nur auf Stellen bewerben, die frei sind, Amaka«, sagte Mr Hani endlich. »Beim Einwohneramt, das war echt hart, aber meinst du, ich kann in meinem Lebenslauf aufführen, wie oft ich dabei angegriffen wurde? So läuft das nicht! Der Job ist besser als gar keiner, Amaka. Ein paar Rechnungen werden wir damit bezahlen können und Gott weiß, wir brauchen endlich Geld.«

Wieder Stille, nur unterbrochen vom Brummen von Jonahs elektrischer Zahnbürste.

»Okay. Dann sieh zu, dass du ihn bekommst«, sagte Mrs Hani.

»Von meinem Teilzeitlohn aus der Bäckerei können wir nicht mehr lange existieren.«

Jonah trat in den Flur, hatte noch Zahnpasta an der Backe. Ich zeigte auf meinen Mund und er kapierte es, wischte sich mit dem Ärmel über das Gesicht und wir düsten ab.

Als wir zu Bit nach oben gingen, fragte ich Jonah nach dem Beef zwischen seiner Mum und seinem Dad. »Die reden kaum noch miteinander«, erwiderte Jonah und starrte seine Füße an. »Und wenn, dann sind sie nur am Streiten. Meistens schläft Dad auf der Couch. Beim Essen ist es so still, dass du den Goldfisch pissen hörst. *Kannst du glauben!* Was meinst du wohl, warum ich Bit und dich nicht mehr zum Zocken einlade?«

»Das ist hart«, sagte ich mitfühlend. »Aber noch viel tragischer ist, dass deine Mum keine Cupcakes mehr backt.«

»Musst du mir nicht sagen«, erwiderte Jonah. Ich war sicher, er vermisste die Cupcakes von seiner Mum genauso wie ich. Ich konnte gar nicht zählen, wie oft Bit und ich die Kuchendose bei Jonah leer gefuttert hatten. Mann! Wie die backen konnte, das war der Oberhammer. »Und wie soll ich Mädchen zu mir in die Bude locken, wenn Mum und Dad sich ständig in den Haaren liegen?«, ergänzte Jonah. »Ist voll peinlich.«

»Ich glaub nicht, dass du dir in den nächsten Jahren darüber Gedanken machen musst«, scherzte ich.

»Du kannst mich mal!«, fauchte Jonah. »Sieh zu und lerne von mir! Diese Saira wird die *meine* sein. Bevor du dich umguckst, hab ich sie in meinen Bann gezogen, dann schreibt sie mir Valentinskarten und nennt mich *Zuckerschätzchen.*«

»Die nennt dich höchstens den irren Stalker aus dem dritten Stock!«

»Pass auf, McKay. Spätestens nächste Woche bin ich mit ihr zusammen, wir knutschen auf dem Spielplatz, gehen im Park spazieren und verabreden uns fürs Kino!«

»Wenn du ihr auf dem Spielplatz an die Wäsche gehst, wirst du ihre Fäuste kosten.«

Jonah streckte die Brust raus. »Nein, Mann. Nach dem Drama heute Abend wird sie mir gehören – garantiert!«

»*Vorausgesetzt,* wir überleben Bits Mission.«

Jonah hielt inne. Er zitterte irgendwie, als wollte er das, was er im Kopf hatte, lieber nicht im Kopf haben. »Komm, wir holen Bit«, sagte er.

Wir kamen vor Bits Tür an. »Klapper nicht zu doll am Briefschlitz, Jonah«, warnte ich ihn.

Jonah klapperte sanft. Niemand kam. Dann ließ er es noch mal lauter klappern. Wir warteten. »Scheiße!«, sagte Jonah, Frust überfiel ihn. Er nahm die Klappe fest zwischen Daumen und Zeigefinger und schlug einen Höllenkrach, als wollte er Draculas Oma wecken. Ich schaute Jonah an. »Du willst einen Freund abholen«, sagte ich. »Nicht zur Schlacht der fünf Heere blasen!«

Wir hörten Schritte. Plötzlich tauchte Bits Mum im Türrahmen auf, die Arme vor der Brust verschränkt. Sie schaute uns an, als hätten wir versucht, ihr mit einem verrosteten Schwert Schmalz aus den Ohren zu kratzen. Ich konnte Speck und Rührei riechen – insgeheim nahm ich mir vor, zur Feier der vollbrachten Mission am nächsten Morgen was Ähnliches in die Pfanne zu werfen.

»Immer mit der Ruhe an meiner Tür, wir sind nicht taub, wisst ihr das? Und benutzt die verdammte Klingel!«

»'tschuldigung, ach so? Hab ich vergessen«, sagte Jonah.

»*Lemar!* Deine Freunde sind hier!« Mann! Bits Mum war vielleicht laut. Sie drehte sich zu uns um und lächelte. »Und schön brav sein in der Schule, Jungs.«

Brennende Strickleitern! Keine Ahnung, wie Bit es bei dem Rund-um-die-Uhr-Gemecker seiner Mum zu Hause in der Burg aushielt. Seine Schwester Elaine war auch nicht gerade zurückhaltend, wenn's darum ging, anderen das Trommelfell zu zertrümmern. Meine Nerven wären längst zerfetzt.

Endlich tauchte Bit auf. Seine Mum drückte ihm ein Küsschen auf die Stirn und Jonah und ich mussten uns das Kichern verkneifen. »Wo geht ihr heute Abend noch mal hin?«, fragte sie, bevor Bit die Zugbrücke hochklappen konnte.

Unsere Mission könnte vereitelt werden, noch bevor sie überhaupt angefangen hatte! Bit kam gut klar mit dem Druck. »Ich helfe Venetia nach der Schule noch bei ihrer Tanzaufführung. Sie macht die ... wie nennt man das?«

»Die Chorörografie?«, sagte Jonah.

Bits Mum grinste. »Ach so, du hilfst Venetia bei der Choreografie. Ich arbeite heute Abend bis spät, vor zehn werden wir uns nicht sehen. Viel Spaß ... aber passt auf, ihr beiden, dass ihr Lemar nach Hause bringt. Habt ihr mich verstanden? Ihr wisst warum. Habt ihr alle noch Guthaben auf euren Handys?«

Jonah und ich nickten. Wir wussten beide warum. Manjaro war immer noch irgendwo da draußen.

Mir machte das ganz schön zu schaffen, dass wir alle unsere Eltern anlügen mussten. Ich hatte ein schlechtes Gewissen. Irgendwie hatte ich sogar das Gefühl, als würde Mum mich beobachten und enttäuscht den Kopf schütteln. Aber ich durfte nicht zu viel drüber nachdenken. Tief in meinem Innern wusste ich, dass die Mission richtig war. Wie hätten wir Venetia in ihrer Not im Stich lassen können? Wir mussten das in Ordnung bringen. Geradebiegen. Wir mussten das Handy wiederbeschaffen!

10

VOLLVERSAMMLUNG

»ICH MUSS DIR WAS ZEIGEN«, sagte Jonah, als wir aus dem Block kamen und Richtung Schule gingen.

»Bin nicht in Stimmung, Jonah«, sagte ich. »Ich hab's dir schon tausend Mal gesagt: Lass uns einfach Freunde bleiben. Außerdem hab ich meine Lupe nicht dabei.«

Bit lachte laut, aber Jonah blieb ernst wie ein nordkoreanischer Soldat. Er vergewisserte sich, dass wir nicht beobachtet wurden. Anschließend ging er in die Hocke und zog den Reißverschluss seiner Tasche auf.

»Was hast du da drin?«, fragte Bit. »Eine Gummipuppe? Ein Foto von Saira Aslan unter der Turnhallendusche?«

»Bit, du bist ohne Scheiß ein psychisch total verdrehter Perverser«, erwiderte Jonah. »Du brauchst Hilfe, Bro. Soll ich mal für dich mit der Schulpsychologin sprechen? Die Dachschadenbrüder sagen, sie kann gut zuhören.«

»Fick dich!«

Etwas funkelte mir ins Auge. »Ist das ein Spiegel? Willst du vor dem Sport noch schnell Lippenstift auftragen?«

»*Total* witzig. Nein, Bro, das ist kein Spiegel. Ich zeig's dir ... «

Er sah sich wieder um, dann schob er vorsichtig ein paar Bücher beiseite. Ich schnappte nach Luft. In der Tasche lag ein Brotmesser. Es hatte einen schwarzen Holzgriff und eine scharfe, gezackte Klinge. Ungefähr so lang wie ein Lineal.

»Alter Falter!«, entfuhr es Bit.

»Zu unserem Schutz«, erklärte Jonah, zog den Reißverschluss der Tasche wieder zu, »falls dieser Sergio ein Messer auspackt. Du weißt, dass er sich nicht freuen wird, uns in seinen Gefilden zu entdecken.«

Ich schüttelte den Kopf. »Jonah, spinnst du, Bro? Wenn du ein Messer mit dir rumschleppst, kannst du jahrelang dafür ins Gefängnis kommen. Schmeiß es weg, jetzt sofort!«

»Nein, *Mann!*«, beharrte Jonah. »Was sollen wir denn machen, wenn der uns mit schweren Waffen kommt? Ich weiß ja nicht, wie du das siehst, aber ich will eines Tages meine Jungfräulichkeit verlieren, ein schickes Auto fahren und olympisches Gold holen. Das alles werde ich aber niemals können, wenn mich dieser Sergio in den Rollstuhl bringt.«

»Wenn du das Ding mit dir rumschleppst«, hob Bit die Stimme, »gehst du überhaupt nirgendwo mit uns hin. Ich mein's ernst! Wenn du so ins Programm einsteigen willst, dann bleib lieber zu Hause. Und ich hoffe, deine Mum zieht dir ihren Handrührer über die Zwölf, wenn sie's mitkriegt.«

»Die macht noch was ganz anderes als dir nur was überziehen«, ergänzte ich. »Du kriegst Ausgangssperre bis ewig und wirst bis zu deinem fünfzigsten Geburtstag keine Cupcakes mehr essen, Bro. So eine Tragödie wünsch ich niemandem.«

»Was ist mit dem, der vor ein paar Monaten im Remington Walker Way erschossen wurde?«, wendete Jonah ein. »Der war auch auf ausländischem Gebiet. Der wollte nur verhindern, dass so eine Gettoratte sein Mädchen belästigt, und guck dir an, was die mit ihm gemacht haben.«

»Der hatte Psychoprobleme«, sagte ich. »Hat mein Dad in der Zeitung gelesen. Du kannst hier nicht mit einem Messer rumziehen, Bro. Es sind viel zu viele Bullen unterwegs.«

»Aber angenommen, dieser Sergio … «

»Wir platzen da nicht rein wie Rambo«, sagte Bit. »Lass das Messer verschwinden.«

Jonah dachte drüber nach. Ich konnte die Angst in seinen Augen sehen. In Crongton zogen nicht mehr viele Brüder in unserem Alter mit Fäusten gegeneinander in den Krieg. Drei Wochen zuvor hatte einer einem Bruder aus der Elften das Gesicht perforiert, mit den Spikes unter seinen Fußballschuhen – die Gettoratten in der Schule rissen Witze von wegen er könnte mit seinen drei Nasenlöchern jetzt nicht mal mehr *Mississippi* sagen. Das war echt daneben, aber mit einem Messer durch die Gegend ziehen war noch mal eine ganz andere Liga.

Jonah machte die Tasche wieder auf. Er betrachtete das Messer und nahm es raus. Es funkelte im bescheidenen Sonnenlicht.

»Schmeiß es weg, Bro«, drängte ich ihn. »Sonst sitzt du bald mit einem alten Knacker in einer stinkenden Zelle und grüßt seinen stachligen Sack.«

»Okay, okay«, sagte Jonah, »aber ich kann es jetzt nicht zurückbringen, Mum und Dad sind zu Hause – ich muss es mit in die Schule nehmen und später wieder einräumen.«

»*Nein*«, fiel ich ihm ins Wort. »Wenn du *das* mit in die Schule nimmst, fliegst du schneller als Dünnschiss aus dem Hintern eines Babys.«

Vor dem Neville Enchanter House standen ein paar große Mülltonnen. Jonah warf das Messer in eine davon und wir atmeten alle auf, als wir es zwischen den Säcken landen hörten.

Wir setzten unseren Weg fort. Der Tag war jetzt schon voll anstrengend, dabei waren wir noch nicht mal annähernd auf dem Weg nach Notre Dame … Wir mussten uns alle erst mal locker machen, sonst war unsere Mission gescheitert, noch bevor sie überhaupt angefangen hatte.

Ich klopfte Jonah auf die Schulter. »Keine Angst. Wenn Sergio uns heute Abend alle zusammen sieht, kann's ja auch sein, dass er Venetia das Handy ohne großes Drama zurückgibt.«

Jonah schaute mich ausführlich an.

»Kann sein!«, sagte ich.

»Kann aber auch nicht sein.«

Unsere Klassenlehrerin Ms Rivilino kündigte an, dass vor Unterrichtsbeginn noch eine außerplanmäßige Vollversammlung anstand. Ich konnte mich nicht erinnern, jemals an einem Freitagmorgen zu einer Vollversammlung gegangen zu sein. Es dauerte nur Nanosekunden, bis die Gerüchte brodelten.

»Bestimmt wollen die Bullen uns wieder was erzählen.«

»Ich kenn einen Bruder, der will Dagthorns Laden anzünden. Vielleicht wollen sie uns davor warnen, mitzumachen?«

»Irgendwelche Gettoratten planen Unruhen heute Abend. Für die Bullen hat heutzutage keiner mehr was übrig.«

»Wegen McKays Bruder und was die mit ihm gemacht haben – die haben ihm vier Mal das Bein gebrochen und ihn dann aus dem Krankenhausbett raus verhaftet, voll dreist.«

Das war Kiran Cassidy. Ich durfte das nicht so stehen lassen.

»Haben sie nicht«, sagte ich. »Ich war dabei. Das Bein ist nicht gebrochen, meinem Bruder geht's gut. Hört auf, das ganze Drama noch schlimmer zu machen.«

»Die landen nie im Knast, egal was für eine Scheiße sie bauen«, sagte jemand.

»Seid bitte alle mal *still*!«, Ms Rivilino hob die Stimme. »Und der Nächste, der Schimpfwörter benutzt, muss doppelt nachsitzen!« Normalerweise hatte sie eine ganz sanfte Stimme, aber wenn's bei uns chaotisch wurde, konnte sie so laut werden wie alle anderen. »Also bitte, begebt euch in den Theatersaal, Mr Maplebeech hat euch etwas mitzuteilen.«

Wir verließen das Klassenzimmer und zogen durch die Gänge. Unterwegs entdeckten wir Saira und Venetia. Jonah konnte sich mit knapper Not das Sabbern verkneifen.

»Was geht?«, fragte ich die beiden.

Saira zuckte mit den Schultern. »Unser Klassenlehrer hat uns einen Scheiß erzählt«, erwiderte sie.

»Steht das noch mit heute Abend?«, flüsterte Venetia, guckte ein bisschen nervös.

»Natürlich«, sagte ich.

Jonah nickte und grinste ein eigenartig schiefes Grinsen.

Venetia lächelte erleichtert. »Um sechs bei mir, ja? Dann holen wir Saira ab.«

»Geht weiter«, befahl Mr Jenkins, Venetias Klassenlehrer. Man konnte die dünnen blauen Venen an seinem kahlen Kopf erkennen.

»Ihr blockiert den Gang!«

Saira, Venetia, Bit, Jonah und ich parkten uns in der letzten Reihe. Boy aus den Bergen saß vier Reihen vor uns. Er entdeckte mich und winkte. War mir ein bisschen peinlich, deshalb winkte ich nur so halb zurück. Fragte mich, was die anderen davon halten würden, wenn ich ihnen eröffnen würde, dass er ein neuer Freund von mir war.

Aufgeregtes Stimmengewirr – alle fragten sich, was los war. Mr Maplebeech schwankte leicht vor und zurück, hielt die Hände hinter dem Rücken verschränkt. Er sah nicht aus, als wäre er in Stimmung, sich kitzeln zu lassen. Er hatte unzählige Falten im Gesicht, aber seine Haare waren schwärzer als Ölschlick – wir wussten alle, dass er sie färbte. Auf dem Jungsklo stand:

Die Welt weiß es längst,
Maplebeech ist ein Hengst.
Haare wie ein Ölteppich,
genauso schwarz und auch so fettig.
Wenn er kommt, heißt es abtauchen,
als Lehrer ist er nicht zu gebrauchen.

Untendrunter hatten alle möglichen Brüder mit unterschiedlichen Stiften ihre Zustimmung bekundet.

Maplebeech trug einen grünlich braunen Anzug, dazu eine gelbe Krawatte. Er räusperte sich, während die letzten Schüler sich noch Plätze suchten.

»Guten Morgen, alle zusammen«, fing er an. »Bitte nehmt Platz und kommt rasch zur Ruhe.«

»Worum geht's denn?«, rief jemand von vorne. »Ist endlich rausgekommen, wer immer die Klos vollka…«

»Darf ich dich an dieser Stelle unterbrechen, Willison?«, sagte Maplebeech.

»Das ist Dennis Mason!«, rief Raul Ramos. »Der könnte die Herrentoilette in einem Gefängnisblock kaputt furzen!«

»Hoffentlich ist es nicht wieder ein Vortrag über die Bullen«, rief ein anderer Schüler.

»Tod den Bullen!«

Es wurde wieder laut.

»*Bitte!*« Maplebeech hob den Kopf und versuchte auszumachen, wer ihn da unterbrochen hatte. Das Stimmengewirr verebbte. Er fing noch mal an.

»Gestern Abend wurde in die Schule eingebrochen. Genauer gesagt, in die Schulküche.«

»*Hurra!*«, brüllte ein dünnes Mädchen in der Mitte. »*Heute gibt's kein Schulessen! Hurra!*« Als sie merkte, dass niemand einstimmte, sackte sie zurück auf ihren Sitz.

Mr Maplebeech sprach weiter. »Die Eindringlinge haben vierhundert Würstchen, dreihundertfünfzig Hühner- und Rindfleischbällchen, vierhundert Schokomuffins, fünf Orangen und zwei Äpfel gestohlen.«

»Klingt nach hungrigen Einbrechern«, scherzte Kiran Cassidy. »Wer klaut denn Essen aus der Schulküche? Das ist doch krank!«

Alle warfen sich weg vor Lachen, und sogar ein paar Lehrer mussten sich die Hände vor die Münder halten, um ihr Grinsen zu verbergen. Es dauerte ein paar Minuten, bis sich alle wieder gefasst hatten. Mr Maplebeech ließ sich nicht beirren. Er wurde rot vor Frust. »Wenn jemand von euch etwas darüber weiß, *bitte* informiert einen Lehrer oder einen anderen Mitarbeiter der Schule. Was ihr uns erzählt, wird vertraulich behandelt. Der Hofbereich hinter der Schulküche ist derzeit gesperrt. Die Polizei führt noch Ermittlungen durch, also *bitte* kommt ihr nicht in die Quere.«

»Sagen Sie den Bullen, dass die *uns* nicht in die Quere kommen sollen, Sir«, schrie jemand aus der Ecke.

»Jetzt *reicht's!*«, kochte Maplebeech.

Jonah warf mir einen komischen Blick zu. »McKay!«, zischte er laut genug, so dass es alle hörten. »Sag bloß nicht, dass *du* das warst.«

Um uns herum drehten sich alle möglichen Leute um und ein paar fingen an zu kichern. In Momenten wie diesem merkte ich, wie dick ich war. Plötzlich kam ich mir vor wie ein Zirkuselefant im Barbados-Strandbikini.

Saira griff rüber zu mir und drückte mir die Schulter. »Lass ihn in Ruhe«, sagte sie zu Jonah, Bit und den anderen.

Knutsch mir mein Wappentier! Hab mich kaum eingekriegt vor Freude.

»Wenn weiter gestört wird, ziehen wir die Zeit von der Pause ab«, warnte Maplebeech. Alle verstummten. »Um es noch mal zusammenzufassen: Wer Informationen hat, *bitte* sprecht mit einem Lehrer, einem Assistenten oder sonstigen Mitarbeiter der Schule. Und jetzt begebt euch bitte leise in die Unterrichtsräume, die hinteren Reihen zuerst.«

Ich flitzte aus dem Saal wie vom Glück geküsst! In der Nähe der Mädchenklos versammelten wir uns wieder. Venetia sprach im Flüsterton. »Wie gesagt, wir treffen uns um sechs bei mir und kein Wort zu niemandem über unsere Mission – auch nicht zu irgendwelchen Eltern. Ganz besonders nicht zu Eltern. Haltet euch an das Programm.«

»Hast du gehört, Jonah?«, warnte Bit spitz.

Jonah schaute ihn böse an.

»Weil du's schon mal gemacht hast«, setzte ich hinzu.

»Lass gut sein, Bruder! Hab's kapiert!«

»Und fangt euch kein Nachsitzen ein«, ermahnte uns Venetia.

Alle sahen mich an.

»Ich musste seit zwei Wochen nicht mehr nachsitzen!«, sagte ich.

»Das letzte Mal hast du's absolut verdient«, sagte Bit. »Was du zu Alan Cummings gesagt hast, war meilenweit unter dem Hosenstall.«

»Was hat er denn gesagt?«, wollte Saira wissen.

»Alan ist so gottverdammt hässlich, dass sie ihn bei seiner Geburt lieber unter der Brücke hätten liegen lassen sollen«, sagte Jonah. »Und seine Mum hätte besser die Nachgeburt mit nach Hause nehmen sollen.«

»Das ist echt gemein«, sagte Venetia.

»Aber er hat Jabba der Fette zu mir gesagt!«, schrie ich. »Und behauptet, wenn ich Bahnen laufe, legen sich die Hindernisse freiwillig hin.«

Saira gab sich Mühe, nicht zu lachen. Jetzt klang das alles irgendwie bescheuert.

Boy aus den Bergen stand am Ende des Gangs und beobachtete uns. Beunruhigte mich irgendwie, dass er wusste, dass wir später nach Notre Dame wollten; auch wenn er nicht wusste wieso, war mir trotzdem klar, dass das bei Bit, Jonah und den Mädchen nicht gut ankommen würde. Ich musste meine Klappe halten.

Ich war auf dem Weg zum Matheunterricht, als ich Ms Penn, meiner Lebensmitteltechnologielehrerin, begegnete.

»McKay!«

»Guten Morgen, Miss.«

Sie trug eine schwarze Hose, ein langes rotes Hemd und hatte wie immer die Ärmel hochgekrempelt. Ihre braunen Haare hatte sie zu so einer Art Dutt hochgesteckt, der wie ein Vogelnest aussah. Viel war nicht dran an ihr – einmal hatte ich in der Klasse den Witz gemacht, dass sie in einem Monsun hin und her rennen müsste, um überhaupt nass zu werden. Aber sie war schon echt in Ordnung. Als sie mitbekommen hatte, dass Mum tot war, hatte sie geweint, mich in den Arm genommen und mir eine Bakewell Tart mit nach Hause mitgegeben.

»Hast du mal drüber nachgedacht, ob du der Koch AG beitreten willst?«, erinnerte sie mich.

»Äh … nein, Miss. Ich hab zu viel zu tun.«

In Wirklichkeit war's mir einfach voll peinlich. In Penns Koch AG gab es überhaupt keine Jungs. Nur Mädchen, und ich konnte mir lebhaft vorstellen, wie die den dicken Bruder mit der Schürze bis zum Anschlag verarschen würden. Ich wollte nicht, dass die mir auf meinen Schwabbelhintern stierten, wenn ich einen Victoria Sponge Cake aus dem Ofen holte. Ich hatte Jonah und Bit gefragt, ob sie mitmachen würden, aber sie hatten mir nur einen Blick zugeworfen wie: »Ist das jetzt dein Ernst, oder wie?« Und das war's gewesen.

»Du hast ein tolles Händchen fürs Kochen, McKay.« Penn klatschte in die Hände. »Hat deiner Familie dein Shepherd's Pie geschmeckt?«

Ich glaubte schon, aber der Abend, an dem ich ihn serviert hatte, war auch der gewesen, an dem die Gläubigerbrüder zum ersten Mal an unsere Zugbrücke gehämmert hatten, und dadurch war das Essen sozusagen in Vergessenheit geraten. Nicht dass Penn das unbedingt wissen musste.

»Äh, ja, hat ihnen voll gut geschmeckt.«

»Wieso machst du dann nicht mit in der AG?«, beharrte sie. »Letzte Woche haben wir Cupcakes gebacken, und nächste Woche machen wir Schokotörtchen mit flüssigem Kern.«

Schokotörtchen! Mum hatte die auch mal gebacken. Kurz stand ich da im Gang und wurde von Köstlichkeit übermannt. Der Duft der Schokolade war für immer in meinem Gedächtnis verankert, es war der größte Moment meiner Geschmacksknospen, die glanzvollste Stunde meines Gaumens gewesen. Ich spielte noch mal durch, wie mir die cremige Schokomasse die Kehle runterglitt, die geschmeidige, schokoladige Textur …

Aber nein, ich konnte nicht zur AG gehen.

»Tut mir leid, ich hab zu viel zu tun.«

Bevor Ms Penn noch etwas sagen konnte, verzog ich mich.

Mehr als genug Schüler mussten sich später noch bei Maplebeech im Büro melden und nach der Schule nachsitzen, aber mir gelang es, mich von jeglichem Ärger fernzuhalten. Die anderen bedachten die Bullen in der Pause mit Furzgeräuschen, während diese das kaputte Fenster in der Schulküche hinten inspizierten.

Beim Mittagessen verkündeten Venetia und Bit eine Planänderung – sie hatten beschlossen, dass wir uns nach der Schule am Haupteingang treffen sollten. Ich denke, sie wollten einfach nur sicher sein, dass alle bereit und dabei waren. Ich war gerade auf dem Weg dorthin, als mir Boy aus den Bergen vor die Füße lief.

»Darf ich mitkommen?«, fragte er.

»Wohin?«, erwiderte ich.

»Auf die Mission, nach Notre Dame«, sagte er. »Ich kann helfen. Vielleicht kann ich Schmiere stehen? Ich will noch nicht nach Hause und da alleine rumsitzen.«

»Aber das ist nicht *meine* Mission«, sagte ich und ging weiter.

»Kannst du Bit nicht fragen? Ist immer gut, wenn man da in der Gegend zu mehreren unterwegs ist. Nach dem, was man sich so auf der Straße erzählt, sind die in Notre Dame echt schräg drauf.«

Ich schüttelte den Kopf, entschuldigte mich und ging weiter. Ich hatte ein schlechtes Gewissen – der Bruder wollte nur dabei sein und Gesellschaft haben –, aber wahrscheinlich war's das Beste, wenn er nicht in unsere Episoden verwickelt wurde. Genauer betrachtet tat ich ihm wohl einen Gefallen.

Ich traf mich mit der Crew und wir zogen los, parkten uns auf einem Mäuerchen in der Nähe vom Schulparkplatz. Die Woche war zu Ende und die Lehrer flitzten zu ihren Autos mit dem Gesichtsausdruck von Gettoratten auf der Flucht vor ihren Berufsberatern.

»Wie weit ist es denn von der Bushaltestelle bis dahin, wo dieser Sergio wohnt?«, fragte Jonah.

Venetia guckte echt nervös. Sie verschränkte die Finger und starrte zu Boden. Saira hatte ihr einen Arm um die Schultern gelegt. »Ungefähr zehn Minuten zu Fuß«, antwortete sie.

»Wohnt er mit jemandem zusammen?«, fragte ich.

Venetia schüttelte den Kopf.

»Also, alle bereit?«, fragte Saira. Sie sah uns in die Augen.

»Da ist … da ist noch eine Sache«, unterbrach ich sie.

»Nein, wir können *nicht* vorher noch mal beim Hot Rooster Takeaway haltmachen«, sagte Bit.

»Das meine ich nicht«, sagte ich. »Ich muss meine Buskarte aufladen und mein Budget ist voll schmal.«

»Keine Angst«, sagte Saira. »Ich hab Kleingeld für dich mit.«

Sie holte ihr Portemonnaie raus und gab mir ein paar Münzen.

»Danke«, sagte ich, mein Herz schmolz angesichts ihrer Güte.

Danach trennten sich erst mal unsere Wege.

Ich kam mir vor wie ein Ritter, kurz bevor er aufs Pferd steigt und loszieht, einen Feuer spuckenden Drachen zu besiegen. Mein Herz schlug mir bis hinter die Ohren.

11

DADS DINNER

DER AUFZUG IN MEINEM BLOCK funktionierte jetzt wieder, aber ich beschloss trotzdem, die Treppe zu nehmen – ich hatte voll Angst davor, mit den Gläubigerbrüdern im Aufzug stecken zu bleiben – ohne Fluchtmöglichkeit, ohne Platz zum Verstecken. Das wäre ein gigantisches Trauma.

Als ich in meine Burg zurückkehrte, stieg mir der Duft von Lamm in die Nase. Dad war in der Küche und checkte die kochenden Babykartoffeln, trug ein schwarzes Unterhemd, Jeans und schwere Stiefel (ich nahm mir vor, falls ich es schaffen sollte, vor Weihnachten noch was zu sparen und Dad ein paar Hausschuhe zu schenken). Er grinste breit, so wie wenn er einen mit einem Geburtstagsgeschenk oder so überrascht, aber er war auch müde – und ich sah, dass ihm der Stress auf der Stirn stand.

»Hab dir dein Lieblingsessen gekocht, McKay. Lammkeule, gekochte Kartoffeln und grüne Bohnen.«

»Danke, Dad. Das wäre doch nicht …«

»Doch!«, beharrte er. »War blöd, dass du alleine zu Hause warst, als die Gerichtsvollzieher vor der Tür standen.«

»Ich hab sie ja nicht reingelassen«, sagte ich.

»Ich weiß. Aber ich werde mich drum kümmern«, versprach Dad und zeigte mit einem Finger auf mein Gesicht. Überzeugend wirkte er nicht. »Ich arbeite dran. Ich will nicht, dass du dir wegen irgendwas Sorgen machst – ich hab alles im Griff.«

Er nahm die Ofenhandschuhe und zog ein Blech mit Lammkeulen unter Alufolie aus dem Ofen. »Komm und schau dir das an«, forderte er mich auf. »Ich glaub, die sehen gar nicht schlecht aus. Riechen tun sie jedenfalls gut.«

Ich schob die Folie zurück und musste zugeben, dass Dad nicht unrecht hatte – sie sahen ganz und gar nicht schlecht aus. Alle drei. Dad hatte auch eine für Nesta gemacht. Der Dampf, der vom Fleisch aufstieg, wärmte mir mein Gesicht und ich sog ein paar Mal den Duft ein. »Hast du das Lamm auch gewürzt, Dad?«

»Äh … ich hab schwarzen Pfeffer draufgemacht.«

Ich hätte noch Knoblauch dazugegeben, vielleicht auch ein bisschen Curry-Pulver und Jamaican Jerk, um dem Ganzen noch ein bisschen mehr Pep zu verleihen. Zwiebeln oder Paprika hatte er auch keine geschnitten und mitgegart. Aber wenigstens war das Lamm durch. Das letzte Mal, als Dad was im Ofen gemacht hatte, war das Rindfleisch noch so verdammt roh, dass ich dachte, die Kuh würde von meinem Teller aufstehen, laut muhen und davontrotten. Ich musste ihm erst mal erklären, dass das Fleisch, nur weil es von außen braun war, sich innen noch lange nicht für *MasterChef* eignete.

»Hast du Minz-Sauce gekauft?«, fragte ich.

»Äh, nein, tut mir leid«, erwiderte Dad. »Hab ich vergessen.«

Wir setzten uns an den Tisch und Dad musterte mich genau, während ich meinen ersten Bissen vom Lamm probierte. War genießbar. Ich zeigte meine Zähne. Dad freute sich richtig.

»Ich hab gedacht, vielleicht gehen wir nach dem Essen bowlen?«, schlug Dad vor. »Wir haben schon ewig nichts Schönes zusammen gemacht. Was meinst du? Hast du Lust, es mit deinem alten Herrn auf der Kegelbahn aufzunehmen?«

»Äh, ich kann nicht«, stammelte ich. »Ich mach da mit Freunden von der Schule bei so einer Tanzsache mit.«

»Tanzsache?«, wiederholte Dad. »Wusste gar nicht, dass du dich fürs Tanzen interessierst?«

»Eigentlich unterstütz ich die nur, helf ein bisschen aus, wenn ich drum gebeten werde. Ist mehr so was unter Freunden. Die arbeiten an einer Vorführung.«

»Ah, verstehe«, erwiderte Dad. Er wirkte echt niedergeschlagen, aber ich konnte jetzt nicht mehr aus Bits Mission aussteigen.

»Vielleicht können wir das ja morgen machen«, schlug ich vor. »Vielleicht … vielleicht kann Nesta ja mitkommen?«

Dad starrte sein Essen an. Die Frage war dumm. Nesta würde lieber im Nikolauskostüm bei der Weihnachtsfeier der Bullen auftreten, als mit uns Kegeln zu gehen. Dad stand vom Tisch auf und holte sich eine Flasche Wodka-Lemon aus dem Kühlschrank. Er zog den Deckel ab und trank ein paar Schlucke, dann antwortete er. »Ich hab heute versucht, ihn anzurufen«, sagte er. »Aber er geht nicht dran. Ich hab ihm eine Nachricht draufgesprochen. Weiß nicht, was ich sonst noch machen soll.«

»Der kriegt sich schon wieder ein«, sagte ich. »Kennst doch Nesta. Der kann echt schlechte Laune haben.«

Dad schnitt sich ein großes Stück Lamm ab und kaute es. *Wildsau in Scheiben!* Ich wünschte, ich hätte so einen Kiefer. »Weißt du, wo er übernachtet?«, fragte er mich.

Ich dachte an Yvonne mit ihrem blonden Krauskopf und ihrer stolzen Katze. Und mir fiel wieder ein, was Nesta angedroht hatte, sollte ich Infos über sie verbreiten.

»Keine Ahnung.«

Der Rest des Essens wurde schweigend verzehrt. Mir schoss durch den Kopf, was Nesta über Dads Zockerei erzählt hatte. Ich wollte es nicht wahrhaben, versuchte mir einzureden, dass er einfach nur sauer auf Dad war und sich alles ausgedacht hatte, um ihn zu ärgern. Aber ich konnte nicht leugnen, dass ich irgendwo tief in meinem Inneren wusste, dass er recht hatte. Trotzdem wollte ich nicht glauben, dass Dad uns gefährden würde. Oder riskieren würde, dass wir unser Dach über dem Kopf verloren.

Plötzlich verspürte ich den Drang – von Gott weiß woher –, mir ein Herz zu fassen und ihn zu fragen, ob es stimmte. Geradeheraus, direkt, jetzt sofort. Was konnte im schlimmsten Fall schon passieren? Dass er mich ausschimpfte? Es gab nichts, was er hätte machen können, was auch nur halb so traumatisch gewesen wäre, wie alleine zu Hause zu hocken, während die Gläubigerbrüder an die Tür hämmern.

»Dad«, fing ich an, »Nesta hat gesagt … er hat mir gesagt, dass du, äh, na ja, er hat Andeutungen gemacht, dass du eine Menge Geld im Wettbüro verloren hast.«

Dad stellte die Flasche auf den Tisch. Er sah mich an, als wäre mir eine zweite Nase gewachsen, dann kratzte er sich eine Faser Lamm aus der Lücke zwischen den Schneidezähnen und räusperte sich, ohne den Blick von mir abzuwenden. Inzwischen brannten meine Wangen. Mein Herzschlag quetschte mir die Rippen.

»Dein Bruder hat recht«, gestand Dad schließlich, jetzt schaute er auf seinen leeren Teller.

Lange Pause. Ich wusste nicht, ob ich Dad anstarren oder wegschauen sollte. Scham nagte an ihm.

Er tat mir leid.

»Ist mir irgendwie entglitten«, sagte er leise. »Und wenn man viel verliert, versucht man, das Geld zurückzugewinnen. Aber gegen den verdammten Buchmacher oder die verfluchten *Automaten*, die die da reinstellen, kommt man nicht an! Die Automaten sind *manipuliert*! So viel hab ich jetzt kapiert.«

Ich wusste nicht, was ich sagen sollte. Aber immerhin musste ich Dad lassen, dass er sich getraut hatte, die Wahrheit zu sagen.

»Ich geh nie wieder in ein Wettbüro«, fuhr er fort. »Ich hab viele Schulden, das stimmt, aber ich hol uns da wieder raus.«

»Wie viel?«, fragte ich.

Dad dachte nach. Er lächelte, aber seine Augen lächelten nicht mit. »Ich hol uns da raus«, wiederholte er. »Die Bezirksverwaltung hat uns rote Briefe geschrieben, aber wir werden die Wohnung hier *nicht* verlieren.«

Er stand auf, nahm meinen Teller und seinen und brachte beide in die Küche. Ich folgte ihm, aber er ignorierte mich, drehte den Hahn auf und spritzte Spüli ins Becken. Ich parkte mich wieder an den Esstisch, fühlte mich scheiße, weil ich ihn gezwungen hatte, der gemeinen Wahrheit ins Gesicht zu sehen. Ich wollte gerade in mein Gelass, als Dad im Eingang zur Küche auftauchte. Er trocknete sich die Hände. Sein Blick war hart. »Dein Bruder hat recht, wütend auf mich zu sein«, sagte er. »Ich hab euch beide im Stich gelassen. Aber wie ge-

97

sagt, ich kümmere mich drum. Ich wünschte nur, Nesta würde mit seinem eigenen schlechten Gewissen klarkommen.«

Das war neu.

»Was für ein schlechtes Gewissen?«, fragte ich.

Dad ging zurück in die Küche und tat, als hätte er mich nicht gehört. Ich flitzte ihm hinterher. »Wieso hat Nesta ein schlechtes Gewissen?«

»Ach, vergiss es, wegen gar nichts«, erwiderte Dad.

»Aber du hast gerade gesagt ...«, sagte ich. Er nahm das Geschirrtuch und fing an, die Teller abzutrocknen. Ohne mich dabei anzusehen. »Hey! Dad! Hör auf, mich auszuschließen! Ich hasse es, wenn ihr so was macht. Ich bin fast *fünfzehn!*«

Er wich meinem Blick aus. »Kein großes Ding«, behauptete er. »Ich hab nur gesagt, dass er sich in Schwierigkeiten bringt, wenn er im Zorn Sachen sagt, die er nicht wirklich meint ... du weißt ja, wie er ist ... vergiss es einfach. Hey, brauchst du Geld, um deine Travelcard aufzuladen?«

Ich weiß, ich hätte es einfach lassen sollen, aber es beunruhigte mich total. Dad wich eindeutig meiner Frage aus – und das bedeutete, dass es etwas gab, das er mir nicht erzählen wollte. Und das alles hatte was mit Nestas schlechtem Gewissen zu tun, ich wusste es. Ich konnte jetzt nicht einfach aufhören.

»Es ist nur, dass ... ich meine, wenn Nesta ein schlechtes Gewissen hat, wie soll ich ihm dann helfen, wenn ich nicht weiß, warum?«

Dad knallte den Teller in den Schrank, holte tief Luft, versuchte seinen brodelnden Zorn zu unterdrücken. Offensichtlich hatte ich einen wunden Punkt getroffen. »Lass es, McKay«, Dad hob die Stimme. »*Lass es!* Das geht dich nichts an. Das ist was zwischen ihm und mir. Und wenn jemand Grund hat, ein schlechtes Gewissen zu haben, dann bin *ich* das!«

»Tut mir leid, Dad.«

Ich beschloss, es nicht drauf ankommen zu lassen.

Er kehrte mir den Rücken zu und trocknete weiter Messer und Gabeln ab.

»Viel Spaß bei deiner Tanz-Sache«, sagte er mit leiserer Stimme. »Vielleicht gehen wir dann morgen zum Kegeln?«

»Das wär cool«, erwiderte ich.

Ich verzog mich in mein Gelass. O Gott! Ich vermisste Mum. Sie hätte diese ganze Scheiße wieder in Ordnung gebracht.

Ich stieg aus meiner Schuluniform und ging ins Bad, um Krieg gegen meine Achselhöhlen zu führen – ich wollte nicht, dass Saira Aslan was Toxisches in die Nase stieg. Ich duschte lange und benutzte Rollon Deo unter meinen Achseln und auf meiner Brust. Sogar frische Socken zog ich an. *Wenn Jonah glaubt, er hat den Heiligen Gral bei Saira schon sicher, dann sollte er die Situation noch mal genauer betrachten. Ich denke, sie mag mich.* Ich zog mein ausgeleiertes *Hobbit*-T-Shirt an und hoffte, Saira würde nicht zu viel von meinem Bauch drunter erkennen können.

Dad saß auf dem Sofa im Wohnzimmer und guckte eine Tierfilmdoku, als ich wieder rauskam. Eine Löwin riss irgendwas Rehartiges. Dad nahm einen Schluck aus seiner Flasche.

»Ich geh jetzt, Dad.«

»Um wie viel Uhr bist du zu Hause?«, wollte er wissen.

Wer wusste schon, ob wir je wiederkehren würden? »Vor zehn«, erwiderte ich.

»Pass auf dich auf«, riet er mir. »Und ruf an, wenn was ist. Ich arbeite bis morgen früh um acht – Überstunden.«

»Okay, Dad, bis dann.«

12

GOTTES MANNSCHAFT

BIT UND JONAH WARTETEN DRAUSSEN vor dem Haus auf mich.
Jonah trug einen schwarzen Anorak, eine Dallas-Cowboys-Cap und
schwarze Handschuhe – was cool war. Nur seine Sneaker sahen nicht
gut aus. Ich merkte, dass bei ihm und seiner Familie das Geld knapp
war. Bit war in einem blauen Hoodie und braunen Handschuhen unterwegs. Saubere weiße Sneaker zierten seine Füße.

Bit checkte die Zeit auf seinem Handy. »Du bist zu spät, McKay.
Und was ist das für ein Gestank?«

»Musste meine Achseln segnen«, erwiderte ich. »Will schließlich
keinen Körpergeruch verbreiten, wenn ich mit den Ladys nach Notre
Dame aufbreche.«

Jonah guckte mich an, als wär ich eine ungebratene Scheibe Speck.
»Wir ziehen durch North Crong bis nach Notre Dame – NOTRE
DAME! Und *du* denkst an nichts anderes, als dir die Achseln zu pim-
pen, um Eindruck bei den Mädchen zu schinden? Das ist kein Spaß,
weißt du! Kann sein, dass wir heute Abend was auf die Fresse kriegen.«

»Gießt Wasser auf eure Feuer«, versuchte Bit uns zu beruhigen.
»Wichtig ist, dass ihr dabei seid und mir helft. Dafür bin ich euch dankbar bis zum Gehtnichtmehr. Auf geht's, wir ziehen los.«

Bit führte den Weg an, ging zur südöstlichen Ecke unserer Siedlung. Als wir an Dagthorns Laden vorbeikamen, hatte er schon zuge-
macht, das Rollgitter war unten.

Überhaupt waren mehr Gettoratten unterwegs als sonst an einem
frühen Freitagabend. Sie zogen in Dreier- und Vierergruppen nach
Central Crongton. Andere hingen an Ecken rum, quatschten Mädchen an, rauchten Joints und tranken Tonic Wine aus Flaschen.

»Irgendwas steht an«, meinte Jonah.

Ich wollte gerade antworten, als ich Kiran Cassidy und drei andere Brüder auf dem Weg nach Norden entdeckte. »Was geht?«, fragte ich.

»Ich glaub, in der High Street tut sich was«, erwiderte Kiran.

»Und wenn, dann hol ich mir neues Handy.«

Wir zogen weiter.

»Ich will auch ein neues Handy«, sagte Jonah. »Ich nehm immer das alte von meiner Mum und das ist antik wie klobige Fernsehkisten. Können wir die Mission nicht kurz auf Pause stellen und nachsehen, was in der High Street los ist?«

»*Nein!*«, brüllte Bit. Ein Spucketröpfchen flog ihm aus dem Mund und landete auf Jonahs Nase. Jonah war nicht begeistert. »Venetia erwartet uns – wir können jetzt nicht kneifen.«

»Ich *brauch* aber ein neues Handy«, maulte Jonah. »Ist echt peinlich. Und wenn ich's mir recht überlege, neue Sneaker brauch ich auch!«

Während wir weiterlatschten, mussten Bit und ich uns Jonahs Gejammer über die Leere in seinen Taschen anhören und dass seine Eltern nicht begriffen, wie sehr es ihn stresste, dass seine Familie mit Armut geschlagen war.

Zehn Minuten später waren wir an Somerleyton House. Es war der höchste Block in diesem Teil von South Crong und aus zwei Gründen bei uns in der Gegend berühmt. Erstens, weil ein vierjähriges Mädchen es geschafft hatte, im vierten Stock über die Brüstung zu klettern und vom Balkon zu fallen. Sie hatte den Sturz mit einem gebrochenen Arm überlebt, aber ihre Mum bekriegte sich seitdem mit dem Jugendamt, um sie zurückzubekommen. Und zweitens, weil eines der hübschesten und sexiesten Mädchen aus unserer Jahrgangstufe dort wohnte.

»In welchem Stock wohnt Venetia?«, fragte ich Bit. »Sollen wir mitkommen?«

»Im fünften«, erwiderte Bit. »Wüsste nicht, wieso es ein Problem sein sollte, wenn ihr mit hochkommt.«

»Dann los«, sagte Jonah.

»Warte mal eine Sekunde.« Bit checkte uns mit ernstem Gesichtsausdruck.

»Mach dir keine Sorgen, Bro«, sagte ich. »Vor Königin Venetia werden wir uns benehmen.«

»Das ist es nicht«, sagte Bit.

»Was dann?«, wollte Jonah wissen.

»Denkt an euer Versprechen«, ermahnte uns Bit und sah uns in die Augen. »Bitte, *kein* Wort über Manjaro.«

»Wofür hältst du uns?«, fragte Jonah, als wäre er echt beleidigt. »Wir sind deine Brüder! Das ganze Drama ist doch Monate her, Bro. Mach dir keinen Stress.«

Bit starrte mich an. Er wollte unsere Versprechen in Stein gemeißelt haben. »Ich seh's wie Jonah«, sagte ich. »Mir wird nichts über die Lippen kommen, glaub's mir.«

»Okay«, sagte Bit.

»Vielleicht ist er immer noch irgendwo da draußen«, sagte Jonah, Angst strich ihm über die Stirn. »Vielleicht steckt er sogar hinter den Unruhen heute.«

Keiner von uns wollte darüber nachdenken.

Wir stiegen in den Aufzug. Aber alter Schwede! Der Gestank da drin war chronisch! Was auch immer ihn verursacht hatte, es roch nach Schulklo, und zwar nach dem letzten in der ganzen verstopften Reihe. Wir hielten uns alle die Nasen zu, schlossen die Augen und hofften, dass wir's in den vierten Stock schafften, ohne ohnmächtig zu werden. Als die Türen aufgingen, platzten wir raus und rangen nach Luft! Bit ging voraus zu Venetias Tür. Die Gänge waren viel besser geschrubbt als in meinem Block. Anscheinend machte die Putzkraft hier ihre Arbeit und rauchte nicht bloß Joints hinter den Mülltonnen. »Es wird nicht geflucht«, ermahnte Bit uns. »Und gefurzt auch nicht, McKay.«

»Wofür hältst du mich?«, verteidigte ich mich. »Ich geh doch nicht zu anderen Leuten in die Burg und furze.«

»Fünf Wörter«, sagte Jonah. »Ich sag nur: Jennifer Beckles und ihre Mum.«

»Lasst mich euch Furzwütigen sagen«, mahnte Bit, »geht niemals zu einem Mädchen nach Hause, wenn ihr dringend kacken müsst.«

»O ja«, pflichtete ich ihm bei.

»Seid höflich«, wies Bit uns an, als wir bei Venetia vor dem Tor standen. »Denkt dran, bei Venetia in der Familie spielen sie alle in Gottes Mannschaft.«

Jonah suchte die Klingel, konnte aber keine finden. Er klapperte am Briefschlitz. Ich denke, wir haben uns wohl alle gefragt, wie die Mum von einem der sexiesten Mädchen unserer Schule aussah. Uns an Venetias Dad zu erinnern fiel uns nicht schwer ... wir hatten ihn alle gesehen, ein Wolkenkratzer von einem Mann.

Die Tür ging auf und ein liebes lächelndes Gesicht begrüßte uns. Sie trug ein schwarzes Kopftuch und winzig kleine Kreuze zierten ihre Ohren. Sommersprossen sprenkelten ihre Nase. Ich konnte nicht feststellen, ob sie indisch, afrikanisch oder karibisch war. Ich schätzte sie auf ungefähr fünfunddreißig, nicht älter als achtunddreißig. Ganz offensichtlich hatte Venetia ihr hübsches Aussehen von ihr – Jonah musste sich mühsam das Sabbern verkneifen.

»Hi, Lemar«, begrüßte sie Bit.

Bit zeigte sein »Ich bin ein netter Junge und kiffe nie«-Lächeln. *Spitz meine Pfeile!* Sogar ich fand, dass er süß aussah.

»Hallo, Jungs«, begrüßte sie uns. »Und ihr arbeitet heute Abend alle zusammen an der neuen Tanzaufführung in der Schule?«

»Äh, ja«, erwiderte Bit. »Wir proben.«

»Schön, dass ihr was gefunden habt, das euch allen Spaß macht«, sagte Mrs King. »Da sind die Kinder runter von der Straße. Kommt doch bitte rein – Venetia ist in ihrem Zimmer und sucht noch ihre Sachen zusammen.«

Bit zog seine Sneaker aus und ließ sie auf der Matte an der Tür stehen. Jonah und ich machten es ihm nach. Ich war echt froh, dass ich frische Socken angezogen hatte – sie hatten zwar jede Menge Löcher, aber wenigstens stanken sie nicht so bestialisch. Mrs King führte uns durch den Flur. Auf einer Seite hing ein gerahmtes Bild von Jesus am

Kreuz, er hatte ein Bettlaken über den Weichteilen, gegenüber das Vaterunser in eleganter Handschrift. Wir kamen ins Wohnzimmer, wo Venetias kleine Schwester Princess und ihr kleiner Bruder Milton einen Disneyfilm guckten (ein liebeskranker Fisch sang eine Meerjungfrau an). Alle beide guckten echt gelangweilt.

»Hallo«, begrüßte Princess uns, als wären wir Lehrer oder so.

»Hi!«, antworteten wir alle.

Hinter mir stand ein Esstisch, Messer und Gabeln lagen ordentlich neben gefalteten Servietten bereit. Ein Körbchen mit frischem Baguette in der Mitte. Der Geruch nach Nagellack kitzelte mir in der Nase – er erinnerte mich an Mum sonntagsmorgens. An der Wand hing ein gerahmtes Bild von Jesus mit seinen Kumpels beim Abendmahl. Ich hatte das Gefühl, wenn jemand hier in der Burg fluchen würde, würde Gott ihm höchstpersönlich eine Faust so groß wie Salomos Tempel in die Fresse hauen.

»Wollt ihr was trinken?«, bot Mrs King an.

»Nein, aber vielen Dank«, erwiderte Bit in seinem höflichsten Ton.

Jonah und ich schüttelten beide die Köpfe. Mrs King verschwand in der Küche. Wir hörten eine tiefe Stimme, als würde jemand vom Grund eines Kanalschachts heraufrufen. Mr King! Er war zu Hause! Er trat ins Wohnzimmer und wir zuckten alle zusammen. Seine Arme waren groß genug, dass er locker Jesus' Kreuz und Mohammeds Berg zusammen hätte schleppen können. Sein Hals war so breit wie das Fundament einer Pyramide. Er trug einen schwarzen Overall, der auch als Zirkuszelt hätte dienen können. Vermutlich nisteten Greifvögel in seinem Bart. Die schlichten blauen Hausschuhe wirkten deplatziert an seinen Dinosaurierfüßen. Ich hatte echt voll die Angst. Sollte Bit Venetia je dazu bringen, ihn zu heiraten, würde er seinen kleinen Hintern besser pünktlich in die Kirche schieben – andernfalls würde es, wenn Mr King mit ihm fertig war, bestimmt keine Liebesspiele in der Hochzeitsnacht geben!

»'n Abend, Jungs«, sagte er mit seiner tiefen Stimme. »Wollt ihr einen Keks oder so?«

»Nein, danke«, erwiderten wir alle.

»Ihr bringt Venetia nach der Tanzprobe aber nach Hause, oder?«, fragte Mr King. »Ihre Mutter glaubt, Gott ist an ihrer Seite, aber mir wär's trotzdem lieber, sie hätte noch andere Gesellschaft auf dem Nachhauseweg – hier in der Gegend gibt's zu viele Raubeine.«

»Natürlich«, erwiderte Bit.

»Wenn ihr wollt, kann ich euch auch abholen«, bot Mr King an.

»*Nein!* Geht schon, Dad«, sagte Venetia und kam aus dem Flur. »Wir kommen klar.«

Wir standen alle auf. Venetia sah toll aus in ihrer Jeans, dem bauchfreien weißen Oberteil und der Jeansjacke. Himmelblaue Sneaker zierten ihre Füße. Einen blauen Rucksack hatte sie auf den Rücken geschnallt. Ich konnte gut verstehen, warum Bit das Risiko bereitwillig einging, dass wir alle bei dem Versuch, ihr Handy wiederzubekommen, was auf die Fresse bekommen würden, trotzdem war ich davon überzeugt, wenn Mr King Sergio um das Handy seiner kostbaren Tochter bitten würde, hätte er es ganz schnell wieder.

Wir wollten keinen Augenblick länger in Venetias nervenaufreibender Burg verbringen und bewegten uns so höflich wie möglich Richtung Ausgang.

»Lemar«, rief Mr King plötzlich. »Vor zwei Wochen hab ich deine Großmutter in der Kirche gesehen. Gehst du nie mit ihr hin?«

Bit hat normalerweise eine Farbe wie Milchschokolade, aber ich schwöre, ich sah, wie sich seine Wangen dunkelrot färbten, während er sich eine Antwort überlegte. »Meine Mum bringt mir sonntags immer das Kochen bei«, behauptete er schließlich.

Ich musste mir ein Grinsen verkneifen – so eine dreiste Lüge! Bit konnte sich nicht mal eine Scheibe Brot toasten!

»Ah, verstehe«, sagte Mr King und drehte sich zu Venetia um. »Komm nicht so spät, V, denkt dran, dass du Princess und Milton morgen bei der Bibelstunde helfen sollst.«

»Mach ich, Dad«, erwiderte Venetia.

Nichts für ungut, aber ehrlich gesagt, war ich echt erleichtert, als Venetia die Tür hinter sich zuzog. Mr King war höflich und so, und ich hatte auch nie gehört, dass er die Stimme hob, aber irgendwie hatte er was von einem verunglückten Hulk.

»Danke, dass ihr gekommen seid, Jungs«, sagte Venetia, bevor sie Bit umarmte. »Und danke, dass ihr mir helft.«

Bit wollte Venetia gar nicht mehr loslassen. Ich musste mir erneut ein Grinsen verkneifen, weil sie ganz verlegen wurde. »Wir nehmen die Treppe nach unten«, schlug Venetia vor und schälte sich Bits Arme von den Schultern. »Ich glaub, irgendwer hat heute Morgen in den Aufzug gekackt. Voll ekelhaft.«

13

LAMBS BREAD LANE

»SERGIO WEISS, DASS ICH KOMME«, eröffnete uns Venetia, als wir die Stufen runterliefen.

Jonah machte abrupt halt. »Er weiß, dass wir kommen? Wieso hast du ihm das gesagt? Wahrscheinlich wartet jetzt schon ganz Notre Dame bei ihm zu Hause auf uns!«

»Nein, nein«, erklärte Venetia. »Er weiß, dass *ich* komme. Ich hab nicht erzählt, dass ich euch als Verstärkung mitbringe.«

»Das gibt ein Drama, V«, sagte ich.

»Ich musste doch sicher sein, dass er da ist«, argumentierte Venetia. »Ich wollte nicht, dass wir alle nach Notre Dame ziehen und dann ist Sergio gar nicht zu Hause.«

»Wie hast du ihm denn gesagt, dass du kommst?«, fragte Bit.

»Hab ihm von Sairas Handy aus eine Nachricht geschickt«, erklärte Venetia. »Er denkt, wir kommen wieder zusammen.«

Saira. Jonah grinste bei der Erwähnung ihres Namens und ich muss gestehen, ich auch – ich konnte es nicht erwarten, zu ihr nach Hause zu gehen.

»Dann ziehen wir jetzt weiter zu Saira?«, fragte ich beiläufig. »Wo wohnt sie denn?«

»In der Lambs Bread Lane«, erwiderte Venetia. »Das ist die Reihe mit den kleinen Häusern hinter der Black Rose Avenue.«

Ich merkte, dass Venetia echt nervös war, aber sie überspielte es. Jonah schaute immer wieder in den Himmel, als wollte er Gott bitten, unsere Mission zu sabotieren.

»Haben wir eigentlich einen Plan, was wir machen wollen, wenn wir bei Sergio eingefallen sind?«

Wir sahen einander an. Über den Teil nachzudenken hatte ich mir verboten. Ich *wollte* nicht drüber nachdenken.

»Wir bitten ihn höflich, Vs Handy zurückzugeben«, sagte Bit.

»Angenommen, er sagt: ›Fick dich, du Zwerg‹ und lacht sich kaputt, weil er von Schulkindern behelligt wird – was dann?«, fragte Jonah zurück.

Gute Frage. Venetia sah uns an, hoffte, uns würde eine Antwort einfallen. Mein Herz hörte auf zu schlagen. Niemand sagte ein Wort. Bis ...

»Dann müssen wir's ihm eben einfach *abnehmen*«, erwiderte Bit schließlich.

Wir wussten alle, was er meinte. *Ölt eure Fäuste!* Ich hatte mich nicht mehr geprügelt, seit wir in der Achten Basketball gespielt hatten. Nobby Starling hatte gesagt, ich würde aussehen wie der fette blaue Flaschengeist aus irgendeinem Disneyfilm. Er ließ mich seine Fäuste kosten, aber als ich einen Treffer landete, ging er zu Boden wie ein betrunkener Hobbit, der vom Baum fällt. Dafür bekam ich so viel Respekt, dass ich gegen die vielen Nachsitzstunden, die ich noch obendrauf bekam, gar nichts einzuwenden hatte. Mum hatte allerdings was einzuwenden. Eine Woche lang gab's weder Fernsehen noch Spiele. Aber das war es wert.

»Wir sind zu fünft«, setzte Bit hinzu. »Soll keiner behaupten, wir kämen mit diesem Sergio nicht klar. Für wen hält der sich, dass er V einfach das Handy wegnimmt? Verdammt dreist!«

Die Lambs Bread Lane lag zwanzig Minuten zu Fuß auf der Westseite unserer Siedlung. Unterwegs sahen wir noch mehr Gettoratten, G-Girls und andere nach Central Crong ziehen. Jonah konnte nicht verbergen, dass er eigentlich viel lieber mit ihnen mitgegangen wäre als mit uns.

»Ich hab gehört, heute Abend soll die High Street zerlegt werden«, sagte Venetia.

»Wir sind nicht dabei«, erwiderte Bit. »Wir haben was anderes vor. Glaub's mir.«

Ich wollte es glauben, aber eine zarte Stimme auf meiner Festplatte sagte mir, dass es nicht so einfach sein würde, wie einem kleinen Jungen sein Geld fürs Mittagessen abzunehmen.

Nie zuvor hatte es mich in diese Gegend verschlagen. Die Häuser hier waren klein. Vor jedem ein grauer, hüfthoher Zaun um einen winzigen Vorgarten herum, kaum groß genug, als dass ein Fuchs dort hätte Rad schlagen können.

»Wartet lieber vor dem Tor«, wies uns Venetia an, als wir bei Saira waren. »Ich hol sie.«

»Kann ich nicht mitkommen?«, fragte Jonah.

»Nein«, beharrte Venetia. »Sairas Mum klinkt aus, wenn hier Brüder aufschlagen.«

Also hielten wir Abstand und sahen zu, wie Venetia vor Sairas Tür trat. Am Ende der Straße bellte ein kleiner Hund. Venetia drückte auf die Klingel, und nur Sekunden später steckte Saira schon den Kopf raus, ihr schwarzes Haar zierte ihre Schultern. Sie lächelte Venetia an und schaute zu uns rüber. »Wartet kurz«, sagte sie.

Sie verschwand, ließ aber die Tür offen. Ich roch gebratenes Lamm. Irgendjemand regte sich auf in Sairas Burg. Eine Frauenstimme mit Akzent. »*Du* gehst heute Abend *nicht* weg!«

»Doch, tu ich wohl!«, brüllte Saira zurück.

»Ständig gehst du weg! Wieso kannst du freitagabends zur Abwechslung nicht mal zu Hause bleiben? Du weißt, dass Freitag Familientag ist.«

»Ich hab dir gesagt wieso!«, schrie Saira. »Weil ich einer Freundin helfen muss. Sagst du mir nicht ständig, dass ich das machen soll? Ich *helfe* anderen!«

Saira knallte die Tür hinter sich zu.

14

DIE GLORREICHEN SECHS

»IHR SEID JA ALLE DA!«, sagte Saira aufgeregt, musterte uns von oben bis unten. »Sogar du, Jonah! Ich hab gedacht, du kneifst.«

»Nee«, erwiderte Jonah und fuhr seine Tapferkeit hoch. »Das lass ich mir nicht entgehen! Wenn Freunde Hilfe brauchen, muss man ran.«

Saira machte das Gartentor hinter sich zu und Venetia und sie gingen voran zur Black Rose Avenue. Saira trug so einen schwarzen Trainingsanzug mit roten, goldenen und grünen Streifen. Pinke Sneaker segneten ihre Füße. Jonah und ich schauten ihr von hinten beim Dahingleiten zu.

»Wir …«, sagte Venetia zu Saira, »wir sind genug, um mit Sergio fertig zu werden. Ich will keinen Ärger mit deiner Mum.«

»Meine Mum?«, erwiderte Saira. »Die macht sich viel mehr Sorgen darüber, was meine Verwandten hinter ihrem Rücken erzählen, als darüber, dass ich auf der Straße unterwegs bin. Ich komme mit! Dieser Sergio soll endlich kapieren, dass er nicht einfach so jemand das Handy wegnehmen kann. Der braucht was aufs Dach!«

»Danke, Saira«, sagte Venetia, dann umarmte sie sie noch mal kurz.

»Welcher Bus ist das, der nach Notre Dame fährt?«, fragte Saira.

»Der 159er«, erwiderte ich. »Den nennen wir den Gettobus, weil er in alle Ecken fährt.«

Ich fragte mich, wer von uns Sergio was aufs Dach geben sollte. Auf Jonah würde ich nicht setzen, so viel stand fest – Saira selbst war in meinen Augen ganz klar die Favoritin.

Die Haltestelle vom 159er war fünf Minuten weit entfernt, ganz in der Nähe von unserer Schule. Wenn wir erst mal im Bus saßen, gab's kein Zurück mehr – ein Bruder kann nicht den halben Weg mitgehen und dann heulend nach Hause rennen. Wer jetzt abhauen würde, dem würde die Schmach ewig anhaften. Alles, was wir uns an Reputation bei den Mädchen erarbeitet hatten, wäre hinüber. Jegliche street credibility für immer verloren.

Es war verrückt, ich weiß, aber inmitten des ganzen Wahnsinns konnte ich an nichts anderes denken als daran, wie köstlich das Lamm bei Saira zu Hause gerochen hatte … ich wollte sie nach dem Rezept fragen, aber der Zeitpunkt war wohl nicht der richtige. Ich beschloss, es später unter vier Augen zu tun.

Als wir ankamen, warteten ungefähr zehn Crongtonier an der Haltestelle – ein paar alte, ein paar junge, ein Paar mit Einkaufswagen und ein junges Pärchen, das sich gegenseitig die Zunge verkostete. Dann sah ich jemanden, den ich kannte. *Schäl mir die Augäpfel!* Boy aus den Bergen – immer noch in seiner Schuluniform – winkte mir zu, als wir uns ans Ende der Schlange schoben.

»Was geht, McKay?«, rief er. »Hab ewig auf euch gewartet. Ich hab nichts vor, also dachte ich, ich zieh mit euch auf eure Mission.«

»Du hast die ganze Zeit gewartet?«, fragte ich. »Ist deine Festplatte falsch verkabelt?«

Venetia blieb abrupt stehen. Sie sah mich an, als wollte sie mir die Zähne ziehen und die Zunge durchbohren. »Du hast Boy aus den Bergen von mir erzählt? Von unserer Mission?«

»Nein, nein!«, verteidigte ich mich. »Natürlich nicht! Ich meine, er weiß, dass ich heute Abend nach Notre Dame will – aber das ist es auch schon! Glaub mir!«

»Ausgerechnet dem.« Bit schüttelte den Kopf. »Wieso?«

Saira schenkte mir einen bösen Blick von der Seite.

»Ich hab ihm nichts erzählt!«, sagte ich. »Vertrau mir.«

Boy aus den Bergen stellte sich zu uns. Die Mädchen traten einen Schritt zurück.

»Ich weiß einen fetten Scheiß über eure Mission«, sagte er zu Bit. »Hab nur gehört, dass McKay nach Notre Dame will. Und das ist keine gute Gegend, um sich da lange alleine rumzutreiben. Ich biete euch nur an, mitzuziehen. Mehr nicht.«

»Wer weiß noch davon?«, wollte Saira wissen.

»Niemand sonst«, sagte ich.

Saira verschränkte die Arme. Ich spürte, wie mir ihr Laserblick das Hirn durchbohrte. *Verdammt!* Ich hatte noch nicht mal den Schläger in die Hand genommen, geschweige denn die erste Base erreicht. »Bist du sicher?«, fragte sie.

»Er lügt nicht«, sagte Boy aus den Bergen.

Venetia zeigte mit dem Finger auf Boy aus den Bergen und sagte: »Ich will ja nicht unhöflich sein, aber ich kenne dich nicht besonders gut, keiner von uns. Also misch dich nicht in *mein* Drama ein. Hast du gehört?«

Boy aus den Bergen starrte zu Boden. »Ich wollte nur helfen«, sagte er. »Mehr nicht. McKay hat mir den Arsch gerettet, also dachte ich, ich könnte ihm auch einen Gefallen tun...«

Er verstummte, drehte sich um und ging ein paar Schritte, um sich an ein niedriges Mäuerchen ein paar Meter weiter zu setzen. Dabei ließ er den Kopf hängen wie ein trotziges Kind.

»Er weiß nicht, was auf meinem Handy drauf ist, oder?«, flüsterte mir Venetia zu. »Wenn er das weiß, mach ich erst Sergio fertig und dann *dich*!«

Sie piekte mir den Finger in die Brust. Aus dem Augenwinkel konnte ich Jonah grinsen sehen. Bit schüttelte nur den Kopf. Mir stieg Scham in die Wangen.

Bis der Bus kam, redeten meine Freunde nicht mehr mit mir. Als er da war, bezahlten wir das Fahrgeld, rannten nach oben und parkten uns auf die vorderen Plätze.

»Das ist es!«, sagte Bit.

»Hat Michael Jackson auch gedacht, und sieh dir an, wie's mit dem zu Ende ging.«

Als der Bus losfuhr, sah ich, wie sich was im Fenster spiegelte. Boy aus den Bergen war hinter uns in den Bus gestiegen und ging jetzt zu den Plätzen ganz hinten. Ich schoss hoch und flitzte ihm hinterher.

»Was *machst* du hier?«, fragte ich ihn.

»Gar nichts«, erwiderte er. »Ich fahr Bus.«

»Nichts?«, wiederholte ich. »Du folgst uns. Wieso? Die denken so schon, dass ich alles ausgequatscht hab.«

»Komm schon, McKay, kann ich euch nicht helfen?«

O Mann, mit seinen beispiellos widerlichen Zottelhaaren bot der Bruder einen echt erbärmlichen Anblick. Ich schwöre, es flog Staub, immer wenn er den Kopf bewegte.

Aus dem Augenwinkel sah ich, dass Jonah, Bit, Venetia und Saira uns beobachteten.

»Ich bin dir noch was schuldig«, fuhr Boy aus den Bergen fort. »Vielleicht kann ich euch nützlich sein. Weißt du, Schmiere stehen oder so? Oder einfach als Verstärkung mitkommen.«

»An der nächsten Haltestelle steigst du aus!«, verlangte ich. »Ich will nicht, dass du uns mit deinen wilden Zotteln verfolgst. Wie oft muss ich dir das noch erklären? Das ist *nicht* deine Mission! *Nicht* dein Kampf. Geh nach Hause und spiel Billard.«

»Wieso Kampf?«, fragte Boy aus den Bergen.

Er gähnte und streckte die Arme aus. Ich glaube, er fand mich so einschüchternd wie eine Sardine, die einem Hai die Meinung geigt. »Wie gesagt, ich fahr nur Bus«, sagte er, schloss halb die Augen. »Ist ja nicht verboten.«

»Dann steigst du also nicht aus?«, fragte ich erneut, mit inzwischen fast flehentlicher Stimme.

»Nein«, erwiderte Boy aus den Bergen.

»Wie du willst.«

Mir fiel nichts mehr ein, was ich hätte sagen sollen. Mir blieb nichts anderes übrig, als zu meinem Platz zurückzugehen.

»Sag nicht, dass Buschkopf mitkommt«, meinte Jonah, als ich mich setzte. »Das hast du davon, wenn du den Einsamen hilfst – der hält dich jetzt für seinen besten Freund.«

»Er kommt *nicht* mit«, beharrte ich. »Er sagt, er fährt bloß Bus.«

»Vielleicht steigt er ja in Central Crong aus«, sagte Bit. »Da wollen die anderen ja auch alle hin.«

Bit hatte nicht unrecht.

Bis wir nach Central Crong kamen, hatten dort Gettoratten, G-Girls, Dramaliebende und Neugierige schon die Gehwege an der High Street blockiert. Zwischen zwei Bushaltestellen entdeckte ich drei parkende Bullentransporter. Polizisten in gelben Neonwesten gingen zu dritt oder zu viert auf und ab. Andere quatschten in ihre Funkgeräte.

In der Ferne hörten wir Sirenen. Ein großer Mann filmte alles mit seinem Tablet. In den Wohnungen über den Geschäften versammelten sich Leute, um sich die Show anzusehen. Ladeninhaber ließen die Rollgitter runter. Footcave war geschlossen und verbarrikadiert. Eine Frau mittleren Alters mit Einkaufstrolley wollte in den Bus steigen, überlegte es sich dann aber doch anders. Der Bus fuhr eine Straßenecke weiter, und als wir wieder hielten, sahen wir vier Bullen die Taschen eines Typen mit Denver-Broncos-Cap durchsuchen. Auf der anderen Straßenseite standen fünf Brüder und schauten zu.

»Den kenne ich!«, sagte Venetia. »Das ist Linval Thompson! Der war früher bei mir in der Kirche – hab ihn ewig nicht mehr gesehen.«

»Der kriegt bei der nächsten Beichte was übergezogen«, sagte ich.

»Da kannst du dich drauf verlassen!«, setzte Venetia hinzu. »So wie ich seine Mum kenne, schafft er's gar nicht mehr dorthin.«

Wir schauten alle aus dem Fenster, während Linval Thompson Handschellen angelegt bekam. Ein anderer Beamter zog irgendwas aus seiner Tasche und die Gettoratten auf der anderen Straßenseite ließen Beschimpfungen hageln. Sollte noch mal einer behaupten, Crongton sei langweilig.

Wir hörten, wie sich die Türen schlossen, aber wegen des Verkehrs konnte der Bus nicht weiterfahren. Ich merkte, dass mir jemand auf die Schulter tippte. Boy aus den Bergen.

»Du schon wieder?«, brüllte ich ihn an. »Du hast gesagt, du willst nur Bus fahren, also schieb deinen Arsch zurück auf deinen Sitz und genieß die Aussicht!«

»Dachte, du guckst dir besser mal was an«, erwiderte Boy aus den Bergen. »Ist bestimmt nicht gut«, setzte er noch dazu.

Ich tauschte Blicke mit meiner Crew. Boy aus den Bergen schlappte nach hinten. Ich folgte ihm. Durch die Heckscheibe sah ich sieben oder acht Gettoratten auf den Bus zurennen. Boy aus den Bergen zeigte auf einen von ihnen. Er hatte ein großes weißes Pflaster am Kopf. »Das ist Festus Livingstone«, sagte er. »Der Gangster aus der Crew von Major Worries. Der, der deinem Bruder das Rad geklaut hat.«

»Bist du sicher?«, fragte ich und hoffte auf ein Nein als Antwort.

»Doppelt sicher.« Er nickte heftig. »Ich hab ihn und seine Crew mal auf dem Crongton Broadway Wheelies fahren sehen. Und ein anderes Mal, als sie in die Crongton Fitness Suite sind.«

Das Essen, das ich mir vor einer Weile zugeführt hatte, wanderte jetzt mit beschleunigter Geschwindigkeit in meinen Bauch. Angst strich mir über die Rippen und fuhr mir mit scharfem Fingernagel über das Rückgrat. »Ich … ich hab gedacht, der lässt sich das Hirn röntgen«, sagte ich. »Oder muss zur Beobachtung drinbleiben.«

»Anscheinend haben sie ihn nach Hause geschickt«, erwiderte Boy aus den Bergen. »Aber der legt die Füße nicht hoch und bettelt bei seiner Mum um heiße Schokolade und eine Gutenachtgeschichte.«

Sie holten den Bus ein und liefen nebenher. Ich überlegte, wie wie viele verdammte Busse in der letzten Stunde hier entlanggefahren waren, und Festus Livingstone musste ausgerechnet in meinen springen.

»Was willst du machen?«, fragte Boy aus den Bergen. »Deinen Bruder anrufen?«

Mein Herz hämmerte so heftig, dass Q in der MI5 Zentrale es garantiert hätte mitschneiden können. Ich schaute über die Schulter.

»Was ist?«, fragte Bit.

»Ist … «

Ich wollte antworten, konnte aber nicht sprechen.

Der Bus setzte sich in Bewegung. Fast hätte ich den Halt verloren, fing mich aber wieder und ging zurück zu meinem Platz.

»Was ist?«, fragte Bit noch mal.

Ich war sicher, dass alle die Angst in meinen Augen sahen.

»F-Festus. Festus Livingstone ist da draußen«, stotterte ich.

Alle schauten links aus dem Fenster. Festus Livingstone und seine Kumpels rannten immer noch nebenher und schlugen seitlich an die Außenwand. Der Bus hielt. Wieder hämmerten sie dagegen. Ich hörte das Zischen der sich öffnenden Türen. Der Bus neigte sich, während ein Bataillon Füße hereinsprang. Boy aus den Bergen schoss von seinem Sitz hoch und parkte sich direkt hinter uns, auch ihm stand die nackte Angst in den Augen. *Knutsch meine Ritter! Wenn die mit mir fertig sind, muss Dad mich vom Sitz kratzen. Und Nesta haut mir zusätzlich noch eine rein, weil ich überhaupt in den Bus gestiegen bin.*

»Setz dich vorne in die Ecke und versteck dein Gesicht«, befahl Saira.

»Die machen uns alle platt«, sagte Jonah. »Ich wusste, dass das eine scheiß Mission ist.«

»Bleib cool«, sagte Bit. »Tu so, als wär nix.«

Leichter gesagt als getan.

Saira schob sich neben mich und drückte meine linke Schulter.

»Wenn wir nichts Dummes machen, passiert nichts«, sagte sie. »Glaub mir.«

Jonah stand panisch auf, aber Bit zog ihn wieder runter. Acht Paar Markenschuhe kamen die Treppe rauf – klangen wie eine Horde Orks auf Sauftour. Ich konnte nicht anders – ich drehte mich um und schaute über meine Schulter. Festus Livingstone kam als Erster oben an. Er war ganz in Schwarz gekleidet, größer als ich dachte, und unter seinen Nasenlöchern wucherte ein bisschen was. Zwei Klebestreifen fixierten den weißen Pflasterverband auf seiner Stirn. Dem Umfang seiner Oberarme nach hätte er mich werfen können wie einen amerikanischen Football. Gefolgt von sieben Brüdern, ging er zu den Sitzen hinten.

Echte Randaletypen waren das und wie er bis zu den Sneakern schwarz angezogen. Boy aus den Bergen schaute aus dem Fenster und ich fragte mich, ob sein Herz genauso wild schlug wie meins. *»Dreh dich nicht um«*, zischte Saira.

Der Bus beschleunigte. Saira drückte weiter meine Schulter. Keiner von uns machte einen Mucks. Ich konzentrierte mich, versuchte Festus' Crew zu belauschen.

»Zu viele Bullen da.«

»Wir schieben nachher noch mal rüber.«

»Jemand muss verraten haben, dass heute Abend was abgeht.«

»Ich wette, das war einer von den South-Crong-Brüdern. Die quatschen ständig mit den Bullen. Scheiß *Pussys!*«

»Keine Angst, die Bullen bleiben eh nicht die ganze Nacht. Und wenn sie abziehen, hab ich die Handschuhe an einem Fünfzig-Zoll-Flachbildfernseher!«

»Und ich kenne ein neues Smartphone mit meinen Fingerabdrücken drauf!«

»Du hast wenigstens schon was, Festus, du hast die neuen Schutzbleche fürs Fahrrad!«

»Hätte mich der Verkäufer nicht entdeckt, hätte ich auch noch einen Helm geklaut.«

Ich verspürte den irren Drang, mich noch mal umzudrehen. Saira grub mir ihre Fingernägel in den Arm, also ließ ich's bleiben und schaute Jonah an – Entsetzen stand ihm ins Gesicht geschrieben. Venetia hatte die Augen geschlossen. Ihre Lippen bewegten sich. Ich glaube, sie sprach ein stummes Gebet. Hoffentlich schloss sie mich mit ein.

»Der Helm wäre geil gewesen!«, lachte Festus. »Will ja nicht von den Bullen angehalten werden, weil ich keinen trage!«

Wir waren gerade an der alten Crongton Bingo Hall vorbei und kamen jetzt zum Crongton Green Kreisel – Bits Pops hatte früher hier gewohnt. Ein Straßenschild zeigte an, dass nur zwei Ecken weiter North Crongton begann.

Mein Handy vibrierte in meiner Tasche, fast wäre ich vom Sitz gesprungen. Ich kramte danach und hätte es um ein Haar aus den nervösen Fingern verloren, als ich sah, wer anrief: Nesta. *Verdammt! Auf der Mission liegt ein Fluch.*

»Wer ist es?«, fragte Saira.

»Nesta, mein Bruder, Nesta.«

»Geh nicht dran«, wisperte Bit leise.

»Hatte ich auch nicht vor.«

Das Handy hörte auf zu vibrieren. Zehn Sekunden später erhielt ich eine SMS.

Wo bist du?

Jungfrauen in Türmen! Was soll ich ihm sagen?

Mit Kumpels unterwegs. Proben Tanznummer für die Schule.
Bit und Jonah?
Ja.
Bit und Jonah? Tanzen? Du verarschst mich???!!!
Nein, im Ernst, witzig bis zum Gehtnichtmehr.
In der High Street kracht's. Wenn du nichts hinter die Ohren willst, lass dich nicht von mir da erwischen.
Mach ich nicht. Bin in der Schule.
Tanz nicht raus aus South Crong!
Ich tanze nicht.
Du weißt, was ich meine!
Weiß ich.
Danach schiebst du deinen Arsch nach Hause. Kein Abstecher in die High Street mit den Kumpels – sonst setzt es was.
Hab's vernommen, Bro.

Ich steckte das Handy wieder in die Tasche und schaute aus dem Fenster, hatte ein schlechtes Gewissen wegen der vielen Lügen. Wir waren in der Elm Park Lane. Der Bus hielt vor einer Reihe von Geschäften. Eins davon war ein Grill-Imbiss, vor dem ein Rudel Gettoratten lungerte. Ich stellte mir einen Bissen Grillhuhn im Mund vor. Außerdem war da ein Pub, das North Crongton Arms. Ich versuchte, Festus und seine Crew telepathisch zu bewegen, aus dem Bus zu steigen. Taten sie aber nicht. Ich richtete meine Lauscher wieder auf ihre Unterhaltung.

»Ich sag's dir, Bro, der versteckt sich. Genauso wie die andere Pussy, Manjaro.«

»Der lässt sich nicht noch mal auf der Straße blicken.«

»Das ist der absolute Oberschisser.«

»Der traut sich nie wieder zu uns in die Gegend.«

»Und wenn doch, dann stechen wir ihn ab, soll er sich von den Sanitätern die Gurgel wieder zunähen lassen!«

Ich fragte mich, über wen sie sprachen. Und dann dämmerte es mir.

Ich wandte mich an Saira und fiepte ihr ins Ohr. »Ich glaub, die reden über Nesta.«

»Kann sein,« sagte sie. »Aber mach dir keinen Kopf wegen dem ganzen Machopussy-Gerede. Überleg mal, wer jetzt mit einem weißen Pflaster auf dem Kopf hier im Bus sitzt.«

Ich merkte, dass Jonah mir einen schiefen Blick zuwarf, aber ich setzte mein Gespräch mit Saira fort. »Ich wünschte, ich wüsste, wo Nestas Fahrrad ist«, sagte ich. »Ich würd's zurückklauen.«

Saira lachte. »Ist schon der helle Wahnsinn, dass wir losziehen und Vs Handy holen. Aber ein Fahrrad aus dem North Crong Estate wiederbeschaffen? Hast du ein Sondereinsatzkommando, das uns Rückendeckung gibt?«

»Nicht direkt«, erwiderte ich.

Wir lachten beide. Die Anspannung legte sich ein bisschen.

An der nächsten Haltestelle sprangen Festus und seine Crew aus dem Bus. Ich glaube, mein erleichterter Seufzer zog sich über eine ganze Minute. Venetia hatte die Augen wieder aufgemacht. Jonah starrte geradeaus und blieb mit dem Hintern so still sitzen, als hätte er in die Hose gekackt.

»Das war knapp!«, meinte er.

Der Junge war nicht mit allzu viel Hirn gesegnet, aber ausnahmsweise hatte er mal nicht unrecht.

15

DER FLIEGENDE HUMMER

BIS NOTRE DAME WAREN ES NUR NOCH vier Kilometer. Unser Bus schnaufte bergan Richtung Fireclaw Heath – mir fiel ein, dass mir mein Dad erzählt hatte, früher hätte hier mal ein oldschool G aus North Crong einem South Crong die Eier versengt. Beim bloßen Gedanken daran musste ich schon die Beine überschlagen. Ich fragte mich, wie lange es eigentlich her war, dass der Ärger zwischen South und North angefangen hatte. Wenn Dads Kumpels vorbeikamen, redeten sie häufig über alte Kriege von damals. An ein paar Namen kann ich mich noch erinnern: Louis Offkey, Stepping Razor, Double Shanks und Split-Ribs McKenzie. Soweit ich das mitbekommen hatte, war es anscheinend immer um irgendein scharfes Mädchen aus einer supergeilen Familie gegangen, das was mit einem G angefangen hatte, der auf der falschen Seite der Stadt wohnte. Oder um irgendeinen angepissten Gauner, der seine alte Crew um Drogen oder Waren geprellt hatte, die sie eigentlich hatten verkaufen wollen. Leute wurden abgestochen und Rache vererbt wie ein Familienalbum. Bis einer von den Brüdern mal einen Schritt zurücktrat und sich anschaute, wie viel Blut bereits vergossen wurde, wusste schon keiner mehr, aus welchem Anlass es überhaupt soweit gekommen war. Die Posses wussten nur, dass sie sich gegenseitig *hassten*. Wie lange gab es diese Kämpfe schon? Mir kam es ewig vor. Ich meine, North und South Crong sind einfach zwei fiese Sozialsiedlungen, wo die meisten Familien Stütze beziehen und nicht wollen, dass ihre Kinder in der Keksfabrik schuften, Supermarktregale auffüllen oder XXL-Colas an der Bowlingbahn verkaufen müssen. Also worin unterschieden sie sich eigentlich?

Durch die Heckscheibe sahen wir die gelben Lichter von Crongton. Aus der Ferne wirkte das fast hübsch. Meine Mum hatte immer aus unserer Gegend rausgewollt. *»Wär schön, in einem Haus zu wohnen mit einem kleinen Teich und Blumen hinten im Garten«*, hatte sie immer gesagt. *»Ich würde einen Fernseher in den Schuppen stellen, dann kann dein Vater so viel verfluchten Sport gucken, wie er will!«*

Wenn ich meinen Traum realisieren und eine Kette mit eigenen Grillhuhn-Restaurants aufmachen wollte, dann musste ich raus aus Crongton. Aber obwohl es Wahnsinn war, hier zu leben, jagte mir das Draußen eine Mörderangst ein. Ich fragte mich, ob es meinen Brüdern genauso ging.

»Jungs? Ich will ja nicht immer derjenige sein, der die unangenehmen Fragen stellt«, sagte Jonah, *»aber* … wir haben uns eigentlich noch auf keinen Plan geeinigt, was mir machen, wenn wir bei Sergio vor der Tür stehen. Und wenn ich das mal so sagen darf – wir sind fast da!«

Ich wünschte, Jonah hätte sich die Lippen zugeklebt. Ich versuchte so zu tun, als wäre das alles nicht wahr … die anderen hatten allerdings Verständnis für seinen Einwand.

»Er wohnt im zweiten Stock, richtig?«, fragte Saira. »Wir müssen in der Nähe bleiben, aber außerhalb seiner Sichtweite. V klopft bei ihm an die Tür, und wenn er aufmacht – auf ihn mit Gebrüll!«

»Auf ihn mit Gebrüll?«, wiederholte ich. »Bitten wir ihn nicht erst mal, das Handy zurückzugeben?«

»Ach ja«, schmunzelte Saira. »Aber wenn er's nicht rausrückt – dann machen wir auf *Gladiator*.«

»Alle einverstanden?«, fragte Bit. »Venetia?«

Venetia schien die Vorstellung gar nicht zu gefallen. Ich vermute mal, das alles muss ganz schön chaotisch für sie gewesen sein. Ich meine, eben war sie noch mit dem Typen am Rummachen und Sich-dabei-Fotografieren-Lassen – und dann rennt sie ihm schon mit einer ganzen Crew im Schlepptau die Pforte ein. Sie tat mir leid, und dann dachte ich an Nesta und Dad, und plötzlich klatschte mir die Realität ins Gesicht.

Scheiße! Ich bin in Notre Dame!

Mr Woo Kangs Chinese Kitchen war der erste Imbiss auf der kurzen High Street von Notre Dame. Ich stand auf, weil ich dachte, wir würden hier aus dem Bus steigen, aber Venetia bremste mich. »Noch zwei Haltestellen.«

Zwei Haltestellen kamen mir vor wie ein Leben. Niemand sagte was. Ich sah mir Notre Dame durchs Fenster an. Ein Bruder ging mit zwei Hunden spazieren. Zwei Kreisel hatten kleine Inseln in der Mitte, da waren Blumen gepflanzt und ein ordentlich gemähter Rasen – so was bekamen wir in Crongton nie. Nachdem ihr letzter Kunde mit einer Packung Cupcakes gegangen war, schloss eine Ladenbesitzerin die Tür ab. Wir fuhren an ein paar hübschen Häuschen mit ordentlichen Vorgärten vorbei, gleich ab von der High Street. Mum hätte gerne in so einem gewohnt.

Schließlich sprangen wir auf Venetias Kommando aus dem Bus. Saira zuerst, dann Jonah, ich, Bit und Venetia.

Und Boy aus den Bergen, der sich einfach auf einen Platz an der Bushaltestelle pflanzte, als hätte er eigentlich gar nichts mit uns zu tun.

Am Ende der High Street befand sich eine offene Grünfläche, dahinter die hoch aufragenden Wohnblocks der End-of-the-World-Siedlung. Und noch weiter dahinter reine Wildnis – hier und da lugte ein Baum hervor. Allmählich wurde der Tag von Dunkelheit vertrieben.

Ich schob mich an Venetia heran, zeigte auf Boy aus den Bergen und sagte: Wir können ihn in diesen ausländischen Gefilden nicht alleine lassen. Er will ja nur helfen.«

»Ich will aber nicht, dass er was von meinen Privatangelegenheiten mitbekommt«, protestierte sie. »Bevor du dich's versiehst, weiß jeder Bruder, jede Schwester, jede Gettoratte und jeder Straßenköter, dass Sergio Fotos von mir gemacht hat.«

»Er kann Schmiere stehen«, schlug Saira vor.

»Das kann ich doch machen!«, bot Jonah an.

»Du kommst mit, zur Verstärkung!«, beharrte Bit.

»Okay«. Venetia nickte. »Er kann Schmiere stehen. Aber sag ihm, er soll Abstand halten.«

Ich ging rüber zu Boy aus den Bergen und sagte ihm das.

»Wie viel Abstand?«, fragte er.

»Weiß nicht. Gerade so noch Sichtweite.«

»Hab doch gleich gesagt, dass ich euch helfen kann.«

»Dann bau keinen Scheiß«, ermahnte ich ihn. »Sag uns einfach Bescheid, falls irgendwas komisch aussieht, dann sind wir cool.«

Boy aus den Bergen salutierte *Full Metal Jacket*-Style. Ich fand's nicht witzig.

Ich ging zu den anderen zurück.

»Hier lang«, sagte Venetia.

Wir folgten ihr geräuschlos. Boy aus den Bergen blieb ein Stück zurück, bis wir ausreichend Vorsprung gewonnen hatten. Dann setzte auch er sich in Bewegung und folgte uns.

Venetia blieb stehen, schloss die Augen. Eine Träne rollte ihr über die Wange.

Saira legte ihr einen Arm um die Schulter. »Bist du sicher, dass du das machen willst? Wenn du's dir anders überlegst, ist das okay. Wir setzen uns einfach wieder in den Bus zurück nach Crongton und gönnen uns einen Strawberry Cheesecake in der Cheesecake Lounge.«

Venetia dachte drüber nach und wischte sich übers Gesicht.

»Ist noch nicht zu spät zurückzufahren«, meinte auch Jonah, offensichtlich begeistert von der Aussicht auf eine kurzfristige Planänderung. »Die Cheesecakes sind Bombe!«

Venetia machte die Augen wieder auf. Es kamen keine Tränen mehr: sie guckte echt entschlossen, sogar wütend. »Nein. Jetzt sind wir schon so weit gekommen. Wäre doch völlig bescheuert, umzukehren. Wir ziehen das durch! Der hat mir mein verdammtes Handy geklaut!«

Sie ging voraus, viel schneller als vorher und irgendwie mit ganz schön grimmigem Schritt. Wir marschierten über einen Gehweg durch den Park. Vorbei an einem Penner auf einer Bank, der mit einem Ästchen in der Nase bohrte – Venetia bemerkte ihn nicht mal. Ich drehte mich um. Keine Spur von Boy aus den Bergen. *Von wegen Schmiere stehen!*

Die Straßenlaternen waren an. Wir überquerten eine Straße und betraten das Notre Dame Estate. War wie jedes andere, das ich gesehen hatte. Die Satellitenschüsseln an den Hauswänden sahen aus wie traurige, graue Schirme. Kinder spielten Fußball. Popmusik plärrte irgendwo oben. Dasselbe beschissene Mauerwerk.

An einem Haus hing ein Schild, auf dem die verschiedenen Hochhausblocks aufgeführt waren, dazu ein ungefährer Lageplan: Sam Sharp House, Ella Baker House, Garvey House, Paul Bogle House, Emmet Till House und viele andere.

»Welches ist es?«, fragte ich.

»Gloria Richardson«, erwiderte Venetia. »Ist nicht weit.«

»Wie bist du denn hergekommen, ich meine, als du mit ihm zusammen warst?«, fragte Jonah.

»Er hat mich mit dem Motorrad abgeholt«, erwiderte Venetia. »Bin noch nie mit dem Bus hergefahren.«

Wir gingen die Straße entlang, bis wir auf einen Vorplatz abbogen. Immer mal wieder wurden wir von einem Bruder oder einer Schwester schief angeguckt, sie fragten sich, wer wir waren. Einer stieg von seinem Rad, um uns genauer ins Auge zu fassen. Ein Typ mit Wollmütze saß auf der Haube seines Wagens, beobachtete uns wie ein Undercoveragent. Ich tauschte Blicke mit Bit und Jonah. Das war nicht gut.

Das Gloria Richardson House war vier Stockwerke hoch und ungefähr so lang wie ein Fußballplatz. Aufzug gab es keinen. Angeführt von Bit stiegen wir die steile Betontreppe zu den oberen Stockwerken hinauf. Wieder fing mein Herz an zu wummern – und nicht nur, weil ich nicht direkt in Goldmedaillen-Verfassung war. Inzwischen war's echt unheimlich. Als wir im zweiten Stock angekommen waren, machte Bit halt.

»Alles klar bei euch?«, fragte er.

Jonah und ich nickten, meinten aber beide: HAST DU SIE NOCH ALLE?! NATÜRLICH NICHT!

Saira hakte sich bei Venetia ein und sagte: »Logisch.« Sie hatte echt Mut – mein Herz blieb kurz stehen. Ich holte ganz tief Luft.

Venetia antwortete nicht. Sie ging einfach vor. Sie bewegte sich wie eine olympische Turnerin. Elegant. Ihre Sneaker machten keinen Mucks. Wir folgten ihr im Gänsemarsch.

Ich dehnte meine Finger. Bit ballte seine zu Fäusten. Auf dem Vorplatz unten heulte ein Motor auf. Mir stieg der Duft von Fisch in die Nase, der irgendwo gebraten wurde. Reggae-Musik dudelte aus einer der Wohnungen über uns. Wir hatten beinahe das Ende des Gangs erreicht, als Venetia langsamer wurde und vor einer blauen Tür stehen blieb, die Augen schloss, tief ein- und wieder ausatmete und sagte: »Wir sind da.«

»Willst du's immer noch machen?«, fragte Saira.

Venetia nickte. »Geht ein Stück zurück«, ordnete sie an. »Ich bitte ihn erst mal, mir mein Handy zurückzugeben. Ich will kein Drama.«

»Okay«, sagte Bit.

»Na klar!«, meinte Jonah.

Wir zogen uns ungefähr drei Meter zurück.

Venetia schlug die Briefklappe zu. Während sie wartete, trat sie von einem Fuß auf den anderen. Streckte die Finger. Holte erneut tief Luft. Sprach ein stummes Gebet. Meine Eingeweide bewarfen sich gegenseitig mit Vanilletorten. Der Reggae dröhnte laut – der Bass war massiv –, dann hörte man was hinter der Tür. Sie öffnete sich.

»Da bist du ja!«, sagte eine Stimme mit italienischem Akzent. »Freut mich, dass du's geschafft hast! Ich hätte dich auch mit dem Motorrad abgeholt.«

»Ich bin wegen meinem Handy hier«, sagte Venetia direkt.

»Können wir erst mal reden?«, fragte Sergio. »Ich wollte dich sehen, damit wir alles klären können. Hör mich erst mal an, V. Es tut mir so leid, dass ... «

»Es ist Schluss zwischen uns, Sergio! Ende aus! *Finito!* Da gibt es nichts mehr zu besprechen oder zu klären. Tut mir leid, aber ... gib mir einfach mein verdammtes Handy zurück!«

»Kannst du nicht erst mal reinkommen und reden? Damit ich mich richtig entschuldigen kann. Ich weiß, dass wir das wieder hinbekommen können, V. Von jetzt an wird alles anders. Wir gehen öfter weg. Ich geh mit dir in das Theater, von dem du immer geredet hast. Und ich schau mir auch deine Tanz-Aufführungen an. Und ich bin nicht mehr so ... wie hast du das genannt? Anstrengend?«

Plötzlich platzte Bit nach vorne, preschte an Venetia vorbei und stieß Sergio zurück in seine Wohnung.

»Gib V das Handy zurück!«

Saira und ich rasten hinterher.

Die Szene drinnen war *Rocky X:* Sergio schlug Bit zu Boden; Venetia krallte sich in Sergios Visage fest.

»*Non mi rompere i coglioni!*«

Es war irre. Ich weiß nicht genau, was in mich gefahren war, aber ohne nachzudenken rannte ich auf Sergio zu, holte mit der Faust aus und ließ sie links in seinem Gesicht detonieren. Sergio schwankte, vollzog eine halbe Drehung und fiel auf Bit. Meine Fingerknöchel schrien.

»*Figlio di puttana!*«

Venetia schaute mich an, als wäre ich das dicke Kind auf dem Spielplatz, das sich plötzlich in einen Schwergewichtschampion verwandelt. Ich wusste nicht so genau, wie's danach weitergehen sollte, aber Saira kümmerte sich drum – sie sprang auf Sergio drauf, packte ihn an den Ohren und brüllte: »*Wo hast du das Handy von meiner Freundin?!*«

Ich sah, dass Bit Mühe hatte, wieder auf die Füße zu kommen, also zog ich ihn hoch. Sein Geist war willig, aber seine Beine hätten auch aus Nudelteig gemacht sein können. Ich fing ihn auf, bevor er wieder hinfiel, half ihm aus der Wohnung, dann rannte ich zurück.

Während Saira Sergio weiter beschimpfte, flitzte Venetia durch den Flur in ein Zimmer, das vor der Küche rechts abging. Eindeutig Sergios Schlafzimmer – ich entdeckte ein gerahmtes Bild von Fabio Cannavaro an der Wand und ein Foto der italienischen Fußballnationalmannschaft.

»*Wo ist es? Wo ist es?*«

Das war Jonah. Er hatte endlich Mut gefasst, kam jetzt mit diesem Zulukriegerschrei angerannt und stürzte sich auf Sergio, als wollte er bei *WrestleMania* mitmachen. Sergio versuchte ihn abzuwehren, aber Jonah hielt seine Beine so fest im Klammergriff, dass ich schon dachte, er würde sie zu Ravioli zerhacken. Er wehrte sich wie ein Koalabär, der sich an den Fuß eines Elefanten klammert, und ich merkte Jonah an, dass ihn die Kraft verließ.

»*Fanculo!*«

Also nahm ich Anlauf und warf mich wie verrückt gegen Sergios Brust – und das schien genau das Richtige zu sein. Sergio stieß einen gewaltigen Stöhnlaut aus, so was wie: »Gnhhhnh!« Seine Augen quollen hervor, als würde jemand Flipper damit spielen.

Aus irgendeinem Grund hatte ich plötzlich Appetit auf Schokoladen-Cheesecake.

Ich blieb kurz sitzen und dachte an diese cremige, klebrige, samtigsüße Köstlichkeit, aber meine Träumerei wurde von Venetia unterbrochen, die durch den Flur brüllte.

»*Hab sie beide!*«

Sie rannte an uns vorbei und raus aus der Wohnung. Jonah, Saira und ich wechselten einen Blick, ließen Sergio gleichzeitig los und flitzten nach draußen, knallten die Tür hinter uns zu.

»*Gio damnato!*«

Draußen war Bit an der Wand runtergerutscht, also schnappte ich seinen Arm und zerrte ihn mit. Dass Jonah schnell war, wusste ich, aber jetzt zischte er über den Gang, als stünden seine Eier in Flammen – er überholte sogar noch Venetia. Bit kam erst allmählich wieder in die Gänge, als wir die Treppe runtersprangen.

»Was war denn?«, fragte er. »Was ist passiert?«

»Sergio hat dir was an den Kopf geknallt«, erwiderte Venetia und half mir, unten angekommen, Bit hinzusetzen. »Du bist ihm sozusagen direkt in die Faust … «

»Hast du dein Handy?«, fragte Bit.

Venetia hielt Bit zwei Handys vor die schwummrigen Augen. »Allerdings – und seins hab ich auch!«

»Kommt schon!«, schrie Jonah und schaute sich über die Schulter. »Der kann jeden Augenblick aus seiner Bude kommen! Vielleicht ruft er schon seine Kumpels zu Hilfe! Wir können immer noch auf die Fresse kriegen! *Worauf warten wir noch?*«

»Guck dir Bit doch mal an«, sagte Saira. »Der kann kaum laufen. V, gib ihm Wasser.«

Venetia zog eine Flasche Wasser aus ihrem Rucksack, nahm Bits Kopf in den Arm und verteilte Wasser in seinem Gesicht. Mir war nicht ganz klar, ob Bit stöhnte, weil er ernsthaft verletzt war, oder weil V ihm über die Wangen strich. Jonah und ich hielten Ausschau an der Treppe. Ich fand, wenn Sergio sich noch mal blicken ließ, würden wir ihn erneut zusammen in die Zange nehmen – ich würde mich gegen seine Brust werfen, und Jonah, der fliegende Hummer, würde sich an seinen Beinen festklammern. Eins war sicher: mit unseren Ninja-Moves hatte Sergio nicht gerechnet … ich muss zugeben, ich auch nicht. Und was noch wichtiger war, ich war echt stolz drauf.

»Er wird's überleben«, sagte Venetia, gab Bit ein Küsschen auf die Wange und half ihm auf die Füße. »Jetzt kommt schon, ich weiß, wo wir uns eine Weile verstecken können. Ich gehe nicht, bevor ich nicht die Handys gecheckt hab.«

»Können wir die nicht im Bus checken?«, sagte Jonah.

Jonah hatte nicht unrecht, aber Venetia ignorierte ihn.

Wir verschwanden hinter dem Block. Dort parkten Autos, und überall um uns rum standen stinkende Mülltonnen. Es roch widerlich, aber wir fühlten uns weniger ungeschützt.

»Kennst du Sergios Code?«, wollte Saira wissen.

Venetia grinste und nickte erneut.

Die Finger der beiden Mädchen verschwammen so hastig und flink löschten sie, was gelöscht werden musste.

»Ich kann helfen«, sagte Jonah. »Ich kenn mich super aus mit Smartphones. Ich hatte selbst mal eins.«

Die beiden Mädchen schauten Jonah an, als hätte er Unterwäsche von der Leine stibitzt.

O Mann! Er war so dezent wie ein Nashorn inmitten eines Meers von Osterküken.

Ich klatschte ihm eine.

»Was ist los mit dir, Bro?«, schimpfte ich. »Meinst du, die wollen, dass du dir das Zeug vor deine geilen Glubschaugen schiebst? Wann kapierst du's endlich? Hör auf zu sabbern!«

Jonah guckte böse und hob die Hände, als wollte er sagen: *Schon gut, wie du meinst!*

Die Mädchen machten weiter, Saira wirkte geschockt, hatte die Augen weit aufgerissen und bekam den Mund nicht mehr zu; Venetia dagegen wirkte echt erleichtert. Ich machte mir Sorgen wegen Sergio. War jetzt schon eine ganze Weile vergangen und wir saßen noch lange nicht im Bus nach Hause.

»Könnt ihr nicht im Gehen löschen?«, fragte ich. »Ich will nicht so lange hier bleiben.«

»Fast fertig«, sagte Saira. »Eine Sekunde. Ich check nur noch seine Ordner.«

Die Dunkelheit hatte das Tageslicht endgültig vertrieben. Ich fasste mir an die Stirn und sie war voller Schweiß. Auch meine Achseln liefen aus – das Deo, das ich vorher aufgelegt hatte, war nicht stark genug für den Abend, den wir hier hatten … das Licht war schwach, aber ich sah trotzdem Jonahs Blick, der hin und her sprang und nach nahendem Ärger Ausschau hielt. Bit wirkte fix und fertig – die Prellungen in seinem Gesicht kamen jetzt erst so richtig reif raus – genau wie bei Nesta.

Der Gedanke an Nesta ließ die Kacke allerdings für mich kippen. Wir mussten sofort von hier verschwinden.

Genau in dem Moment hörte ich Schritte auf uns zukommen, aber nicht vom Gang oder der Treppe. »Steht auf«, wisperte ich den Mädchen zu. »Da kommt jemand.«

Meine Fingerknöchel pochten wie verrückt, aber ich war voll mit Adrenalin und bereit für weitere Dramen.

Dann warf ich einen Blick auf meine Crew.

Bit war ein wandelnder Matschklumpen; V und S sahen aus, als würden sie bereitwillig uns alle opfern, nur um die beiden Handys zu retten; und Jonah kauerte ängstlich – *kauerte!* – hinter den *Mädchen*.

Eine weniger Angst einflößende Posse hatte es nie gegeben. Ein Sechsjähriger hätte uns fertiggemacht!

Aber wir waren, wo wir waren. Und die Schritte kamen immer näher. Ob's uns gefiel oder nicht ...

Als Boy aus den Bergen um die Ecke bog, wusste ich nicht, ob ich ihn umarmen oder mich auf ihn stürzen und mit meinem Markenzeichen-Kampftrick zu Fall bringen sollte.

»Wo zum scheiß Kuckuck bist du gewesen?«, blaffte ich ihn an.

Boy aus den Bergen sagte kein Wort. Stattdessen sah er uns einen nach dem anderen an. Seine Stimmung war finster.

»Ich denke, ihr zieht besser ab«, warnte er uns.

»Wieso?«, wollte Saira wissen.

»Wieso? Guckt euch doch mal an. Ich vermute, Sergio sieht auch nicht gerade gut aus. Ihr müsst aus der Gegend verschwinden – aus der Siedlung, die Brüder, die hier patrouillieren, sind echt schräg drauf.«

»*Fertig!*«, verkündete Venetia. Sie war zu sehr mit Bilderlöschen beschäftigt gewesen, um Boy aus den Bergen zuzuhören. Sie schaute auf und sah ihn endlich. »Hey! Wo hast du mit deiner verfilzten Rübe gesteckt?«

»Hab meinen Job gemacht«, sagte Boy aus den Bergen. »Auf dem Vorplatz unten steht ein Bruder, der euch seit eurer Ankunft nicht aus den Augen gelassen hat.«

»Nur einer?«, fragte Venetia.

Boy aus den Bergen nickte.

»Wie alt?«

»Ungefähr so alt wie wir«, erwiderte Boy aus den Bergen. »Aber er ist komisch angezogen, sieht echt seltsam aus. Wir sollten schleunigst Land gewinnen.«

»Der Meinung bin ich auch«, stimmte Jonah zu.

»Wir müssen Sergio erst noch sein Handy zurückgeben«, beharrte Venetia.

»Spinnst du?«, fragte ich und sprach damit für uns alle. »Was sollen wir deiner Ansicht nach machen? Bei ihm anklopfen und sagen: ›Tut uns leid, dass wir dir den Arsch versohlt haben, aber hier hast du dein Handy wieder‹?«

»Nein, nein!« Venetia schüttelte den Kopf. »Einfach nur durch den Briefschlitz stecken. Wir können es nicht behalten.«

»Wieso nicht?«, fragte Jonah. »Ich kann ein neues Telefon gebrauchen. Ich nehm's gerne. Ich geb dir zehn Pfund dafür. *Verdammt!* Ich geb dir sogar fünfzehn – ich geb dir jede Woche drei Pfund …« O Gott, er war so schlecht in Mathe. »…Fünf Wochen lang? Ja genau, fünf Wochen!«

»Nein, machst du nicht!«, widersprach Venetia. »Ich will nichts von ihm behalten, und ich will ihm keinen Grund liefern, mir noch mal auf die Pelle zu rücken. Jetzt muss Schluss sein. Keine Altlasten. Einer von euch muss nach oben laufen und das Richtige tun – einer von euch muss ein Mann sein!«

Wir sahen uns alle an. *Lausige Lanze!* Ich wollte keiner sein! Der Stolz darüber, dass ich Sergio mein Knochengerüst gegen die Brust gerammt hatte, war wie weggeblasen. *Wahrscheinlich würde er den Vorfall in seine Überlegungen einbeziehen, bevor er mich windelweich prügelte.* Bit sah aus, als könnte er nicht mal Treppe steigen, geschweige denn noch mal zu Sergio vor die Tür rennen und das Handy abliefern. Wir drehten uns alle zu Jonah um, als wären wir alle gleichzeitig zu derselben Schlussfolgerung gelangt.

»Du musst es machen«, sagte Saira. »Wirst du nicht auch *Rapid* genannt?«

Irgendwas lief schief in Jonahs Gesicht. Ich dachte, er würde entweder ohnmächtig werden oder seine Hose braun einfärben. »Ich?«, sagte er und zeigte sich auf die Brust. »Aber der wartet vielleicht schon auf mich! Mit einem Baseballschläger! Oder einer Axt! Oder einem AK 47! Der spielt *Game of Thrones* mit mir!«

»Du bist aber von uns allen der schnellste Läufer«, sagte ich. »Schließlich wirst du nicht umsonst *Rapid* genannt.«

»Genau«, nickte Saira. »Lily Thomas nennt dich so. Ich glaub, die steht auf dich.«

»Schneller als ein verdammter Pistolenschuss kann ich aber auch nicht laufen!«, gab Jonah zurück, seine Angst neutralisierte die Information, dass ein Mädchen ihn gut fand.

»Hört auf, euch so zu stressen«, sagte Venetia. »Der hat keine Pistole.«

»McKay hat nicht unrecht«, setzte Boy aus den Bergen hinzu. »Dich wird der nicht einholen. Aber McKay ganz bestimmt.«

Ich war nicht beleidigt. Das war die Wahrheit.

»Was ist mit Bit?«, wandte Jonah ein. »Ist doch *seine* Mission.«

»Ist das dein Ernst?«, fragte Saira. »In seinem Zustand haben wir Glück, wenn er überhaupt oben an der Treppe ankommt, geschweige denn das Handy in den richtigen Briefschlitz wirft.«

Jonah dachte drüber nach. Wir sahen ihn alle noch mal an.

»Ich komm mit«, bot Boy aus den Bergen an. »Ich bin auch ziemlich schnell – allerdings nicht annähernd so schnell wie du.«

Keine schlechte Idee. Zumindest war Boy aus den Bergen noch frisch und unverdroschen. Vielleicht konnte er Sergio ja auch mit seinen Haaren abschrecken – oder dem, was darin wohnte.

»Ich mach's«, sagte Jonah. »Aber ich finde immer noch, ihr solltet lieber mir das Handy geben. Ich muss mit dem Monsterteil von meiner Mum telefonieren.«

Venetia schüttelte den Kopf. Jonah schloss die Augen. Ich vermutete, er versuchte seinen Mut neu zu laden, oder aber er hatte plötzlich zu Gott gefunden und betete. Er machte die Augen wieder auf und griff nach Sergios Handy.

»Bist du sicher, dass alles gelöscht ist?«, fragte Saira.

»Ich hab alle Galerien und Dokumente gecheckt«, erwiderte Venetia. »Wir haben alle Bilder platt gemacht.«

»Wollen wir hoffen, dass er sie nicht schon an seine Kumpels geschickt hat«, meinte Saira. »Typen machen so blöde Sachen, nur um anzugeben.«

»Ich nicht!«, sagte Bit. »Ich würde überhaupt gar nicht erst solche Fotos machen.«

Venetia gab Jonah Sergios Handy. Er betrachtete es wie eine Atombombe, die er dringend loswerden musste, dann holte er tief Luft und drehte sich zu Boy aus den Bergen um. »Startklar?«, fragte er.

»Und gerüstet«, erwiderte Boy aus den Bergen.

Langsam stiegen sie die Stufen hinauf. Ich folgte ihnen bis nach oben. Boy aus den Bergen schien sich zu freuen, endlich bei unserer Mission mitmachen zu dürfen. Ich schaute hinter mich, Venetia streichelte Bits Stirn. Saira sah sich um.

Jonah schlich über den Gang wie ein Ein-Mann-Terrorkommando. Boy aus den Bergen direkt hinter ihm.

Ich musste zugeben, dass ich in der Handyfrage Jonahs Meinung war – *Wieso ließ Venetia ihn nicht einfach Sergios Handy behalten?* Vielleicht musste man das so machen, wenn man in Gottes Mannschaft spielte. Andererseits waren wir aber auch über Sergio hergefallen, noch bevor er eine Verhandlungschance gehabt hatte.

Jonah blieb stehen, als hätte er doch noch Bedenken wegen dieser neuen Mission. Er drehte sich zu Boy aus den Bergen um. Boy aus den Bergen zwitscherte Jonah irgendwas ins Ohr. Sie bewegten sich weiter und blieben vor der Zweiundsiebzig stehen. Mein Herz wummerte. Ich hatte keine Ahnung, was Boy aus den Bergen draufhatte, aber ich wusste, dass ich einsteigen musste, wenn sie Hilfe brauchten, und ich betete, dass er insgeheim ein kampfkunsterfahrener Shaolin-Mönch war.

Vor Sergios Tür hob Jonah die Briefklappe mit der linken Hand an und schob das Handy mit der rechten durch. Ohne eine Sekunde zu verschwenden, war er die Treppe schon wieder runtergerast, noch bevor man *Schoko-Cheesecake mit Himbeersauce* hätte sagen können. Boy aus den Bergen folgte in seinem Windschatten.

»Er hat's geschafft!«, sagte ich zu den Mädchen.

Als Jonah die Treppe runterkam, sagte Venetia: »Danke. Hast was gut bei mir.«

»Dann erzähl mir mehr über Lily Thomas«, sagte Jonah. »Ist sie mit jemandem zusammen?«

»Später«, erwiderte Saira.

Kaum war Boy aus den Bergen wieder zu uns gestoßen, drängelte Jonah: »Los jetzt! Wir fahren in die Cheesecake Lounge, egal, ob sie die zerschossen haben oder nicht! Vanille-Cheesecake und ein Erdbeer-Milchshake … Crong, wir kommen.«

»Bin ich voll dabei«, fiel Saira ein.

Endlich sprachen sie meine Sprache!

Bestärkt durch seinen Briefschlitztriumph ging Jonah mit Boy aus den Bergen voraus. Wir verschwanden erst mal hinter einem Block, machten einen kleinen Bogen, um schließlich wieder auf die Straße zu gelangen, die durch die Siedlung führte. Bit wirkte inzwischen ein bisschen wacher, aber seine linke Wange sah aus, als hätte er einen Kloß von seiner Mum im Mund (ich hatte mal einen ganzen Teller voll zum Abendessen; danach fühlte ich mich, als hätte ich am Bordstein geknabbert).

Ich weiß nicht wieso, aber irgendwie kam's mir komisch vor. Zu viele Fenster öffneten sich, Schatten von Gesichtern verschwanden hinter Gardinen, Gepolter rennender Füße in den Treppenhäusern. Irgendwo pfiff jemand. Und zwar keine Melodie, die der Nikolaus anstimmt, bevor er durch den Schornstein rutscht. Da war mehr als eine Person, als würden sie einander antworten.

Meine Nerven spielten Pingpong. Mir wurde ganz heiß im Gesicht. Mein Blut gefror. Wir gingen schneller und dichter beieinander. Die Mädchen hakten sich gegenseitig unter.

»Gibt's ... gibt's noch einen anderen Weg raus aus der Siedlung?«, fragte Jonah.

»Weiß nicht«, erwiderte Venetia. »Wir sind immer vorne durch. Die Siedlung ist groß. Die reicht bis ganz da hinten den Hang hoch.«

»Hier ist eindeutig was faul«, sagte Boy aus den Bergen.

Er hatte nicht unrecht. Niemand wollte es sagen, aber das war die eiskalte Realität.

Dann entdeckten wir eine unbewegliche Gestalt mitten auf der Straße. Wir blieben wie angewurzelt stehen. Ich hörte jemanden – ich weiß nicht wen – tief und geräuschvoll Luft holen. Jonah war kurz davor loszudüsen, aber ich legte ihm meine Hand auf die Schulter.

»Wir bleiben zusammen!«

16

DIE HUNCHBACKERS

DIE GESTALT VERSPERRTE UNS die wichtigste Ausfallstraße raus aus der Siedlung. Ein Junge. Sah aus wie ungefähr siebzehn, vielleicht achtzehn. Auf dem Kopf trug er einen grauen Beanie, dazu einen schwarzen Dufflecoat, eine dunkle Jogginghose und schwarze Sneaker. Die Hände in den Taschen, starrte er uns an, oberlässig. Wir drehten uns um. Zwei andere hatten sich hinter uns rangeschoben, waren genauso gekleidet. Irgendwo rechts hörten wir eine Autotür zuknallen und noch vier Brüder aus einem verrosteten alten Mini steigen – einer war so *o mein Gott* hässlich, ein anderer am ganzen Hals tätowiert. Links hörten wir immer mehr Füße Treppen runterspringen.

Mein Körper war ein einziges wahnsinniges Pulspochen. Venetia nahm Bit fest in den Arm und vergrub ihren Kopf an seiner Brust. Boy aus den Bergen blieb stehen, fassungslos angesichts dessen, was sich hier abspielte. Jonah überlegte, wo er hinrennen sollte. Saira packte meinen Arm mit beiden Händen.

Die Beanie-Ratte, die scheinbar auf uns gewartet hatte, ging jetzt langsam auf uns zu. Das Ganze erinnerte mich an den Showdown in diesen steinalten Western, die Dad samstagnachmittags gerne guckte, wenn mal kein Sport lief. Ich betete, dass er keine Pistole hatte. Erst jetzt fiel mir auf, dass wir direkt unter einer Straßenlaterne standen. Unsere Schatten waren kurz.

»Sollen wir loslaufen?«, wisperte Jonah. »Rechts, wo die Garagen sind, ist eine Gasse.«

»*Nein!*«, sagte Venetia. »Bit ist immer noch benommen und wir lassen unseren Bruder nicht im Stich.«

Jonah schüttelte den Kopf, aber ich war froh, das zu hören. Ich dachte nicht, dass ich mit meinem dicken Hintern weit gekommen wäre.

»Was machen wir?«, fragte Jonah. »Wir können nicht einfach stehen bleiben und warten, bis die uns fertigmachen.«

»Wir bleiben zusammen«, sagte ich. »Zusammen sind wir ein Team, aber alleine? Wer weiß, was die mit uns machen.«

Wir waren krass in der Unterzahl. Uns blieb gar nichts anderes übrig, als ritterlich zusammenzustehen, um nicht jeder einzeln zur leichten Beute zu werden.

Ich schaute nach links, dann nach rechts. Beanie-Ratten kreisten uns von allen Seiten ein. Wir drängten uns dichter aneinander. *Heiliger Merlin! Ausgelöscht von Brüdern mit blöden Mützen und Dufflecoats! Was für ein beschissenes Ende. Hier liegen die Gebeine von McKay Tambo – Big M –, er wurde in irgendeiner Sozialsiedlung am Ende der Welt von einer Beanie-Ratte dahingemetzelt …*

Die Oberratte ergriff zuerst das Wort.

»Wer hat *euch* erlaubt, unsere Gegend hier zu verschmutzen?« Er zeigte mit seinem rechten Daumen und Zeigefinger auf uns, wie mit einer Pistole.

»Haben wir … haben wir doch gar nicht«, brachte ich ein bisschen jämmerlich hervor, wobei ich gar nicht so genau wusste, was ich damit sagen wollte.

»Wir gehören zu keiner Gang«, beeilte Venetia sich festzustellen. »Mit Bad-Boy-Crews haben wir nichts am Hut. Wir spielen da nicht mit. Wir waren nur hier bei meinem Ex.«

»Ihr könnt nicht einfach *zu uns* in die Siedlung spazieren, als wär's eure!«, schrie er. Er kam näher. War jetzt nur noch ungefähr drei Meter entfernt, nah genug, sodass wir ihn richtig ansehen konnten. Er hatte ein ungepflegtes Ziegenbärtchen. Rote Pickel sprossen auf seiner Nase und hatten sich wie wütende Keime auf seinen Nasenflügeln ausgebreitet. Er starrte Venetia an und schien kurzfristig dadurch abgelenkt. Eine Sekunde lang wirkte er fast ruhig, aber nicht lange – Zorn beherrschte schon bald wieder sein Gesicht. »Das ist Hunchbacker-

Gebiet«, donnerte er. »Wisst ihr nicht, wer wir sind? Wir haben hier die *Kontrolle*. Über *alles*.«

Das letzte Wort betonte er, musterte Venetia von oben bis unten, sodass Bit am liebsten losgebrüllt hätte, das wusste ich. Saira hielt mich fest. Ich spürte wieder, wie sich ihre Nägel in mein Fleisch gruben.

Ich versuchte, mich an die ganzen G-Crews zu erinnern, von denen Nesta mir erzählt hatte: Mo Baker and the Folly Ranking Crew, die Hash Posse, die Poverty Driven Orphans – oder kurz PDO – aber beim Namen Hunchbackers klingelte nichts bei mir. Von denen hatte ich überhaupt noch nie gehört. Ich tauschte kurz Blicke mit Jonah, Bit und Boy aus den Bergen. Und dachte, dass auch sie keine Ahnung hatten, wer die Hunchbackers waren.

»Nein!«, erwiderte Venetia. »Wir haben noch nie was von eurer dämlichen scheiß Gang gehört! Wir sind nicht hergekommen, weil wir auf Drama scharf sind. Wie gesagt, wir waren bei meinem Ex und jetzt gehen wir wieder.«

Die Beanie-Ratte mit der Eiternase kam noch drei Schritte weiter auf uns zu. Er zog ein Messer aus der Tasche seines Dufflecoats. Es funkelte im gelblichen Licht der Straßenlaterne. Venetia hatte seine Crew gedisst und da stand er nicht drauf. Ich spürte, wie Saira zusammenzuckte. Wir traten alle einen Schritt zurück – alle außer Venetia.

Was denkt sie sich bloß dabei?

»Glaubt ihr, ihr dürft unsere Gegend mit eurer Anwesenheit verdrecken?«, brüllte uns der Bruder jetzt an. »Meint ihr, das kann ich zulassen? Meint ihr, ich kann's irgendeiner Pussy erlauben, hier bei uns reinzuspazieren? Meint ihr das? *Antwortet!*«

Er hob das Messer auf Augenhöhe. Die Klinge war ungefähr zwanzig Zentimeter lang. Die Spitze bräunlich verfleckt. Der Griff leicht gebogen und aus Holz. Ich spulte zig Millionen Lichtjahre zurück bis heute Morgen in South Crong, zu Jonahs Schultasche und dem Brotmesser seiner Mutter. Sein Instinkt war wohl korrekt gewesen. Aber jetzt, wo ich hier dieser hässlichen Crew gegenüberstand, wusste ich, dass es richtig war, es zurückzulassen. Hätten wir ein Messer gezückt, hätte vielleicht jeder Einzelne von diesen Hunchbackern auch eins gezogen. Die hätten Hackfleisch aus uns gemacht.

Ich spürte von allen Seiten Bewegung. Wir saßen in der Falle. Wieder zerfleischte mir Saira den Arm mit ihren Nägeln.

»Ihr müsst Steuern zahlen!«, bellte der OG. »Weil ihr euch Freiheiten rausgenommen habt! Hunchbackers können es nicht zulassen, dass Typen aus fremden Estates nachts durch unser Gebiet ziehen, als wär's ihr eigenes!«

Steuern? dachte ich. Der wird ein trauriges Gesicht machen, wenn er in meine Taschen schaut. Mit den Resten eines vollgerotzten Taschentuchs werden wir uns keine Freiheit kaufen können.

»Woher … woher wollt ihr überhaupt wissen, dass wir Fremde sind?«, fragte Bit.

»Wissen wir eben!«, lautete die Antwort. *»Und jetzt zahlt gefälligst!«*

»Wir haben kein Geld«, sagte ich. »In unseren Taschen herrscht Ebbe.«

»Dann rückt eure Handys raus«, brüllte der OG und fuchtelte uns mit dem Messer vor den Nasen herum. *»Sofort!«*

Jonah zog als Erster sein Handy aus der Tasche und legte es auf den Boden. So wie er guckte, war er froh, es loszuwerden. Saira war die Nächste – ich sah sie zittern, als sie ihr Handy fallen ließ. *Robin Hood verkehrt rum!* War keine gute Woche für Nesta und mich – erst klaute ein North Crong ihm das Rad, und jetzt nahm mir diese Hunchbacker-Posse mein Handy ab. Ich legte es vor mich hin. Boy aus den Bergen und Bit machten es genauso.

Wir sahen alle Venetia an. Sie hatte die Augen geschlossen. Ihre Lippen bewegten sich. Ich vermutete, dass sie leise ein Gebet sprach. Wahrscheinlich hatte sie keine Lust, ihr Handy herzugeben – sie hatte es ja eben erst wiederbekommen. Wenigstens hatte sie schnell noch die Bilder gelöscht.

Bit sah Venetia an, flehte sie still an, es sein zu lassen. Aber Venetia blieb standhaft, schob das Kinn vor.

»Du. Wo ist dein Handy?«, wollte der G-Leader wissen.

Venetia ignorierte ihn, drehte den Kopf, betrachtete den Wohnblock zu ihrer Rechten. Die Beanie-Ratte kochte. Er machte noch einen Schritt auf sie zu. Ich sah die verzweifelte Panik in Bits Gesicht, aber er konnte rein gar nichts machen, besonders da er sich immer noch nicht vollständig von Sergios Fäusten erholt hatte. Ich hatte so ein krankes Gefühl im Magen, konnte kaum hinsehen.

»Du glaubst wohl, dass ich dir die Steuern erlasse, nur weil du ein hübsches Gesicht hast«, schrie der OG. Er starrte sie wieder an. Er hasste sie, weil sie nicht genauso viel Angst vor ihm hatte wie wir anderen. Ein Mädchen! Das war nicht vorgesehen im Programm.

»Meinst du, uns interessiert's einen Scheiß, ob du hübsche Haare hast? Ganz im Ernst. *Gib mir dein scheiß Handy!*«

Venetia schaute nicht auf. Sie zuckte mit keiner Wimper, schüttelte nur den Kopf: *Nein.*

Plötzlich schlug ihr der OG mit der Faust ins Gesicht. Sie schwankte zurück, fasste sich an die Lippe.

Bit kochte, aber die Beanie-Ratte hielt ihn auf Abstand, indem er ihm die Klinge direkt vor die Augen hielt.

»*Zwing mich nicht, dich noch mal zu bitten!*«, warnte der OG, schaute Bit böse an, richtete seine Rede aber an Venetia. »*Her mit dem Handy, sonst geht heute jemand graviert nach Hause!*«

Pure Verachtung stand Venetia ins Gesicht geschrieben und versprach Rache im *Kill-Bill*-Format. Schließlich nahm sie ihr Handy aus der Tasche und schleuderte es zu Boden. Es sprang an der Beanie-Ratte vorbei. Die Gehäuseabdeckung brach hinten ab. So zornig wie sie war, hätte Venetia es alleine mit Sergio aufnehmen – und gewinnen – können.

Der OG gab einem aus seiner Crew Zeichen, und der mit einem identischen schwarzen Dufflecoat und Beanie bekleidete Bruder sammelte die Handys ein.

»Wo kommt ihr her?«, wollte der OG wissen.

Venetia weigerte sich zu antworten. Sie wischte sich über den Mund. Ihre Unterlippe wurde bereits dick.

»Was geht dich das an?«, erwiderte Saira.

»Seid ihr aus North Crong?«, wieder hob die Beanie-Ratte die Stimme. »Meint ihr, ihr könnt hier einfach in unser Gebiet reinspazieren, weil ihr aus North Crong kommt? *Da habt ihr euch aber getäuscht!*« Niemand antwortete.

»Egal, wo ihr herkommt«, fuhr die Beanie-Ratte fort, »sagt euren Leuten, dass Hunchbacker vor *niemandem* Angst haben. Sagt ihnen, G-Gore hat's gesagt. Sagt ihnen, wenn ihr euch mit den Hunchbackers anlegt, zahlt ihr direkt beim Chef!«

Ich hatte noch nie gehört, dass jemand in Crongton nach Notre Dame wollte, noch nie.

Endlich steckte G-Gore sein Messer wieder in die Tasche. Er nickte seiner Crew zu, als wäre er eine Art Militärgeneral – halb rechnete ich damit, dass sie vor ihm salutierten und in einem irren Stechschritt abmarschierten. Ich vermutete, dass wir seit Langem die einzigen Jugendlichen waren, die er mit seiner Crew ausgenommen hatte.

G-Gore schaute erneut Venetia an. »Du hast verdammt Glück, dass du heute Abend bloß Steuern zahlen musst«, sagte er. »Hätte auch ganz anders kommen können … *ganz* anders. Aber ich sag's dir gleich, irgendwann besorg ich's dir.«

Venetia sah G-Gore an wie etwas im Schulklo, das sich nicht runterspülen ließ.

»Hunchbacker!«, rief G-Gore, starrte dabei immer noch Venetia an. »Abmarsch.«

Sie folgten ihm und zogen ab. Wir sahen sie in der Dunkelheit verschwinden. Wir rührten keinen Zehennagel, bevor sie nicht vollkommen außer Sichtweite waren. Dann schaute ich nach links und sah, dass Venetia auf die Knie gefallen war. Sie hatte die Hände vors Gesicht geschlagen. »Tut mir so leid!«, weinte sie. »Ehrlich! Ich hätte nie gedacht, dass so was passiert! Ich hätte nicht gedacht, dass er so weit geht. Tut mir leid!«

Bit und Saira taten, was sie konnten, um Venetia zu trösten, aber sie schüttelte den Kopf und zitterte, Tränen kullerten ihr von den Wangen, ihre Nase lief. Sie konnte nichts anderes tun als sich immer wieder entschuldigen.

»Ich habe diese Hunch … diese Brüder hier noch nie gesehen«, bekam Venetia heraus, als Bit und Saira ihr wieder auf die Füße halfen. »Vielleicht sind sie mir nicht aufgefallen, weil ich mit Sergio zusammen war.«

»Wir leben ja noch und atmen, oder?«, sagte Jonah. »Ist ja nicht mehr passiert, als dass wir bisschen was abgekriegt und die uns die Handys abgezogen haben. Hätte auch echt schlimmer kommen können! Unsere Eltern hätten morgen in der Zeitung was über unsere zerschnippelten Leichen lesen können. Blumen draußen vor dem Schultor. Lehrer mit Spendeneimern. Ein Sondergottesdienst in der Ki…«

»Wir haben es ja begriffen!«, fauchte Saira.

»Ich mein nur, wir hätten auch … tot sein können«, erwiderte Jonah.

»Seit wann hast du dich in Bruder Oberprediger verwandelt?«, fuhr ich Jonah an.

Venetia fing wieder an zu heulen, dieses Mal richtig laut, wie ein jaulendes Tier. Der ganze Schmerz kam nicht nur daher, dass G-Gore ihr eine reingehauen hatte; er kam von irgendwo viel tiefer. Keiner von uns wusste so richtig, was er sagen sollte. Stattdessen umarmten wir sie alle zusammen. Sogar Boy aus den Bergen machte mit. Venetia schien es nichts auszumachen. Schließlich wurde aus ihrem Wehklagen leises Wimmern. Die Zeit stand still, nur Venetias Schluchzen und der Verkehrslärm in der Ferne waren zu hören, bis Saira ganz sanft zu ihr sprach.

»Ist nicht deine Schuld, V«, beruhigte sie sie. »Hör mir zu. Das ist seine Schuld – hätte der sich nicht die verfluchten Fotos unter den Nagel gerissen, hätten wir die Mission überhaupt nie angetreten; wir wären nie hier gelandet und hätten niemals das verfluchte Pech gehabt, der am schlechtesten gekleideten, pickligsten Gang auf der ganzen Welt zu begegnen! Hast du die Eiterbeulen gesehen? Uäh, echt Mann! Am liebsten hätte ich denen Drogerie-Gutscheine geschenkt!«

Venetia fing an zu schmunzeln. Boy aus den Bergen ließ sich anstecken. Schließlich fielen wir alle einer nach dem anderen ein. Voll daneben! Wir hatten uns gerade abziehen lassen, konnten es aber niemandem sagen, weil wir keine Handys hatten, und waren jetzt hundert Millionen Kilometer fern der Heimat gestrandet, unsere Eltern würden uns die Hölle heißmachen, wenn sie rausbekamen, dass wir nach Notre Dame gezogen waren – aber wir standen da und lachten uns kaputt, als würde uns jemand mit der kitzligsten Kitzelfeder aller Zeiten bearbeiten.

»Halten sich für superhart, dabei sind's voll die Pussys«, fuhr Saira fort. »Ich weiß das. Ich bin mit meiner Familie ganz schön rumgekommen, und ich hab's schon mit allen möglichen sogenannten OGs zu tun gehabt – und keiner von denen würde Vierzehn- und Fünfzehnjährige mit einem Messer überfallen. Das sind astreine, schnurrhaarleckende Pussys!«

»Und die Dufflecoats?«, meinte Boy aus den Bergen. »Was sollte das denn? Vielleicht schneit's hier ja öfter als bei uns.«

»Wenn die Steuern erheben wollen, dann auf schlechten Geschmack!«, meinte Jonah.

Wieder lachten alle. Der traumatische Verlust unserer Handys und der tätliche Angriff auf Venetia wurden so erträglicher.

»Okay«, sagte ich, als wir einen Schritt auseinandertraten. »Lass uns aus dieser elenden, hoffnungslosen Weltuntergangssiedlung verschwinden.«

17

LAMMKÖFTE

»HÄTTE NIE GEDACHT, dass ich das mal sagen würde«, sagte
Venetia, als wir wieder an der Bushaltestelle standen, »aber ich bin
heilfroh, wenn wir wieder in South Crong sind.«

»Da hast du nicht unrecht«, sagte Jonah. »Auch in meiner Vorstellung ähnelt die Heimat einem Palast.«

»Weiß jemand, wie spät es ist?«, fragte Saira. »Meine Mum
schickt eine Fliegerstaffel los, wenn ich nicht bis acht zurück bin.«

»Weiß nicht«, erwiderte Bit. »Muss nach neun sein.«

»Die Nachbarn werden viel Spaß haben, wenn ich zu Hause rein-
schneie«, scherzte Saira.

Ich entdeckte einen Supermarkt auf der anderen Straßenseite.
»Von dem ganzen Drama hab ich Hunger bekommen – kann mir jemand was spenden, dann kauf ich ein paar Kekse oder so.«

»Kannst du nicht warten, bis wir in der Cheesecake Lounge
sind?«, fragte Bit.

»Nein, Bro«, erwiderte ich. »Mein Hunger macht mir Kummer.«

»Dein Dad sollte dir den Mund verkleben«, sagte Bit.

»Und deine Mum sollte dich öfter gießen, vielleicht wächst du
dann ja«, zickte ich zurück. »Hier«, meinte Venetia, »damit kommst
du schon ein bisschen weiter. Ich könnte auch einen Keks vertragen.«
Sie gab mir fünfzig Pence.

Bit stöhnte und ächzte, gab mir aber schließlich widerwillig siebzig
Pence. »Das müsste reichen«, sagte er. »Und wenn du welche hast,
dann teilst du sie mit uns!«

Ich bedankte mich und überquerte die Straße.

»Wenn du einen Bus kommen siehst«, rief Jonah, »vergiss deinen

Magen und beweg dich, damit du ihn erwischst. Ich werde jedenfalls nicht auf dich warten.«

»Ich auch nicht«, pflichtete Bit ihm bei.

Ich winkte, um ihnen verstehen zu geben, dass ich's gehört hatte, und betrat den Laden. Ich nahm eine Packung Vanillecremekekse und ein paar mit Schokocreme gefüllte. Die Frau an der Kasse guckte mich ganz komisch an, als ich ihr meine Münzen hinzählte. Sie starrte mir hinterher, bis ich wieder aus dem Laden raus war.

In meiner Abwesenheit hatte kein Bus niemanden abtransportiert. Ich überquerte erneut die Straße und verteilte die Kekse.

»Hat überhaupt schon mal jemand was von dieser Hunchbacker Crew gehört?«, fragte ich.

»Nein«, erwiderte Bit. »Kann gut sein, dass das Pussys sind – aber eben gerade dachte ich, wir wären unterwegs zum Friedhof.«

»Ich auch«, sagte Jonah. »Wir hätten einfach losrennen sollen.«

»Und wohin hätten wir rennen sollen?«, fragte Saira. »Vielleicht wären wir wo gelandet, wo's noch viel schlimmer ist.«

»Kann mir nichts Schlimmeres vorstellen«, meinte Jonah. »Wenn wir abgehauen wären, hätten wir immerhin noch unsere Handys in den Taschen.«

»Ein neues Handy kannst du dir immer besorgen«, sagte Venetia. »Aber Körperteile wachsen nicht nach.«

»Und wieso wolltest du dann dein Handy nicht rausrücken?«, fragte ich.

Venetia dachte drüber nach. Sie schüttelte den Kopf. »Ich hab's verkackt«, gab sie zu. »Ich dachte, der will uns nur Angst machen, vor seiner Crew angeben. Ich dachte, der macht Show, tut voll hardcore, lacht, reißt Witze und gibt uns die Handys wieder. Den Spaß wollte ich ihm nicht lassen. Ich kann solche Typen einfach nicht ab.«

»Da hast du dich aber getäuscht«, fiel Jonah ihr ins Wort. »Wir könnten alle Würmer futtern!«

»Tut mir leid«, sagte sie leise. »Ich … ich hasse einfach solche Gangster und alle, die denen hinterherrennen.«

»Mach ihr keine Vorwürfe«, sagte Bit und hob die Stimme gegen

144

Jonah. »War nicht Vs Schuld, dass wir den Hunchbackers in die Arme gelaufen sind.«

»Trotzdem hab ich noch nie was von denen gehört«, meinte Boy aus den Bergen, der das Gespräch von Venetia ablenken wollte.

»Das war vielleicht eine schräge Gang.«

»Aber wir haben unsere Ärsche riskiert, weil wir hergekommen sind, um *ihr* Handy wiederzubeschaffen«, sagte Jonah, hob jetzt auch die Stimme und zeigte auf Venetia.

»Und sie spielt die Heldin mit ihrem Handy, als wär ihr verfluchtes Telefon wertvoller als alle anderen!«

»Hättest ja nicht mitkommen müssen!«, schrie Bit.

»Bin ich aber!«, schrie Jonah zurück. »Und anscheinend wisst ihr das überhaupt nicht zu schätzen. Bin ich vielleicht nicht zu Sergio in die Wohnung gerannt und hab seine Beine festgehalten?«

»Nachdem du erst mal draußen stehen geblieben bist und gekniffen hast, als wir anderen uns schon alle auf ihn gestürzt haben«, tobte Bit.

»Ich hab nicht gekniffen«, blaffte Jonah.

»Hat aber ganz danach ausgesehen«, widersprach Bit. »Wenn du dich nicht draußen versteckt hast, worauf hast du dann gewartet? Musstest wohl erst noch deinen verdammten Superheldenumhang überwerfen!«

Ich konnte nicht fassen, dass sich meine besten Freunde so dermaßen in die Haare kriegten. Erinnerte mich irgendwie an Nesta, wenn er Dad als Pussy oder noch Schlimmeres beschimpfte.

Jonah verschwendete keine Zeit, um es ihm zurückzugeben. »Geh und fi… «

»Auszeit!«, rief Saira, legte die linke Hand oben quer auf die Fingerspitzen ihrer rechten. »Auszeit! Die Mission war erfolgreich! Also was wollt ihr jetzt? Euch beschimpfen und auf der High Street in Notre Dame prügeln, sodass die ganze Welt es mitbekommt? Noch mehr Drama veranstalten? Oder in den Bus steigen, nach Crong fahren und in die Cheesecake Lounge einfallen?«

Jonah dachte drüber nach. Bit bebte vor Zorn. Mit verlegenem Blick auf Venetia murmelte Jonah: »Okay, tut mir leid.«

»Tut mir auch leid«, sagte Bit.

»Brüder wie G-Gore, Manjaro und Major Worries«, meinte Venetia, »das sind die absolut Letzten auf der ganzen Welt. Ich *hasse* die bis zum Gehtnichtmehr! Die machen nichts anderes als anderen das Leben versauen, und es ist ihnen scheißegal. Brüder wie die haben meine Cousine Colette umgebracht. Deshalb tut's mir leid, aber ich hatte halt keine Lust, vor diesem G-Gore-Wichser klein beizugeben. Und ich würd's jederzeit wieder genauso machen.«

Venetia traten erneut Tränen in die Augen. Saira umarmte sie. Als Bit Venetia eine Hand auf die Schulter legte, ließ Jonah den Kopf hängen. Boy aus den Bergen guckte richtig betreten, und mir ging's genauso – ich stopfte ohne nachzudenken noch ein paar Kekse in mich rein. Ich wusste, wie's war, wenn man ein Familienmitglied verliert. Mums Tod ließ mich nie los. Egal, wie sehr ich lachte, wenn ich mit meinen Kumpels Witze riss oder auf Mission zog oder zur Freude meines Magens einen Berg von Köstlichkeiten kochte – die Trauer war immer da; sie ging nie weg. Wenn mich meine Erinnerung nicht täuschte, war Colette erst zwölf gewesen, als sie ums Leben kam, ausgelöscht von einer verirrten Kugel bei irgendeinem Gang-Wahnsinn. Das war eine echte Tragödie gewesen. Egal, wie viele Jahre auch vergingen, man durfte nicht damit rechnen, dass einen der Schmerz jemals verließ.

Als wollte sie die Anspannung noch auf die Spitze treiben, überquerte eine alte Frau in einem elektrischen Rollstuhl die Straße und kam auf uns zu. Sie rollte den Bordstein rauf und mir fiel die große Flasche Brandy und die Schachtel Maltesers auf, die auf ihrem Schoß lagen. Es war gar nicht so kalt, aber sie hatte sich einen langen rosa Strickschal um den Hals gewickelt, der ihren Mund fast bedeckte. Ihre Oberlippe war eine Landkarte aus Falten, durch die ihr pinker Lippenstift völlig verrutscht wirkte. Ihre Finger waren voll geschmolzener Schokolade. Ich schätzte sie auf mindestens achtzig, vielleicht war sie aber auch hundertfünf.

»Wartet ihr auf den Bus?«, fragte sie mit krächzender Stimme. Blöde Frage an einen Haufen Teenager, die an einer Bushaltestelle standen. Was denkt sie, worauf wir warten? Dass uns die Hunchbackers noch mal ausnehmen?«

»Ja, wir warten auf den Bus«, erwiderte Venetia schließlich mit ihrer Sonntagsschulstimme. »Hoffentlich kommt bald einer. Wir warten schon eine ganze Weile. Wir wollen nach Hause.«

Die alte Frau schüttelte den Kopf.

»Ich fürchte, die Busse fahren nicht mehr«, sagte sie. »In Crongton ist ganz schön was los – wohnt ihr da?«

»Ja«, sagte ich. »In South Crong.«

»Hab ich mir gedacht«, sagte die Alte. »Hab Nachrichten im Radio gehört. Denke mal, die Polizei will verhindern, dass noch mehr Jugendliche dahin fahren.«

Mir blieb ein halber Keks im Rachen stecken. Ich musste fest schlucken, um ihn runterzubekommen. *Was höre ich da?* Jonah schüttelte den Kopf, fluchte leise. Saira las den Busfahrplan. Boy aus den Bergen setzte sich einfach nur lässig auf den Bordstein.

»Oje«, sagte die alte Frau. »Die Straße weiter hoch ist ein Taxiunternehmen. Nicht weit, nur zehn Minuten zu Fuß – mit euren jungen Füßen schafft ihr's wahrscheinlich in fünf.«

Dann drückte sie auf einen Knopf an ihrem Rollstuhl, unter ihrem Sitz summte was, und schon rollte sie die Straße weiter, vermutlich zurück in ihre Burg, wo sie sich die Flasche Brandy einrichten und weitere Maltesers downloaden wollte. Ich wusste nicht wieso, aber ich stellte mir ihre Wohnung voller Katzen vor.

»Danke!«, rief Venetia ihr hinterher.

Die Lady drehte sich nicht noch mal um. Stattdessen hob sie eine Hand und winkte.

»*Toll!*«, rief Jonah wahnsinnig gefrustet. »Einfach total abgefahren supertoll! Ich kann's verdammt noch mal nicht fassen. Wie kommen wir jetzt zurück nach South Crong?«

Wir sahen einander an.

»Mit dem Taxi«, sagte Boy aus den Bergen. »Hat die alte Frau nicht gesagt, da hinten gibt's einen Taxiladen?«

»Da hast du nicht unrecht«, erinnerte sich Bit.

»Aber reicht unsere Kohle dafür?«, fragte Saira.

Ich hatte keinen einzigen schmutzigen Penny und jetzt auch noch ein echt schlechtes Gewissen, weil ich das Budget mit Keksen strapaziert hatte. Ich futterte noch einen mit Vanillecreme. Boy aus den Bergen kramte in seiner Tasche und zog drei Pfund raus, Bit tat es ihm gleich und förderte sechzig Pence zutage. Venetia hatte einundfünfzig. Jonah besaß nur dreißig Pence und Saira zählte ein Pfund achtzig in ihrem Portemonnaie.

»Wie viel macht das zusammen?«, fragte ich.

»Mal so gesagt, ich glaube, wir hätten in der Cheesecake Lounge nicht viel Freude gehabt«, sagte Boy aus den Bergen. »Für das Geld hätten wir höchstens zweieinhalb Stück bekommen.«

»Sieben Pfund zwanzig«, sagte Venetia und ignorierte Boy aus den Bergen. »Das reicht nicht für den ganzen Rückweg nach South Crong. Nicht mal bis North Crong.«

»Aber ein Stück weiter kommen wir damit«, sagte Bit. »McKay, bist du sicher, dass du nicht wenigstens zehn Pence in der Tasche hast?«

Ich schüttelte den Kopf. »Ich hab schon eine Spende von Saira gebraucht, um überhaupt mit dem Bus herzukommen. Tut mir leid, Bruder, heute gibt's keinen Gesang in meinen Taschen.«

»Vielleicht können wir den Rest vom Fahrgeld nach unserer Ankunft in South Crong zahlen«, schlug Saira vor.

»Könnte funktionieren«, pflichtete ich ihr bei.

»Oder der Fahrer schmeißt uns auf halber Strecke raus und lässt uns den Rest des Wegs zu Fuß gehen«, sagte Bit.

»Vielleicht aber auch nicht«, wandte Saira ein.

»Wir müssen es versuchen«, sagte ich. »Was haben wir zu verlieren? Ich weiß nicht, wie's euch geht, aber meine Füße bringen mich um und ich hab heute früh nicht genug Müsli gegessen, um die ganze Distanz zurückzulegen.«

»Luftlinie sind das ungefähr acht Kilometer«, schätzte Boy aus den Bergen. »Wenigstens geht's meistens bergab. Aber vergesst nicht, wir müssen an Fireclaw Heath vorbei und das ist nach Anbruch der Dunkelheit kein geeigneter Ort für einen Aufenthalt.«

»Ja, Fireclaw Heath – Schauplatz der legendären angekokelten Samensäcke ...«, sagte Jonah.

Venetia und Saira zuckten zusammen. Ich versuchte das Thema zu wechseln.

»Acht Kilometer sind trotzdem acht Kilometer«, sagte ich. »Meine Füße werden mir niemals verzeihen.«

»Dann lass uns zu dem Taxiladen gehen«, sagte Bit.

Wir gingen die Notre Dame High Street entlang, vorbei an ein paar Handy-Geschäften, einem Secondhandladen, einem Restaurant namens »Hugo«, einem Buchladen namens »Alex Dumas«, Esmeraldas Café, einem Pub, das The Four Bells hieß, einem Laden mit Spielautomaten und einem Footcave. Der Taxiladen befand sich neben einer Bäckerei. Im Fenster waren Torten in allen möglichen Farben und Geschmackssorten, Formen und Varianten ausgestellt. Am meisten reizte meine Geschmacksknospen ein perfekter Cupcake in Herzform mit einem Stück Schokosplitter obendrauf. Ich schloss die Augen und stellte mir vor, wie die herrlich glatte Schokolade meiner Zunge schmeichelte, mir geschmeidig die Kehle runterrann.

Während ich in meinen Tagträumen schwelgte, ging Bit in den Taxiladen. Rechts führte eine Tür von dem kurzen, schmutzigen Flur in ein Büro. Eine teppichlose Treppe reichte hinauf in die Dunkelheit. Zigarettenqualm zog mir in die Nüstern. Auf der anderen Seite des Büroschalters hockte ein dünner Typ auf einem Hocker, hatte ein Telefon ans Ohr geklemmt. Er drehte sich eine Zigarette und vor ihm stand ein dampfender Becher Kaffee. Hinter ihm, an die Wand gepinnt, eine Karte der Umgebung. Notre Dame im Norden, Crongton in der Mitte, Ashburton im Westen und Wildnis im Osten. Mir war gar nicht klar gewesen, wie viel Grün es in der Umgebung gab.

»Dauert eine halbe Stunde«, sagte der Typ auf dem Hocker ins Telefon. »Schneller geht's nicht. Nehmen Sie's oder lassen Sie's bleiben ... Wieso? Weil's in Crongton verdammt noch mal Straßenunruhen gibt, deshalb! Kaum hab ich aufgelegt, klingelt das Telefon schon wieder. Alle meine Fahrer sind unterwegs. Wollen Sie warten? Sie können es gerne woanders versuchen, ist ein freies Land, soviel ich weiß. Ich bin nicht unhöflich, ich sag Ihnen nur, wie's ist … okay, wie gesagt, halbe Stunde wird's dauern.«

Er legte auf und sah uns an. Bevor er das Wort an uns richtete, zündete er seine Selbstgedrehte mit einem Streichholz an. »Und wo wollt ihr hin?«, fragte er. »Vierzig Minuten Wartezeit, vorher kann ich für nichts garantieren.«

»Wir wollen … wir wollen nach South Crong«, sagte Bit.

»South Crong?«, wiederholte der Typ. Er blies eine Riesenrauchwolke in Richtung der Glühbirne, die über seinem Kopf von der Decke baumelte, und musterte uns erneut. »Ihr wisst, dass in Crongton gerade der Teufel los ist, oder? Ihr wisst, dass die den ganzen Laden auseinandernehmen, plündern und alles Mögliche?«

»Wissen wir«, erwiderte Saira. »Aber wir wohnen da und wir müssen nach Hause.«

»Geht vielen so«, sagte der Typ. »So wie's aussieht, werdet ihr vielleicht feststellen, dass von eurem Zuhause nichts mehr übrig ist. Wenn ihr so lange warten wollt, wird der Fahrer außerdem einen Umweg machen müssen. Die Polizei hat die Hauptzufahrtsstraßen nach Crongton gesperrt. Der Fahrer muss über die Ring Road und dann von Süden nach Crongton rein – von Crongton Heath aus.«

»Da wohne ich«, sagte Boy aus den Bergen. Er hatte am Eingang gestanden und versucht, alles mitzubekommen, aber als er hörte, dass der Bruder Crongton Heath erwähnte, hatte er sich zu uns gestellt. Der Mann musterte die Haare von Boy aus den Bergen, als würden Gorillas es darin miteinander treiben. »Vielleicht kann er mich zuerst absetzen«, schlug Boy aus den Bergen vor.

»Aber habt ihr auch das Fahrgeld?«, fragte der Mann und schaute uns mit prüfendem Blick in die Augen. »Wie gesagt, der Fahrer wird einen Umweg machen müssen, das wird euch ungefähr fünfundzwanzig Pfund kosten, vielleicht auch dreißig.«

Ich konnte die Panik in Bits Augen sehen, aber Saira trat vor, selbstbewusst und cool. »Wir haben das Geld«, sagte sie. »Wieso auch nicht? Wir legen zusammen.«

So wie Saira es sagte, hätten sogar Buddha, Jesus und Mohammed ihr geglaubt.

»Und noch was«, sagte der Mann. »Ihr seid zu sechst. Ihr müsst auf Edwin warten, das ist der einzige Fahrer mit einem Siebensitzer, der heute Abend unterwegs ist. Und der kommt erst in einer Stunde wieder – er hat eine Flughafenfahrt.«

»Eine Stunde!«, wiederholte Bit.

»Nehmt's oder lasst es bleiben«, sagte der Mann. Er zog an seiner Selbstgedrehten, blies Rauch an die Decke und nahm erneut einen Schluck aus seinem Becher. Sein Mund verzog sich zu einem leichten Grinsen, als fänd er's super, in was für einer beschissenen Situation wir steckten. Seine Zähne sahen aus, als hätte er Tabak nicht nur geraucht, sondern auch gekaut. Ich konnte ihn einfach nicht leiden.

»Also entweder ihr wartet auf Edwin oder ihr geht trampen«, schmunzelte er. »Eure Entscheidung.«

»Wir warten auf Edwin«, sagte Saira und hielt dem Blick des Mannes stand. »Kein Problem – ist uns schon klar, dass heute alles drunter und drüber geht, weil die in Crongton Gaza spielen.«

»Okay«, sagte der Mann. »Ich sag ihm, dass ihr wartet.«

Er zog noch mal an seiner Selbstgedrehten, dann telefonierte er wieder. Saira sah ihn immer noch böse an. Bit und Venetia tauschten hektisch Blicke. Boy aus den Bergen hatte sich wieder auf die Straße verzogen.

»Ich brauch auch frische Luft«, sagte Saira. Sie lief durch den kurzen Gang und ich beschloss, ihr zu folgen.

Draußen saß Boy aus den Bergen unter einer Laterne. Saira stand mit verschränkten Armen daneben.

»Mach dir keine Sorgen«, sagte ich zu ihr. »Wir kommen schon nach Hause.«

Saira drehte sich nicht zu mir um, stattdessen schaute sie über den Park zum Estate rüber. Ich wollte ihr so viele Fragen stellen. *Wie ist es in der Türkei? Wo hast du gewohnt, bevor ihr nach Crongton gezogen seid? Ist dein Dad auch da? Was hältst du von einem Bruder, der keucht wie Darth Vader, wenn er zum Bus rennt? Willst du dich mit mir verabre-*

den? Ich könnte mal vorbeikommen, was Schönes zusammenmixen, und damit meine ich nicht nur was zu essen.

»Nach Hause kommen ist noch das Leichteste«, sagte Saira schließlich.

»Wieso das Leichteste?«, fragte ich.

Saira zuckte mit den Schultern. Boy aus den Bergen schaute auf, plötzlich war sein Interesse geweckt.

Saira sah mich an, dann richtete sie den Blick wieder Richtung Park. »Wenn ich da bin, muss ich mit meiner Mum verhandeln«, sagte sie.

»Sie kam mir gar nicht so schlimm vor«, sagte ich. Ich wollte es gut machen, das Richtige sagen. Im Rücken spürte ich Jonahs bohrende Blicke. »Sie passt nur auf dich auf.«

»Du kennst sie nicht«, sagte sie. »Sie denkt, wir sind immer noch in der Türkei. *Tu dies nicht! Tu das nicht! Sei früh zu Hause! Vergiss nicht die Gebete! Sprich nicht mit Jungs! Lass dich von keinem anfassen!* Ist ein verdammtes Wunder, dass sie mir überhaupt erlaubt, in die Schule zu gehen und nach acht fernzusehen.«

»Mein Dad will auch nicht, dass ich mich von Jungs anfassen lasse«, scherzte ich.

Hatte ich da ein Lächeln gesehen? Knutsch meine Ritter! Wäre ich doch nur in anderen Lebensumständen!

»Meine Mum könnte auch in Timbuktu wohnen«, lachte Boy aus den Bergen. Er drehte sich zu Saira um. »Sie ist nie da, um mir zu sagen, wann ich zu Hause sein soll oder was ich gucken darf und was nicht. Wenigstens ist deine Mum für dich da.«

Ich dachte an meine Mum. Sie war gar nicht mehr für mich da. Und würde es nie wieder sein. Das war der ganze kalte Deal. Ich erinnerte mich an ihre Beerdigung. Nesta konnte es nicht ansehen – er zog ab und Dad musste ihm hinterher. Das war das erste Mal, dass ich Nesta hatte weinen hören – er heulte den ganzen Friedhof zusammen. Ich werde nie vergessen, was er für Geräusche machte. Das kam von irgendwo ganz tief unten. Ich konnte ihn nicht mal ansehen. Die Erde, die wir auf ihren Sarg warfen, war feucht und schwer. Dauerte ewig, bis ich sie mir wieder unter den Fingernägeln rausgekratzt hatte. Ich wusste nicht warum, aber mir war es voll wichtig, mit sauberen Fingern nach Hause zu gehen. Ich glaubte, nie wieder mit bloßen Händen eine Pflanze eintopfen oder ein Loch ausheben zu können.

Nesta hatte sozusagen Mums Rolle übernommen, er passte auf mich auf; wenn er wüsste, dass ich an einem Freitagabend in Notre Dame gestrandet war und Mühe hatte, nach Hause zu kommen, würde er durchdrehen. Dad wäre genauso wenig begeistert.

Jonah, Bit und Venetia waren jetzt alle rausgekommen und wir setzten uns zu Boy aus den Bergen an den Bordstein. Venetia nahm einen kleinen Schminkspiegel aus ihrem Rucksack und betrachtete ihre dicke Lippe. Jonah setzte sich neben Saira, Bit richtete weiterhin den Blick in Alarmbereitschaft auf die andere Seite des Parks und ich vernichtete die Kekse.

»Darf ich dich was fragen, Saira?«, fragte ich.

»Solange du nicht wissen willst, ob du nachts zu mir in die Wohnung schleichen und an meine Tür klopfen darfst«, scherzte Saira. »Meine Mum würde dich umbringen.«

»Nein, nein, so was nicht«, erwiderte ich. »Ich will nur wissen, was das für ein Lammgericht war, dass ich bei dir vor der Wohnung gerochen hab.«

»Oh, das waren Köfte!«, sagte Saira lächelnd.

»Ständig denkt er an seinen Magen!«, lachte Bit.

»Wie macht man die?«, wollte ich wissen.

»Ist eigentlich ganz einfach«, erklärte Saira. »Mum hat's mir beigebracht, da war ich ungefähr sieben … du gehst zum Metzger, holst Lammhack – achte drauf, dass es von der Schulter ist. Damit gehst du nach Hause, würzt es mit Petersilie, Koriander, Paprika, schwarzem Pfeffer und was dir sonst noch so schmeckt. Ich hab's am liebsten, wenn man Fleischbällchen draus formt, aber das kannst du halten wie du willst, dann machst du Olivenöl in der Pfanne heiß, legst das Lamm mit ein paar Zwiebeln und ein bisschen Paprika rein. Folie drüber und im eigenen Saft schmoren lassen. *Bitmiş!*«

»Was?«, fragte ich. O Mann! Sie schien genauso gerne zu kochen wie ich.

»*Bitmiş* – fertig.«

»Und was serviert man dazu?«

»Pittabrot oder Reis.« Jetzt kam Leben in Sairas Blick. »Ich steh voll drauf!«

Ich beschloss an Ort und Stelle, wenn wir nach Hause kamen – wenn wir *jemals* nach Hause kamen –, dass ich Dad und Nesta überreden würde, sich gleichzeitig an den Esstisch zu setzen, und dann würde ich ihnen schöne große Teller mit Sairas köstlichem Lammköfte vorsetzen und ihnen begreiflich machen, dass wir, egal was los war, egal wie schlimm, zusammenhalten mussten: Mum war zwar nicht mehr da, aber wir waren immer noch eine Familie.

»Vielleicht können wir ja mal zu dir kommen und dieses Lammzeug probieren«, schlug Jonah vor.

»Ich würde euch gerne alle einladen«, erwiderte Saira, »aber Mum würde das nicht erlauben. Sie ist zu … zu …«

Saira schaffte es nicht, den Satz zu beenden.

»Aber ihr könnt alle zu *mir* nach Hause kommen«, bot Boy aus den Bergen aufgeregt an. »Ich kann absolut nicht kochen, aber wenn's von euch einer draufhat – unsere Küche ist riesig –, dann bindet euch eine Schürze um und macht auf MasterChef. Die Speisekammer ist voll!«

Alle starrten ihn ungläubig an.

»Ihr habt eine *Speisekammer*?«, fragte Venetia.

Boy aus den Bergen zuckte mit den Schultern. »Ja, neben der Küche. Mum kauft immer alles Mögliche – Gewürze und Gläser voll mit komischem Zeug –, aber sie kocht fast nie! Sie benutzt die Küche nur, wenn sie Leute zum Essen einlädt oder so – die Leute, die sie einlädt, sind aber echt langweilig, außer einem Typen, der früher in der Politik war oder so. Hab ihn erwischt, wie er bei uns im Schuppen gekifft hat! Danach hat er mit mir Billard gespielt – hab ihn ganz schön oft geschlagen.«

»Ihr habt einen Schuppen im Garten?«, fragte Venetia. »Und einen *Billardtisch*?«

»Ja«, erwiderte Boy aus den Bergen. »Mein Dad hat seine Flipperautomaten, seine Golfschläger und seine, äh … Zeitschriften da drin. Ist so was wie sein Geheimversteck. Ein Sofa und einen Fernseher hat er auch da stehen. Hat mir verboten, meine neugierige Nase reinzustecken, aber ich hab einen Ersatzschlüssel, und er ist sowieso meistens nicht zu Hause. Der Billardtisch steht bei uns im Keller.«

Alle außer mir waren echt geschockt. Sie starrten ihn an mit seinen wilden Haaren. Jonah konnte sich die Frage, die allen durch den Kopf ging, nicht verkneifen.

»Seid ihr reich?«

18

DER BUSCHIGE FAHRER

NOCH BEVOR BOY AUS DEN BERGEN Jonahs Frage beantworten konnte, hörten wir ein Auto hupen. Wir standen auf und eine Limousine hielt neben uns. Auf der Beifahrerseite war das Fenster runtergelassen und ein Mann mit einem Wahnsinnsbart streckte den Kopf raus – es sah aus, als würden sich Eichhörnchen an seinem Kinn festklammern, so dicht waren seine Barthaare.

»Das ist aber nicht dein Dad, oder?«, raunte Jonah Boy aus den Bergen angesichts der haarigen Ähnlichkeit zu.

Boy aus den Bergen antwortete nicht. Der Fahrer sah uns an und lächelte. Er hatte ein gesundes Auge, aber das andere war das, was man als träge bezeichnet. Ich hätte eher gesagt halb tot. Er trug einen breitkrempigen Hut und eine Lederjacke. Seine Augenbrauen waren in der Mitte zusammengewachsen und er sah aus wie eine dürre Vampirfledermaus.

»Braucht ihr ein Taxi?«, fragte er.

Wir sahen einander an.

»Ich berechne euch weniger als die da drinnen.« Der Mann zeigte mit seiner Stirn. »Halsabschneider sind das.«

Meine Mum hat mir immer eingeschärft, dass ich Leuten in die Augen schauen soll, wenn ich mit ihnen spreche, um ihnen zu zeigen, dass ich Respekt vor ihnen habe und ihnen zuhöre. Aber bei diesem Bruder konnte ich nicht anders, musste auf den Dschungel unter seinem Mund starren. Tarzan hätte sich da durchhangeln können.

»Wo wollt ihr hin?«, fragte er.

»South Crong«, antwortete Saira.

»Kein Problem«, sagte der Mann. »Ich hab Verwandte da unten –

eine Schwester und einen Onkel. Aber ich muss hintenrum fahren –
die haben die Hauptstraße gesperrt.«

»Was wollen Sie dafür haben?«, fragte ich.

»Mit zwanzig Pfund seid ihr dabei.«

Venetia sah mich an, als wollte sie mir rostige Nägel in die Zunge
hämmern. »Warten Sie mal«, sagte sie zu dem einäuigen Fahrer.
»Wir müssen das, äh, besprechen.«

Venetia ging ein Stück die Straße entlang und machte uns Zeichen,
ihr zu folgen. Draußen vor der Bäckerei steckten wir die Köpfe zusammen. Ich dachte gerade an einen Vanilla Strawberry Special, als
Saira fragte: »Was ist das Problem? Er fährt uns für zwanzig Pfund
nach South Crong. Ist doch gut, oder? Wir müssen nur noch zwölf
Pfund irgendwas auftreiben.«

»Guck ihn dir doch an. Der sieht echt komisch aus«, sagte Venetia. »Wahrscheinlich verstecken sich Gettoratten in dem Busch.«

»Man muss sagen, dass seine Haare nicht so schön sind«, meinte
Jonah, »aber wenn er uns nach South Crong fährt, wär's mir auch egal,
selbst wenn ihm Masai Mara vom Kinn baumelt. Meine Mum macht
mich fertig. Und danach gibt mir mein Dad den Rest. Ich will nicht
noch eine ganze Stunde warten müssen.«

»Wir wissen nicht mal, ob der legal ist«, wandte Bit ein. »Hat jemand eine Lizenznummer an seinem Wagen gesehen?«

»Sein Bart macht mir keine Sorgen«, sagte Boy aus den Bergen.
»Ich find eher sein Auge beunruhigend – kann der überhaupt was sehen, wenn er um die Ecke fährt?«

Schweigen. Ich sah allen in die Gesichter. Keiner schien zu dem
Einäugigen ins Auto steigen zu wollen. Ich löste mich aus unserem Ge-
menge und drehte mich um. Der Taxifahrer trommelte mit den Fingern aufs Lenkrad, hörte Nachrichten im Radio. Er sah mich an. Ich
tauchte wieder ab in den Kreis.

»Zu dem steig ich nicht in den Wagen«, bekräftigte Venetia.

»Auf keinen Fall! Lasst uns auf den Siebensitzer warten.«

»Wir könnten wenigstens gucken, ob er eine Lizenz hat«,
wandte Saira ein. »Ich seh's wie Jonah – wenn sich's irgendwie ver-

meiden lässt, will ich nicht noch eine Stunde hier in der Gegend hocken.«

»Ja«, beeilte Jonah sich zuzustimmen. »Sonst rücken uns die Hunchbackers vielleicht noch mal auf die Pelle.«

»Wir haben nichts mehr, was die uns abnehmen könnten«, sagte ich.

»Unsere Sneaker?«, erwiderte Jonah. »Manche Gs ziehen einem auch die Sneaker ab – besonders, wenn sie brandneu sind. Und wenn wir nach South Crong zurücklaufen müssen, dann lieber nicht barfuß!«

»Vertrau mir, Jonah«, sagte Bit. »*Dir* klaut bestimmt keiner die Sneaker.«

Allmählich wurde ich echt ungeduldig. Ich wollte die Sache einfach irgendwie entscheiden.

»Okay, so kommen wir nicht weiter. Wartet hier«, sagte ich.

Ich löste mich wieder aus der Gruppe und ging zu dem einäugigen Fahrer.

»Äh … haben Sie eine Lizenz? So was, um zu beweisen, dass Sie ein echter Taxifahrer sind.«

Wieder grinste der Mann. Seine Zähne waren seltsam weiß inmitten des ganzen wuchernden Unkrauts. »Ich bin Freiberufler«, sagte er und zeigte mir seinen Führerschein. Auf dem Foto war sein Bart nur halb so lang wie jetzt. »Hier in der Gegend bin ich bekannt. Ihr könnt jeden fragen, ob er Mr Malloy den bärtigen Taxifahrer kennt. Die werden euch sagen, dass man mir vertrauen kann.«

Ich schaute zu den anderen zurück, Venetia schüttelte den Kopf. Jonah verschränkte die Arme und Saira wirkte ungeduldig. Bit schaute auf die andere Seite des Parks und Boy aus den Bergen starrte in den Rinnstein, wich meinem Blick aus. Ich fragte mich, was Dad von mir erwarten würde. Ich drehte mich wieder zu dem Taxifahrer um. »Tut mir leid«, sagte ich. »Wir kennen Sie nicht und Sie haben keine richtige Lizenz.«

Der Fahrer schaute in den Rückspiegel, blinkte und fuhr davon.

»*Na toll!*«, fauchte Jonah. »Verdammt geil! Und wenn dieser Edwin nicht auftaucht? Angenommen, er fährt nach seiner Flughafentour direkt nach Hause? Angenommen, er will keine South-Crong-Gettoratten in seinem Wagen haben? Angenommen, die Hunchbackers nehmen uns doch noch mal ins Visier? Was machen wir dann?«

»Es reicht!«, sagte Venetia. »Das Taxi ist auf dem Weg zurück vom Flughafen. Das hat der Mann da drin gesagt. Hört auf zu stressen, wir kommen schon nach Hause.«

»Trotzdem haben wir nur sieben Pfund zwanzig«, erinnerte uns Boy aus den Bergen.

Er setzte sich wieder auf den Bürgersteig und wir anderen parkten uns um ihn herum. Saira und Venetia nahmen sich die restlichen Kekse aus der zweiten Packung. Jonah stand auf und schaute sich die Cupcakes im Schaufenster an. Ich beschloss, ihm zu folgen. Er machte ein Gesicht, als hätte jemand seine Playstation 4 entwendet.

»Wer hat dir denn in den Saft gepisst?«, fragte ich.

Jonah sah mich an, als wollte er meine Eier in Olivenöl frittieren. »*Du!*«, erwiderte er.

»Was hab ich denn gemacht?«, verteidigte ich mich.

»*Eigentlich* wollte *ich* was mit Saira anfangen!«, fauchte er. »Ich! Bit hat gesagt, er fädelt das ein. *Das* war der Plan gewesen. Aber er ist gar nicht dazu gekommen, weil du sie die ganze Zeit mit Beschlag belegst! Ich krieg keinen Fuß in die Tür.«

»Tu ich *nicht*!«, verteidigte ich mich. »Was soll ich denn machen? Sie ignorieren, wenn sie mich anspricht? Wenn du wirklich was von ihr willst, Mann, dann trau dich endlich! Geh zu ihr und mach deine Hundenummer. Wirst schon sehen, wie weit du damit kommst.«

»Will ich ja«, wandte Jonah ein, »aber du stehst mir mit deinem fetten Arsch im Weg. *O Saira! Wie macht man Lammköfte?!* Hör auf, mir meine Nummer zu vermasseln!«

»Hör *du* auf, eifersüchtig zu sabbern! Ist so wie ich gesagt habe, wenn du bei ihr auf die erste Base willst, musst du deine Schüchternheit ablegen und aus dir rauskommen!«

»Ich bin nicht schüchtern!«

»Und ich passe mit meinem Hintern in jede Röhrenjeans!«

Ich ließ Jonah im eigenen Saft schmoren. Wieso sollte ich ihm freie Bahn bei Saira lassen? Schließlich hatte er sie nicht für sich allein gepachtet. Ich hatte es allmählich satt, dass meine Kumpels glaubten, ich könne niemals bei Mädchen landen. Wieso eigentlich nicht? Und seiner Reaktion nach musste Jonah offensichtlich glauben, dass ich ihm bei der Partie ernsthaft Konkurrenz machen konnte. Also dann, ich war bereit. Mochten die Spiele beginnen!

Venetia verhörte Boy aus den Bergen. »Deine Mum ist Psychologin?«, fragte sie.

»Ist sie«, nickte Boy aus den Bergen. »Und Psychoanalytikerin, was auch immer das ist. Sie hat eine Praxis in Ashburton. Alle möglichen Irren lassen sich ihre Probleme von ihr lösen.«

»Wieso brauchen die Hilfe, wenn sie reich sind?«, wollte Venetia wissen.

Boy aus den Bergen zuckte mit den Schultern. »Weil sie sich's leisten können? Manchmal arbeitet Mum auch im Fort-Augustus-Gefängnis – keine Ahnung, was sie da macht, sie redet nicht drüber. Allerdings wird sie dafür auch nicht bezahlt.«

»Dann ist deine Mum Psychologin und dein Dad Anwalt«, fasste ich zusammen. »Ich sag's jetzt einfach mal, Bro – wieso gehst du dann überhaupt auf die South Crong High? Wieso gehst du nicht auf eine Privatschule, wo niemand Stress hat wegen seinem Handyguthaben oder von den Bullen angehalten wird oder das Tablet abgenommen bekommt? Die Schulen sind doch viel schöner – die haben sogar eigene Sportplätze und so. Die von der South Crong sind nicht mal groß genug zum Kugelstoßen!«

Während Boy aus den Bergen noch über die Antwort nachdachte, kam Jonah wieder und setzte sich schmollend zu uns.

»Ich bin auf eine private Grundschule gegangen«, erwiderte Boy aus den Bergen. »Aber Mum meinte, ich sollte auf eine normale Höhere wechseln.«

»Aber wieso?«, wollte Venetia wissen. »Wieso musst du in einem Drecksviertel wie South Crong auf die Schule? Deine Mum hat die falsche Entscheidung getroffen.«

Wieder ließ Boy aus den Bergen sich Zeit mit der Antwort. Er holte langsam tief Luft und starrte in den dunklen Himmel. »Weil … weil meine Mum wollte, dass ich mit anderen zu tun habe, die nicht so viel Glück hatten wie ich.«

»Also, wenn sie das wollte, dann hat sie's bekommen«, sagte ich. »Glück hab ich definitiv keins gehabt.«

»Ich auch nicht«, setzte Bit hinzu.

Jonah ging es anders an. »Dann willst du also behaupten, wir hätten Pech gehabt?«, fragte er nach.

»Nein«, erwiderte Boy aus den Bergen. »Das hat *sie* gesagt, ich behaupte gar nichts über niemanden. Meine Mum erklärt mir halt ständig, dass ich Glück hatte – jeden verfluchten Tag! *Wir müssen uns keine Sorgen machen, wie wir im Winter heizen. Wir müssen nie am Essen sparen. Die meisten würden einen Billardtisch gar nicht durchs Treppenhaus ihres Blocks in die Wohnung bekommen, geschweige denn, dass sie sich einen leisten könnten* … und so weiter.«

»Stimmt. Von uns hat sich ja auch keiner die Schule ausgesucht, auf die wir gehen.«

Ich nickte. »Bei mir war immer klar gewesen, dass ich auf die South Crong High gehe, da wurden keine Fragen gestellt, nicht diskutiert; so sind die Erdbeeren nun mal in meine Vanillesoße gefallen.«

»Ich wollte auf so eine Mädchenschule in Ashburton«, gab Venetia zu. »St. Cecelia Manor. Die schneiden immer überall voll gut ab und haben sogar eine eigene Aschebahn. Und eine richtige Theaterbühne mit Spots und so. Aber Dad meinte, das ist zu weit.«

Ich fragte mich, ob Saira sich ihre Schule hatte aussuchen dürfen. *Wenn das Taxi kommt, kann ich hoffentlich neben ihr sitzen und noch ein bisschen mehr quatschen – Jonah muss mit der Konkurrenz klarkommen.*

»Nichts für ungut oder so«, sagte Saira zu Boy aus den Bergen, »aber wieso lässt du dir die Haare so wild wachsen? Du siehst aus wie ein verunglückter Rasta.«

»Und wieso ziehst du keine schönen Klamotten an?«, warf Venetia noch ein. »Ich kann mich erinnern, wie du bei einem Schulausflug in der Uniform aufgetaucht bist, obwohl das gar nicht hätte sein müssen. Was soll das?«

Boy aus den Bergen zuckte mit den Schultern. »Kein großes Ding«, erwiderte er.

»Sag's uns trotzdem!«, beharrte Venetia. »Ich mach auch nicht auf Jugde Judy.«

»Keiner von uns«, ergänzte ich. »Ist … ist halt nur komisch, dass du in so einem großen Haus wohnst mit reichen Eltern, und dann kommst du in die Schule und siehst aus, als hättest du dein Essen aus der Mülltonne gefischt.«

»Ich ess kein Essen aus Mülltonnen!«, widersprach Boy aus den Bergen mit erhobener Stimme. Ich merkte, dass ihm der Kopf ganz schön qualmte, aber wir erwarteten trotzdem eine Antwort. Wenn er so unbedingt echte Freunde haben wollte, dann musste er schon ein bisschen über sich auspacken. Wir anderen hatten uns auch weiß Gott mit genug Stress rumzuschlagen.

»Okay«, sagte Boy aus den Bergen, nachdem er kurz die Augen geschlossen und wieder geöffnet hatte. »Kann sich jemand von euch an seinen ersten Tag in der Secondary School erinnern?«

Ich hatte dieselbe Primary School wie Jonah und Bit besucht, also sind wir an unserem ersten Tag an der South Crong High gleich zusammen losgezogen. Ich konnte mich gut dran erinnern. Jonah und ich haben Bit wegen seiner neuen Schuluniform verarscht, weil sie ihm viel zu groß war. Anscheinend hatte Bits Mum gemeint, er würde noch reinwachsen. Ich hatte Witze gemacht, dass er weiterwachsen müsste, bis er hundertundacht Jahre alt war, wenn er da jemals reinpassen wollte. Immer wenn Bit sich bewegte, hörte man was schlabbern, also taufte ich ihn Schlabber-Schlabb. Bit stand nicht drauf und nach der Schule ging er alleine und beleidigt nach Hause. Außerdem erinnere ich mich auch noch, dass Nesta mich voll peinlich fand. Ich wollte mich in der Mittagspause neben ihn setzen, aber er ist weg, hat mir gesagt, ich soll ihm nicht nachlaufen, und drauf bestanden, dass ich meinen fetten Hintern aus seinem Blickfeld schiebe. Als ich nach Hause kam, erzählte ich Mum davon, und dann bekam er voll was zu hören. Am selben Abend verdrehte Nesta mir den Arm, weil ich ihn verpetzt hatte.

»Ich erinnere mich viel zu gut an die Woche«, sagte Boy aus den Bergen. »Am Wochenende davor hatte Mum mir alles brandneu gekauft, sogar eine scheiß Aktentasche, die mir überhaupt nicht gefallen hat – ich wollte einen Rucksack wie alle anderen. Dann ist sie am Sonntagnachmittag mit mir zum Friseur gegangen – ich hab ausgesehen wie ein Chorknabe!«

»In welcher Klasse warst du?«, fragte Venetia.

»Der von Mr Bolton«, sagte Boy aus den Bergen.

»War nicht auch Mad Vincent Chapman bei Bolton in der Klasse?«, fragte Jonah.

Boy aus den Bergen nickte. Plötzlich guckte er ganz traurig und starrte zu Boden.

»Ich wollte nicht, dass Mum mich hinbringt«, erzählte Boy aus den Bergen weiter. »Ich wollte alleine gehen. Die Aktentasche war schon schlimm genug – o Gott! Als ich auf dem Schulhof gewartet habe, bin ich mir vorgekommen wie ein Vollidiot. Alle fanden mich echt komisch. Ich weiß nicht wer, aber irgendein Bruder hat mich *Rich Kid* genannt. Nach der ersten Versammlung in der Aula sind wir in unsere Klassenzimmer gegangen.«

»O ja«, sagte Jonah. »Daran kann ich mich auch noch erinnern. Bit war sauer, weil er nicht mit mir in einer Klasse war.«

»Nee, ich war sauer, weil du dich die ganze Zeit über meine Uniform lustig gemacht hast!«, gab Bit zurück.

»Hört auf, ihr beiden!«, sagte Saira. »Lasst ihn reden. Was ist passiert, als du ins Klassenzimmer gekommen bist?«

Boy aus den Bergen schaute auf den gepflasterten Gehweg, als wär's das Faszinierendste, was er je gesehen hatte. »Hab vor Vincent gesessen, ganz hinten links. Und er hat sich kaputtgelacht. Als ich aufgetaucht bin, ist er durchgedreht. Er ist aufgesprungen, hat mir meine Aktentasche abgenommen, fand das alles wahnsinnig witzig. Bolton hat gesagt, dass er sie mir wiedergeben soll, aber er hat sich gar nicht drum gekümmert.«

»Chapman stand auf so einen Mist – voll der Angeber«, sagte ich.
»Ja«, nickte Venetia. »Der war ein Idiot.«

»Dann hat er meine Aktentasche auf dem Boden ausgekippt«,
fuhr Boy aus den Bergen fort. »Meine Brote sind rausgefallen, meine
Federtasche, mein Winkelmesser, mein Kompass, mein Lineal, mein
Spitzer, mein Taschenrechner ... alles, was ich dabeihatte. Alles neu.
Und ein Zettel von meiner Mum – da waren lauter so kleine Smiley-
Aufkleber drauf –, keine Ahnung, warum sie das gemacht hat. Jeden-
falls fing Chapman an, alles im Klassenzimmer rumzutreten, dabei hat
er sich weggeschmissen vor Lachen.«

»Und was hat Bolton gemacht?«, fragte Venetia.

»Irgendwann hat er ihn dazu gebracht, aufzuhören«, antwortete
er, »aber Vincent hat sich geweigert, meine Sachen aufzuheben – das
musste ich selbst machen, auf Händen und Knien. Natürlich haben
alle gelacht. Kann's ihnen nicht vorwerfen.«

»Musste Chapman nachsitzen?«, fragte Jonah.

»Nope«, erwiderte Boy aus den Bergen. »Weil's der erste Tag
war, wurde er bloß ermahnt. Auf dem Nachhauseweg hab ich meine
Sachen in eine Plastiktüte gesteckt und meine Aktentasche in den
Crongton Stream geworfen. So einen Scheiß wollte ich einfach nie
wieder mitmachen müssen.«

»Hast du's deiner Mum erzählt?«, wollte Saira wissen.

»Nein«, erwiderte er. »Als ich nach Hause gekommen bin, war
sie nicht da. Dad auch nicht. Die haben überhaupt erst Tage später gemerkt, dass meine Tasche weg war.«

Er tat mir leid. Mich hatten an meinem ersten Tag alle wegen meines Gewichts verarscht.

Tambo der Wampo!

Kloßteig!

General Schwarte!

Vielleicht hatte ich Boy aus den Bergen deshalb geholfen. Irgendwie, egal ob arm oder reich, waren wir uns ähnlich.

Plötzlich ging es mir auf: Eigentlich mochte ich ihn. Wir waren
echt Freunde. Hatte halt nur länger gedauert, bis ich's kapiert hatte.

19

FIRECLAW HEATH

DIE ZEIT VERGING SCHNELL, während wir uns Geschichten vom ersten Tag an der neuen Schule erzählten. Wir erfuhren, dass Venetia ernsthaft in einen Lehrer verknallt gewesen war, aber sie wollte nicht verraten, in welchen (Bit fand's gar nicht witzig …). Ich wollte Saira gerade nach ihrem ersten Tag im Schulwahnsinn fragen, als vor dem Taxiladen ein schwarzer Wagen vorfuhr und ein Typ mit schwarzen Schuhen, blauer Hose und weißem Hemd ausstieg. Er war glatt rasiert *und* um seinen Hals baumelte eine Taxi-Lizenz. Er sah aus wie einer, der täglich von neun bis fünf in der Bank arbeitet. Er verlangsamte seinen Schritt, um uns besser begutachten zu können, dann ging er vorbei, verschwand im Büro.

»Wenigstens sieht der nicht so komisch aus«, flüsterte Venetia hoffnungsvoll. Wir standen alle auf. In einer halben Stunde würden uns die Straßen von South Crong willkommen heißen. Erleichterung überkam mich. Ich hoffte, dass Nesta mich nicht mit einem Haufen ungeahnter Fragen erwartete und wissen wollte, wo ich gewesen war. Schwer vorstellbar, dass nicht. Und Dad – wahrscheinlich hatte er inzwischen von der Arbeit aus angerufen, um sich nach mir zu erkundigen. *So oder so würde ich vor Ablauf der Nacht noch eine Abreibung kassieren. Und zwar von meiner eigenen Familie!*

»Gebt mir, was ihr einstecken habt«, bat Bit. »Falls er einen Vorschuss will.«

Alle gaben Bit ihre Münzen außer mir, weil ich keinen miesen Penny zu geben hatte. Ich schämte mich so sehr, dass ich den anderen gar nicht in die Augen schauen konnte. Wir warteten am Wagen. Der Fahrer tauchte wieder auf. Ein paar Sekunden lang sah er uns durchdringend an – ich glaube, den Anblick von Boy aus den Bergen fand er nicht so prickelnd. Die beiden Mädchen aber lächelte er an. »Ihr wollt alle nach South Crongton?«, fragte er und fixierte Saira.

»Ja«, erwiderte Bit.

»Da legen wir unsere müden Häupter schlafen«, ergänzte Saira.

»Euch ist klar, dass ich über Fireclaw Heath reinfahren muss?«, fragte der Fahrer. »Und das wird teurer.«

»Wir wissen Bescheid«, erwiderte Saira.

»Okay«, sagte der Mann. »Steigt ein.«

Wir sprangen in den Wagen – eine Großraumlimousine. Bit und Venetia saßen vorne. Saira und Jonah in der Mitte und Boy aus den Bergen und ich parkten hinten. Die Sitze waren aus Leder. Boy aus den Bergen schloss seinen Sicherheitsgurt – ich kümmerte mich nicht um meinen. Auf dem Armaturenbrett war ein Navi befestigt. Ein irgendwie widerlich süßlicher Geruch stieg mir in die Nase – ich glaube, Lavendel war's, aber falscher Lavendel, aus Chemie. Zwei winzige britische Bulldogen baumelten vom Rückspiegel. Das Autoradio lief. Eine Frau las den Wetterbericht. Der Fahrer drehte den Schlüssel im Zündschloss und der Motor sprang an.

»Ich bin Edwin«, sagte er und grinste Venetia an. Seine Zähne waren noch gerader als die von dem Fahrer mit dem Wahnsinnsbart.

»Nichts für ungut, Leute, aber bei uns ist es üblich, eine Anzahlung zu verlangen, wenn wir Teenager befördern oder andere Leute, die ein bisschen, ihr wisst schon … anders aussehen.«

Boy aus den Bergen schimpfte leise. Mit *anders* hatte Edwin ihn gemeint.

Bit kramte in seiner Tasche und zählte sieben Pfund. Platzende Reifen! *Nimmt er unsere magere Anzahlung, oder setzt er uns an die frische Luft?*

»Das ist, was wir an Kleingeld haben«, sagte Bit.

Du meinst wohl, jeder verdammte Penny.

Edwin guckte ein bisschen skeptisch, lächelte Venetia aber schief an und nahm das Geld.

Danke, König Artus!

»Danke«, sagte Edwin. »Manchmal müssen wir halt vorsichtig sein.«

Edwin blinkte, sah in seine Spiegel und schaltete langsam alle Gänge rauf, während wir die High Street entlangglitten. Gut, endlich Notre Dame verlassen zu können (obwohl ich ein anderes Mal wiederkommen wollte, wenn der Laden mit den Torten geöffnet hatte – nur mal ein bisschen was probieren …).

Wenige Minuten später sahen wir schon offene Felder, Sträucher und Wildnis auf beiden Seiten. Es war jetzt richtig dunkel und verlassen. Ich stellte mir Wölfe und Bären vor, die da draußen süße kleine Häschen fraßen. Auf der Straße ersetzten Reflektoren die Straßenlaternen. Der Mond war dick und saftig und verbreitete ein Licht, bei dem mir voll unheimlich wurde.

Ab und zu warf ich einen Blick auf Edwin im Rückspiegel. Er guckte Venetia und Saira mindestens so oft an wie die Straße vor uns. Ich dachte, dass Venetia es gemerkt hatte, weil sie sich so dicht wie möglich an Bit geschoben hatte. Saira war allerdings viel zu müde, um noch viel zu merken. Ihr fielen immer wieder die Augen zu, sie kämpfte gegen den Schlaf. Jonah rutschte immer näher an sie heran, wie der sabbernde Köter, der er war, er wollte endlich zum Zug kommen.

Schweigend überquerten wir Fireclaw Heath. Ich schätze mal, wir waren alle verdammt müde. Das Navi leuchtete hell. Die Fahrt verlief geschmeidig. Ich entdeckte ein Straßenschild, auf dem stand: *Crongton 7 Meilen.* Der Fahrer verlangsamte, parkte am Rand an ein paar Büschen und schüttelte den Kopf.

Knutschende Ritter!

»Was ist los?«, fragte Bit.

»Mir ist unwohl bei der Sache«, sagte Edwin. »Ich hab neulich erst drei Teenager nach North Crongton gefahren, die mir aus dem Wagen abgehauen sind, ohne zu bezahlen.«

»Wir haben schon was angezahlt«, sagte Saira, jetzt hellwach. »Glauben Sie mir, wir lassen Sie nicht hängen.«

»Ich hätte euch eigentlich drum bitten müssen, bevor wir losgefahren sind, ich weiß, aber könnt ihr mir wenigstens zeigen, dass ihr den gesamten Betrag habt? Das sind noch mal dreiundzwanzig Pfund.«

Schweigen. Jonah und Saira rutschten auf ihren Sitzen herum. Bit und Venetia sahen einander an. Ich wusste nicht, was ich sagen sollte. Boy aus den Bergen starrte aus dem Fenster – aber da gab's nichts zu sehen.

»Sie bekommen Trinkgeld von mir, wenn Sie mich zuerst nach Hause fahren«, bot Boy aus den Bergen an, schaute plötzlich den Fahrer direkt an. »Ich wohne gleich an Crongton Heath, in Ripcorn Wood.«

»Wofür hältst du mich?«, fuhr Edwin ihn an. »Steht mir Vollidiot auf die Stirn geschrieben?«

»Ich lüg nicht«, sagte Boy aus den Bergen. »Ich geb Ihnen vierzig.«

»So wie du aussiehst, kannst du keine vierzig Pence auftreiben, ganz zu schweigen von vierzig Pfund«, spottete der Fahrer. »Wenn ich in Crongton Heath halte, seid ihr alle verschwunden. Glaubt ihr, ich bin bescheuert?«

»Ich lüg nicht«, wiederholte Boy aus den Bergen. »Vierzig Pfund. Glauben Sie mir, ich bin *bona fide*. Meine Mum wird's Ihnen geben – inzwischen müsste sie zu Hause sein.«

Ich wusste nicht, was ›bona fide‹ bedeutete, aber ich hielt die Klappe, weil es unsere einzige Chance war. Selbst wenn mein Dad zu Hause gewesen wäre, wusste ich nicht, wo er vierzig Pfund hätte hernehmen sollen. Jonah hatte dieselben Sorgen. Wenn Boy aus den Bergen die Nummer durchzog, würde ich ihn vielleicht sogar fragen, ob ich bei ihm übernachten und ein paar Runden Pool mit ihm spielen durfte – alles nur, um das Drama hinauszuzögern, Nesta zu begegnen.

»Dann fahren Sie zuerst zu mir«, schlug Venetia Edwin vor. »Mein Dad wird Ihnen den Rest vom Fahrgeld geben – aber dreißig Pfund, keine vierzig.«

»Sicher?«, wollte Edwin noch mal bestätigt haben.

»Sicher«, nickte Venetia. »Mein Dad wird cool sein.«

Saira warf Venetia einen schiefen Blick zu. Sie dachte, was ich dachte – Venetias Dad würde alles andere als cool sein.

168

Edwin drehte das Radio runter, rieb sich am Kinn, dachte drüber nach, schaute Saira im Rückspiegel an, dann fixierte er Venetia erneut.

»Darauf kann ich mich nicht verlassen«, sagte Edwin leise. »Ich lass mich nicht noch mal zum Idioten machen.«

»Was soll das heißen?«, fragte Venetia.

»Was das heißen soll?«, wiederholte Edwin. »Dass ich nicht noch mal irgendwelchen Schatten durch den Park nachjage!«

»Und wie kommen wir dann zurück?«, wollte Venetia wissen.

Erneut Schweigen. Ich spielte mit den Zehen, bereitete mich auf den Fußmarsch vor. Ich schaute Boy aus den Bergen an, er schüttelte den Kopf. Ich sah Saira an, sie kochte innerlich. Der rote Pfeil auf dem Navi pausierte.

»Ich sag euch, was ich mache«, sagte Edwin und beugte sich zu Venetia rüber. »Ich kann euch nicht alle sechs nach Crongton fahren – ich trau der Sache nicht –, aber da zwei Mädchen dabei sind … «

»Wir haben die Fahrt schon angezahlt!«, tobte Bit.

»Und mit der Anzahlung kommt ihr genau bis hierher!«, blaffte der Fahrer. »Hört zu! Ich bin bereit, die beiden Mädchen nach Hause zu bringen – ich glaub nicht, dass die mir davonlaufen –, aber ihr Jungs? Tut mir leid.«

Dabei hätte ich schon Probleme, einer Schildkröte davonzulaufen, die einen Wäschesack schleppt.

Ich sah Bit an. Allmählich pfiff der Deckel auf seinem Kessel. Er wollte was sagen, aber Venetia kam ihm zuvor.

»Glauben Sie, ich fahr mit Ihnen und lass meine Brüder hier? Wir sind zusammen nach Notre Dame und wir kehren auch *zusammen* wieder zurück!«

»Das ist mein Angebot«, sagte Edwin, der jetzt geradeaus durch die Windschutzscheibe stierte.

»Ist das Ihr verdammter Ernst?«, wollte Saira wissen, beugte sich vor. »*Siktir Lan!*«

»Dann sind Sie also so eine Art Heiliger, weil Sie die Mädchen nach Hause bringen wollen? Aber vier Brüder auf Murder Heath aussetzen ist okay, oder wie?«, fragte Jonah. »Wieso fahren Sie uns nicht einfach zur Hölle Dotcom und lassen uns dort stehen?«

Edwin ignorierte Jonah und grinste erneut die Mädchen an. Venetia löste ihren Sicherheitsgurt.

Links von mir hörte ich ein weiteres Klicken. Boy aus den Bergen stieg aus dem Wagen. Er sah mich an. »Kommst du?«, fragte er. »Scheiß auf den Typen.«

»Sie blödes *Arschloch*!«, brüllte Saira Edwin an.

Edwin drehte sich zu ihr um. »Und du hast ein ganz schön dreckiges Mundwerk für ein Mädchen mit einem so hübschen Gesicht«, sagte er. »Haben die dir keine Manieren beigebracht, da wo du herkommst?«

Saira sog irgendwas Toxisches tief aus ihrer Brust nach oben in die Nase und rotzte es Edwin von scheußlichen Geräuschen begleitet ins Gesicht. *Klatsch!* Schön war das nicht. Eine Masse aus Spucke und den klebrigen, halb verdauten Resten zerkauter Kekse landete auf Edwins Nase. Ein bisschen was tropfte herunter. Edwin blieb offenbar bewegungsunfähig sitzen. Seine Augen glubschten aus seinem Kopf wie die von Kermit, die Finger hielt er gespreizt. Er wusste nicht, wo er zuerst wischen sollte. Ich konnte gar nicht hinsehen! Irgendwo in meiner Kehle verbarg sich ein Lachen, aber ich hielt es lieber unter Verschluss.

Bit und Venetia stiegen auf der Beifahrerseite aus. Jonah beeilte sich ebenfalls rauszukommen. »*Anani avradini skikeyim!*«, tobte Saira. »Du wolltest uns alleine im Auto haben und schweinische Sachen machen, oder was? Ich zeig dich bei den Bullen an, du verfick...«

Bevor Saira ihre Schimpfattacke richtig starten konnte, löste ich ihren Sicherheitsgurt, packte sie am Arm und zerrte sie mit mir aus dem Taxi. »Raus aus dem Wagen!«, schrie ich sie an.

Edwin wischte sich mit dem Hemdsärmel übers Gesicht, schaute in den Rückspiegel.

»Verfluchter Perverser!«, brüllte Saira. »Ich hoffe, dir zertrampelt einer die Eier und ...«

»Weg vom Wagen«, unterbrach ich Saira erneut in ihrem Fluchfluss.

»Verfluchte Schlampe!«, schrie Edwin Saira an. »Verfluchte Schlampe! Hau ab, verschwinde dahin, wo du herkommst!«

»Lutsch deinen Schaltknüppel, du Arschgesicht!«, schrie sie zurück.

Wut und Fassungslosigkeit standen Edwin ins Gesicht geschrieben, als er aus dem Wagen stieg und die Beifahrertür zuknallte. Dann sprang er hinter das Steuer. Wir hörten die Verriegelung einrasten und sahen zu, wie Edwin rasant in drei Zügen wendete, den Kühler wieder nach Notre Dame ausrichtete und mit quietschenden Reifen anfuhr.

»Das war vielleicht schräg«, meinte Boy aus den Bergen. »Hat sich jemand das Nummernschild gemerkt?«

»Schräg ist stark untertrieben«, meinte Venetia. »Die ersten drei Buchstaben waren TRX – dann eine vier – den Rest hab ich nicht gesehen.«

»Schreib's trotzdem auf«, sagte ich. »So viele Taxifahrer mit diesen ersten vier Stellen wird's nicht geben.«

Venetia zog einen Stift und einen Notizblock hervor. O Mann! Eine echte Hermine.

Wir sahen zu, wie die roten Rücklichter in der Ferne verschwanden, die Scheinwerfer bohrten sich in den Dunst über den Feldern. Dann bog er um eine Kurve und tauchte ab. Auf der Straße war es ruhig, dunkel und still. Wir waren alleine.

Ich drehte mich zu Saira um. »Alles klar bei dir?«, fragte ich.

»Jetzt schon«, erwiderte sie. »Ich frag mich, was der Perverse mit V und mir vorhatte.«

Die Frage wollte ich nicht beantworten. Nicht mal drüber nachdenken.

Wir standen mitten auf der Straße. Es wehte ein kühles, angenehm erfrischendes Lüftchen. Dadurch wurde das Atmen leichter. Im Gebüsch raschelte es. Der Mann im Mond schaute auf uns runter, wahrscheinlich lachte er uns aus.

Ich sah mich um und fragte mich laut, ob es hier in der Gegend wilde Tiere gab.

»Nur Rehe«, erwiderte Boy aus den Bergen. »Vielleicht Füchse. Könnte auch die ein oder andere Schlange rumkriechen.«

»Und Dachse«, ergänzte Venetia.

»Was sind Dachse?«, wollte Saira wissen.

»So eine Art Mischung zwischen einem Fuchs und einem Reh«, versuchte ich zu erklären. »Würde mir keinen braten und mit grünen Bohnen servieren.«

»Obwohl du Füchse und Rehe ohne Bedenken verspeist«, witzelte Bit. »Vielleicht sogar ein Stinktier als Beilage!«

Ich schubste Jonah an. Er machte nicht mit bei der Verarsche.

»Ich kann's einfach nicht glauben«, wiederholte er, schüttelte immer noch den Kopf. »Wisst ihr, was meine Mum mit mir macht? Was soll ich ihr bloß sagen? Wann kommen wir denn jetzt nach South Crong?«

»Je schneller wir fliegen«, sagte Boy aus den Bergen, »umso schneller landen wir auch.«

20

NACHTWANDERUNG

»HABT IHR VERGESSEN, dass wir durch North Crong müssen?«, erinnerte Jonah uns. »Und heute Nacht gibt's da Straßenschlachten. Wir haben keine Ahnung, was zum Teufel überhaupt los ist! South Crong könnte längst in Flammen stehen. Und ihr wisst, wie die Bullen sind. Die nehmen überall Leute fest – auch wenn du bloß ein Schaufenster anguckst oder Wasser aus einer Flasche trinkst! Und was die Bullen mit den Brüdern in den Zellen machen, wissen wir auch.«

»Schönen Dank, Mr Optimist«, sagte ich. »Jetzt geht's mir gleich viel besser!«

»Was sollen wir denn deiner Meinung nach tun?«, entgegnete Bit. »Hier auf Fireclaw Heath bleiben und einen Dachs frühstücken? Und tut mir leid, dass ich keine verfluchte Drohne über Crong Central kreisen hab, die das Geschehen dort für uns filmt!«

»Ich weiß nicht, wieso ich auf euch gehört und bei der Mission mitgemacht hab«, erwiderte Jonah. »Ich wäre zehn Mal fast umgekommen, mein Handy bin ich los, und niemand hört auch nur für den Bruchteil einer Sekunde auf mich, wenn ich davor warne, in was für einen Wahnsinn wir uns reinbegeben!«

»Du hast dein Handy scheiße gefunden! Hätten wir auf dich gehört, wären wir nirgendwohin gegangen und Sergio hätte immer noch die Bilder auf seinem Telefon«, sagte Bit.

»Und was ist der Preis?«, fragte Jonah. »Das war eine bescheuerte Mission! Alles nur wegen dem Handy von einem Mädchen! Wär's meins gewesen, hätte es dich einen Scheiß interessiert! Aber weißt du was? Ich bin trotzdem mitgekommen, weil ihr meine Kumpels seid.«

»Beruhigt euch, Jungs«, bat Venetia.

»Beruhigen!«, wiederholte Jonah. »Ist das dein Ernst? Wegen *dir* stecken wir hier mitten in Nirgendwo Dotcom fest. Busse fahren keine, und wenn wir nach North Crong kommen, nehmen uns die Gettoratten dort nicht bloß aus, die werden uns verprügeln, abstechen und in irgendeinen riesigen North-Crong-Müllcontainer schmeißen.«

»Bist schon ein zuversichtlicher kleiner Sonnenschein, oder?«, sagte ich zu Jonah. »Venetia ist doch nicht schuld an dem, was passiert ist.«

»Du hättest ja nicht mitkommen müssen!« Bit hob die Stimme gegen Jonah.

»Bin ich aber – weil ich dir und deinem Zwergenarsch helfen wollte!«, fauchte Jonah zurück. »Und krieg ich dafür wenigstens ein *Danke Jonah, dass du uns unterstützt?* Nein, nicht mal das.«

»Du wärst besser zu Hause geblieben«, tobte Bit. »Jammerst mir sowieso nur die Ohren voll!«

»Kommt runter!«, sagte ich und trat zwischen die beiden, streckte die Arme aus, um sie auf Abstand voneinander zu halten.

»Ich jammere?«, wiederholte Jonah und stieß meine Hand weg. »Hör auf, hier vor deinem Mädchen den Helden zu spielen! Und so zu tun, als wärst du so verdammt unschuldig! Man könnte glauben, du hättest in deinem ganzen Leben nie was falsch gemacht!«

»Was willst du damit sagen?«, gab Bit zurück. »Jedenfalls drücke ich mich nicht vor unangenehmen Aufgaben! Meinst du, ich hab nicht gemerkt, dass du als Letzter auf Sergio los bist. Sogar Saira und Venetia sind noch vor dir in die Wohnung und auf ihn drauf!«

Jonah verengte die Augen. Etwas Böses stand ihm auf die Stirn geschrieben. Wütend fixierte er Bit.

»Ja«, sagte er. »Vielleicht jammer ich dir die Ohren voll, und vielleicht hab ich mich auch als Letzter auf Sergio gestürzt ... aber wenigstens verstecke *ich* keine Knarren für Gangster.«

Rauchende Colts! Gerade war ein Riesenkackhaufen mit Karacho auf den Fallschirm gekracht, gar keine Frage.

Jonah, was hast du getan?

Bit wollte etwas sagen, bekam aber nichts raus.

Tränen stiegen ihm in die Augen.

Es gab ein Wort für das, was gerade passiert war: *Verrat*.

Ich weiß nicht, wie lange Stille herrschte.

Venetia starrte Bit völlig entgeistert an.

Bit starrte Jonah an – jetzt war blinder Zorn angesagt.

Die Barbaren stürmten der Burg entgegen.

Plötzlich merkte Jonah, dass die dunkle Seite nahte, und wich einen Schritt zurück, hob vorsorglich die Hände, und noch bevor ich etwas sagen oder tun konnte, stieß Bit ein ohrenbetäubendes Gebrüll aus, stürzte sich auf Jonah und warf ihn glatt um.

Dann schlug er zu. Immer und immer wieder, und fluchte dabei wie ein South-Crong-Rapper.

»Hör auf!«, schrie Saira. »Hör auf!«

Es gelang mir, Bit um die Hüfte zu fassen und wegzuziehen. Wir fielen auf den Grasstreifen. Er trat und wand sich immer noch, versuchte sich loszumachen. Ich glaube nicht, dass es Absicht war, aber er gab mir eine Kopfnuss ans Kinn, sodass ich mir fest auf die Zunge biss. Schmerz füllte meinen gesamten Mund und meine Kehle. Bit war zwar klein, aber Energie hatte er und wie!

»Ich bring ihn um!«, tobte er. »Mit seiner großen Fresse! Ich mach ihn fertig!«

Ich packte Bit noch fester. Boy aus den Bergen zog Jonah in die entgegengesetzte Richtung davon.

Ich konnte es nicht glauben! Meine beiden besten Freunde gingen sich gegenseitig an die Kehle. Wieso hatte Jonah davon anfangen müssen? Er hätte auch was anderes sagen können – *irgendwas*. Das mit der Pistole war unser Geheimnis. Wir hatten versprochen – einen Eid geschworen, schon vor Monaten –, dass wir es niemals ausplaudern würden. Das war Soldatenehre. Ich glaube, auch deshalb hielten wir immer so zusammen.

Aber nach nur einem einzigen irren Ausbruch war das ganze Vertrauen dahin. Und wenn ich seit Mums Tod eins von Dad und Nesta gelernt hatte, dann, dass eine Beziehung ohne Vertrauen schmilzt wie ein Schokoriegel auf dem Grill.

Bit zappelte immer noch, aber allmählich wurde er durch mein Gewicht und meinen Klammergriff müde. Ich hörte ihn schwer atmen. Seine Wangen waren feucht vor Tränen. Mir stand Schweiß im Gesicht.

»Lass mich los!«, brüllte Bit. »Ich lass ihn ja schon in Ruhe. Schieb deinen fetten Arsch runter von mir!«

Vorsichtig löste ich meinen Griff und stand erschöpft auf. Bit keuchte immer noch schwer. Einen Moment lang dachte ich, er hätte einen Asthmaanfall. Mir ging's auch nicht gerade großartig – meine Brust war wie zugeschnürt und ich hatte das Gefühl, irgendwas lief schief. Zum Glück setzte er kein zweites Mal an – ich hätte auf keinen Fall Energie für eine weitere Runde gehabt.

Ich stützte mich mit den Händen auf die Knie, versuchte meine Atmung unter Kontrolle zu bekommen, als ich leise Schritte hörte. Ich schaute auf und sah Saira. Ich trat auf sie zu. »Dein Mund«, sagte sie. »Du spuckst ja Blut.« Sie gab mir eins von ihren Taschentüchern. Ich tupfte meine Zunge ab. Es brannte wie Hölle. Saira gegenüber versuchte ich natürlich so zu tun, als sei's nicht so schlimm. Ich glaub nicht, dass sie's mir abgekauft hat.

Bit saß immer noch auf dem Boden, ließ den Kopf hängen. Venetia ging langsam auf ihn zu. Sie hatte die Arme verschränkt. Aus dem Augenwinkel sah ich Boy aus den Bergen ein bisschen weiter weg bei Jonah sitzen und ruhig mit ihm sprechen. Saira guckte mit mir die anderen an.

Venetia stand direkt über Bit gebeugt. Bit hatte sich zurückgelehnt, als würde er mit einer Schimpfattacke von seiner Mum rechnen.

»Ich … ich wollte ja beichten«, sagte er. »Das war alles so ein Chaos, V. Zum Schluss hat meine Schwester das Ding weggeschmissen … «

Venetia sagte kein Wort. Ihre Augen richteten sich wie brennende Gasringe auf Bit. Alle wussten, worum es ging: Colette.

Bit versuchte es zu erklären. »Ich weiß, dass ich Scheiße gebaut habe. Große Scheiße. Manjaro hat mich erpresst … «

»Du hast gewusst, was ich von Gangstern mit Schusswaffen halte, die unschuldige Leute abknallen«, sagte Venetia mit gesenkter Stimme. Wieder Pause. Der Zorn, den sie gerade innerlich runterlud, ließ ihre Brust beben.

»Du hast das *gewusst!*«, wiederholte Venetia.

Bits Augen quollen über. Er liebte Venetia über alles, aber was er verbockt hatte, würde er niemals wiedergutmachen können. Gar nicht leicht, das mitanzusehen.

Saira kaute an ihren Fingernägeln. Boy aus den Bergen saß mit Jonah auf der anderen Straßenseite. Jonah starrte zu Boden und wünschte, davon verschluckt zu werden.

Ich wünschte, ich hätte gewusst, was ich sagen sollte. Irgendwas. Egal.

Venetia drehte sich zu mir um, ihre Augen waren feucht, rot und glühten vor Schmerz darüber, verraten worden zu sein. »Hast *du*'s auch gewusst, McKay? Und lüg mich *nicht* an.«

Ich trat einen Schritt zurück.

»Hast du's gewusst?!«, schrie Venetia.

Ich trat noch einen Schritt zurück und nickte.

Venetia wandte sich an Jonah. »Und *du* auch? Ihr habt's alle gewusst?«

»Ich … ich nicht«, brachte Boy aus den Bergen hervor. »Ich hatte keine Ahnung.«

Jonah antwortete nicht. In dem Moment hatte er offensichtlich größere Angst vor Venetia als vor sämtlichen Ghettoratten aus North Crong.

»Aber Bit war nicht alleine schuld … «, sagte ich.

»Halte deine Zunge im Zaum!«, warnte mich Venetia. Sie drehte sich wieder zu Bit um. »Ich hab dir *alles* erzählt. Wie ich Colettes Mum geholfen hab, sie anzuziehen, damit sie hübsch aussieht im Sarg. Dass ihre Mum noch immer nicht drüber weg ist. Dass sie jeden Nachmittag um vier damit rechnet, dass Colette aus der Schule nach Hause kommt.«

»Ich weiß«, sagte Bit.

Venetia trat näher an Bit heran, beugte sich runter, schob ihr

Gesicht vor seins. »Ihre Mum kann nicht mal ihre Klamotten weg-werfen – *die hängen noch in ihrem Schrank!* Ihre Schulbücher sind noch in der Tasche in ihrem Zimmer. Eine Pistole, Bit? Im Ernst? Bist du ei-ner von den Brüdern, die sich für Hardcore halten, nur weil sie Knar-ren mit sich rumschleppen? Colette wurde durch so was getötet.«

»Tut mir so leid«, presste Bit hervor. »Ich wollte das Richtige tun. Ich weiß, dass ich schei…«

»Du hast gewusst, was meine Familie durchgemacht hat. Was denkst du wohl, warum ihnen ihr Glaube so wichtig ist? Ich hab dir vertraut, ich hab dich eingeweiht; du hast miterlebt, was Schusswaffen mit Menschen machen, und die ganze Zeit über … hast du im Auftrag eines Gangsters eine Pistole versteckt, Bit. Und hast mich in dem Glauben gelassen, dass du eine blitzblank reine Weste hast – du bist genauso dreckig und gemein wie die anderen!«

»Bin ich nicht! Wenn du mir nur mal die Chance geben würdest, es dir zu erklären. Ich war …«

»*Sprich nicht mit mir!*«, schrie Venetia. »Verschandel mir nicht die verdammte Sicht!«

Venetia drehte sich um und ging zu Saira. Saira nahm sie in den Arm. Bit stand nicht auf. Fast hätte ich mit ihm Tränen vergossen. Ich ging zu ihm, setzte mich und legte ihm meine Hand auf die Schulter. Drückte sie. Er guckte weg.

Die Zeit verging. Nach einer Weile hörte Bit auf zu weinen, aber er war total niedergeschlagen. »Ich komm schon klar«, sagte er. »Geht ruhig weiter. Ich hol euch nachher ein – morgen vielleicht … oder ir-gendwann.«

»Was redest du da, Bro?«, sagte ich. »Ich lass dich hier nicht sitzen.«

»Aber ich geh nirgendwohin«, erwiderte Bit. Wieder kamen ihm die Tränen. »Lasst mich einfach alleine.«

»Ist das dein Ernst? Irgendwo da draußen ist ein hungriger Fuchs. Wenn der dich entdeckt, sieht er sein Abendbrot, und noch ein Reste-essen zum Frühstück!«

Bit sprang nicht an auf meinen Versuch, Humor in die Sache zu bringen. Ich beschloss, ihn eine Weile in Ruhe zu lassen und die Stimmung bei Jonah und Boy aus den Bergen zu testen.

Jonah schüttelte den Kopf, als wollte er ihn sich vom Hals schrauben. »Sag ihm, es tut mir leid«, sagte er. »Mir hat einfach die Situation zugesetzt. Ich wollte das nicht ausplaudern. Sag ihm … «

»Wieso?«, fragte ich ihn. »Was zum Kuckuck haben die dir heute in den Kürbissaft gekippt? Wieso?«

Jonah antwortete nicht. Er starrte seine Turnschuhe an.

»Wenn die Kacke verdampft ist, solltest du ihm selbst sagen, dass es dir leidtut«, riet ich Jonah. »Besser, wenn's von dir kommt.«

Jonah nickte, wollte mich aber immer noch nicht ansehen.

»Ist das wahr?«, fragte Boy aus den Bergen. Fassungslosigkeit stand ihm im Gesicht. »Bit hat für Manjaro eine Pistole versteckt? *Bit?* Ich kann's kaum glauben. Weiß er auch, wo Manjaro sich verkrochen hat?«

Ich dachte drüber nach. Boy aus den Bergen war jetzt einer von uns. Ich wollte ihm vertrauen – und vielleicht, nach allem, was gerade passiert war, *musste* ich ihm auch vertrauen.

»Natürlich nicht! Das war voll die vertrackte Situation. Manjaro war mal mit Bits Schwester zusammen, Elaine. Die hat sogar ein Baby mit dem. Ist total kompliziert.«

Boy aus den Bergen bekam große Augen.

Ich schaute mich um. Ein Wagen näherte sich. Ich sah Bit im Scheinwerferlicht am Boden sitzen. Saira umarmte Venetia. Einen Augenblick lang überlegte ich, ob ich den Daumen rausstrecken sollte, überlegte es mir dann aber anders – erstens waren wir zu viele, und was war, wenn Bit, Jonah und V wieder anfingen? Der Wagen raste vorbei. Die roten Rücklichter verschwanden in der Ferne. Alles war wieder still.

»Hör mal, das ist der Wahnsinn und so – aber wir müssen trotzdem zurück«, sagte Boy aus den Bergen.

Da hatte er nicht unrecht. Wir mussten machen, was Dingens aus *Frozen* gemacht hatte, und einfach loslassen, was geschehen war. Wir mussten heil und als Crew wieder zurück nach South Crong, so wie wir losgezogen waren. Um den radioaktiven Niederschlag und das restliche Drama konnten wir uns morgen früh kümmern. *Aber nicht jetzt.* Ich lud Stahl in mein Rückgrat.

»Bleibt hier«, sagte ich zu Jonah und Boy aus den Bergen. »Geht nicht alleine los. Ich rede mit Venetia.«

»Bist du sicher?«, fragte Boy aus den Bergen. »Die kocht immer noch.«

»Stimmt«, gab ich ihm recht. »Die dreht echt am Rad, aber wir müssen *zusammen* nach Hause.«

Ich ging zu Venetia und Saira. Erst sahen sie mich gar nicht, also räusperte ich mich. Venetia schaute auf. Ihr Gesicht war feucht, ihre Augen voller Schmerz. Ich fragte mich, ob das wirklich alles nur wegen Bit war. Ich wandte mich an Saira. »Darf ... darf ich mal kurz mit Venetia reden?«

Saira sah Venetia an, die kurz nachdachte und dann nickte. Wir sahen Saira zusammen hinterher. Venetia wischte sich die Tränen aus dem Gesicht.

»Er wollte dir nicht wehtun«, fing ich an.

Venetia antwortete nicht. Sie schaute zum Mond.

»Das war eine abgefuckte Situation, weißt du, das mit Manjaro und seiner Schwester«, fuhr ich fort. »Bit hat nicht richtig funktioniert im Kopf. Glaub mir. Er weiß, dass er voll was falsch gemacht hat. Als Manjaro bei Bit in die Wohnung geplatzt ist, hat er seine Gran an die Wand gestoßen – die hätte sterben können. Bit auch. Manjaro ist richtig ausgeflippt. Hast sie doch selbst im Krankenhaus gesehen. An dem Abend, an dem das alles passiert ist, hat Manjaro Bit aufgelauert, weil er ihm die Pistole nicht zurückgegeben hat – Bit *wollte* sie wegwerfen. Das war der Deal – so und nicht anders, glaub mir. Zum Schluss hat er nämlich doch das Richtige gemacht. Und sogar jetzt, sechs Monate später, hat er immer noch voll Schiss, Manjaro über den Weg zu laufen. Er hätte umziehen können, aber seine Familie und er wollten bleiben, weil sie nicht den Kontakt zu ihren Freunden verlieren wollten.«

Sie hörte zu, das merkte ich.

»Seit der siebten Klasse steht er schon auf dich. Bit hat dich als Erster entdeckt, als du nach der Schule noch in der Turnhalle tanzen warst. Was glaubst du, wem er zuschaut, wenn wir Leichtathletik-Wettkämpfe haben? Der kommt nicht, weil er mir beim Kugelstoßen zusehen will. Und ja, vielleicht feuert er auch Jonah an, wenn der die Bahn attackiert, aber eigentlich kommt er nur wegen *dir*! Sag nicht, du hast noch nicht gemerkt, wie er ausflippt, wenn du ein Rennen gewinnst? Du weißt, dass das nicht gelogen ist.«

Venetias Blick flatterte kurz zu mir – ich verstand das als Zeichen, dass ich kleine Fortschritte machte.

»Jonah und ich haben ihn total verarscht, weil er sich bis zur Zehnten nicht mal getraut hat, auch nur ein Wort zu dir zu sagen. Nicht mal ein schüchternes Hallo oder ein liebes Guten Morgen.«

Wieder rührte Venetia sich ganz sachte. Ich vermutete, meine Ansprache erreichte sie allmählich, und außerdem war auch nichts davon gelogen.

»Als er das mit dir und Sergio mitbekommen hat, war er fix und fertig«, fuhr ich fort. »Das hat ihn echt übel verletzt – als wär sein Herz in eine Wanne voll Piranhas geplumpst. Er hat von nichts anderem mehr geredet. Dem ging's gar nicht gut.«

Venetia wandte sich zu mir um. »Ich wollte ihm nicht wehtun«, sagte sie. »Hab erst gar nicht kapiert, dass er so auf mich steht.«

»Überleg dir mal, was er heute Abend gemacht hat«, sagte ich. »Ehrlich gesagt, Jonah und ich waren nicht wirklich scharf auf die Mission, aber Bit hat nicht lockergelassen. Ich hab mit eigenen Augen gesehen, wie Bit zu Sergio in die Wohnung ist und einen Bruder verkloppen wollte, der doppelt so groß ist wie er selbst. Einer, der dir unrecht getan und dir den Respekt verweigert hat. Bit ist kein Nelson Mandela – und er schuldet dir auf jeden Fall eine fette Entschuldigung –, aber er würde niemals was tun, das dich verletzt oder in der Öffentlichkeit blöd dastehen lässt. Anders als Sergio.«

Venetia dachte darüber nach und nickte.

»Er fand's schlimm, was du für einen Stress hattest wegen der Bilder. Aber du darfst ihn nicht hassen, weil er einmal so bescheuert war und was falsch gemacht hat.«

»Ich hasse ihn nicht«, sagte Venetia. »Ich bin nur enttäuscht. Er ist in so vielem voll gut, aber *das* ist so daneben. Wie konnte er eine Pistole für Manjaro verstecken? Was hat er sich dabei gedacht?«

»Wir bauen alle mal Scheiße«, erwiderte ich.

»Wahrscheinlich schon ... du hast nicht unrecht – ich hätte mich überhaupt gar nicht erst auf Sergio einlassen sollen. Ich ... kann nicht glauben, dass ich ihm erlaubt hab ...«

»Hör mir noch mal zu«, fiel ich ihr ins Wort. »Das ist *krass* daneben, wenn er dir mit den Bildern droht. Für so was kann man ins Gefängnis kommen.«

»Ich glaube, ich war nicht bereit für ... ich hab nicht richtig nachgedacht«, gab V zu. »Ich glaube, ich hab überhaupt nicht mehr richtig nachgedacht, seit Colette ...«

»Ich weiß, wie das ist«, sagte ich zu Venetia.

»Wie was ist?«, erwiderte sie.

»Jemanden zu verlieren«, sagte ich.

Lange nach Mums Beerdigung dachte ich immer noch, wenn ich aus der Schule kam, dass sie jetzt mit ihrer Mango-Jackfrucht-Schürze in der Küche am Herd stehen und was Leckeres kochen würde. Dass sie mich anlächelt, wenn ich reinkomme, und mit mir redet, einfach Sachen erzählt. Das war immer so locker und normal gewesen bei uns.

»Hast du Hausaufgaben auf, McKay? Und vor dem Essen räumst du noch dein Zimmer auf! Aber vorher gibst du deiner Mutter noch ein Küsschen!«

Nach dem Essen spülte sie immer erst alles ab, bevor sie sich ausruhte. Dann guckte sie fern – sie stand auf diese amerikanische Serie *Scandal* – Dad hatte ihr die ganze Box gekauft. Sie ging nie ins Bett, ohne vorher noch mal nach mir zu sehen. Ich spürte einen Kuss auf der Stirn. Nesta meinte immer, ich sei zu alt dafür – aber ich hab nie mitbekommen, dass er Mum aus seinem Zimmer gejagt hätte.

»Muss schrecklich sein, wenn man seine Mum verliert«, sagte Venetia leise und voller Mitgefühl. Sie machte einen Schritt auf mich zu und umarmte mich – ich hoffte, dass sie meine verschwitzten Achseln nicht riechen konnte. »Ich wünschte, wir hätten alle was tun können, damit es dir besser geht.«

Ich löste mich aus Venetias Umarmung. Wir wurden anders erzogen, aber ich hatte das Gefühl, dass wir einander verstanden.

»Bit und seine Familie haben mir in der Zeit voll viel geholfen«, sagte ich. »Mein Dad hatte Probleme. Das mit seinem Zusammenbruch hast du gewusst, oder?«

»Hab davon gehört«, erwiderte sie. »Bit hat was gesagt. Wir haben alle echt mit dir mitgefühlt, aber wir wussten nicht, was wir sagen sollten.«

»Bit hat mir geholfen«, sagte ich. »Er hat mich sogar in seinem Bett schlafen lassen und hat selbst auf der Couch gepennt.«

»In so was ist er gut«, räumte Venetia ein.

Ich hatte jetzt den Mut, sie V zu nennen.

»Hör mal, V. Ich hab immer noch die Narben, Sis. Irgendwann hören die Leute auf, an die Tür zu klopfen und zu fragen, ob alles in Ordnung ist. Und irgendwann hören sie auch auf zu fragen, ob sie was tun können.«

»Ich hab's gehört, McKay«, nickte Venetia. »Ich hab dasselbe durchgemacht.«

»Du sammelst die ganzen Beileidskarten ein und packst sie in eine Kiste. Nach einer Weile willst du sie am liebsten alle zerreißen, weil du es nicht ertragen kannst, sie zu lesen. Ich wollte sie sogar verbrennen.«

Jetzt schenkte Venetia mir ihre maximale Aufmerksamkeit. Ihr standen Tränen in den Augen. Die hässliche Wahrheit war, dass es mir guttat, mal den ganzen Mist abzuladen, den ich ständig mit mir rumschleppte.

»Aber man kann nichts machen. Du kannst das ganze verdammte Ding nicht einfach wegwerfen, egal wie sehr du das auch willst«, fuhr ich fort. »Du gehst wieder in die Schule, und angeblich ist alles normal, aber die Kiste ist immer noch da – genauso wie der Schmerz. Also ist es nicht normal, und es wird auch nie wieder normal sein.«

»Wie meinst du das?«, fragte Venetia. Sie fuhr sich wieder über das Gesicht und musterte ihre Fingerspitzen.

»Na ja, ich meine, dass es nie wieder wird wie vorher«, erwiderte ich. »Es geht weiter, weil es ja weitergehen muss. Aber es fehlt jemand. Jemand, den du wochenlang, monate- und jahrelang vermissen wirst. Wenn du wirklich jemanden liebst, dann hört das nie auf.«

Venetia dachte darüber nach, was ich gesagt hatte. Sie nickte. Bekam ein Viertellächeln hin.

»Rede mit Bit«, riet ich ihr. »Seine Mum, Sis und Gran brechen mir alle Knochen, wenn ich ihn hungrigen Bären überlasse, die heute noch keinen Porridge hatten.«

Endlich bekam ich sie zum Lachen.

Bit hatte die Knie an die Brust gepresst. Seine Arme um die Schienbeine geschlungen und die Augen geschlossen. Venetia ging auf ihre coole Art zu ihm, wie eine olympische Turnerin, die zur Bodenkür antritt. Sie setzte sich neben ihn und legte ihren Kopf auf seine Schulter. Bit machte die Augen auf. Gesagt wurde nichts.

Ich dachte, dass ich sie besser alleine ließ, und kehrte zu Saira, Jonah und Boy aus den Bergen zurück.

»Ob das gut geht?«, fragte Jonah.

»Weiß nicht«, erwiderte ich. »Wollen's hoffen.«

21

SAIRAS DAD

UNGEFÄHR ZWANZIG MINUTEN LANG sahen und hörten wir Bit und Venetia dabei zu, wie sie ihre Differenzen klärten. Manchmal stand Bit auf, um etwas zu unterstreichen, und manchmal ging Venetia ein Stück von ihm weg, um nachzudenken und für eine weitere Runde zurückzukehren. Hin und wieder fielen die Namen Sergio, Colette und Manjaro.

»Was meinst du, wie's ausgeht?«, fragte ich Saira.

»Weiß nicht«, erwiderte sie. »Sie hat Bit gern, aber der Tod ihrer Cousine hat V wirklich aus der Bahn geworfen.«

»War sie mal bei einem Therapeuten?«, fragte ich.

»Glaub nicht«, erwiderte Saira.

Als Mum tot war, hatten die mir auch Therapiestunden angeboten. Hab sie aber abgelehnt. Ich konnte kaum mit Nesta oder Dad sprechen, geschweige denn mit einer fremden Person, und wenn durchgesickert wäre, dass ich beim Schultherapeuten vorstellig geworden war, hätten mich die Brüder und Schwestern ausgelacht. Eiskalt, aber so war das in Crongton.

»Was meinst du, wie spät es ist?«, fragte Boy aus den Bergen.

»Ungefähr Mitternacht«, vermutete Jonah. Das waren die ersten Worte, die er seit einer ganzen Weile gesprochen hatte. Zerknirschtheit stand ihm ins Gesicht geschrieben.

»V war dabei, als Colette erschossen wurde«, sagte Saira. »Die Leute vergessen das. Eben standen sie noch in der Schlange, wollten Konzertkarten kaufen, im nächsten Moment bekommt Colette eine Kugel in den Kopf. Neulich haben wir eine DVD geguckt und V ist ausgeflippt, als jemand im Film geschossen hat. Das Geräusch macht sie fertig. Solltest du überlegt haben, dir ein Feuerwerk mit ihr anschauen zu wollen – vergiss es lieber gleich.«

Die brutale Realität bremste uns in unserem Fluss – Schweigen. Ich lud Colettes Gesicht aus meinem visuellen Gedächtnis runter. Ein süßes Mädchen. Immer am Lächeln. Venetia und sie hatten sich ziemlich ähnlich gesehen. Hab die beiden bei Dagthorn im Laden immer die Sport- und Promizeitschriften lesen sehen. Colette lutschte meist irgendwas Pfefferminziges.

Ich fragte mich, ob wir nicht alle mehr hätten tun können, um Venetia über das Trauma hinwegzuhelfen.

Endlich kamen Bit und Venetia auf uns zu. Händchen hielten sie nicht.

»Habt ihr euch vertragen?«, wollte Saira wissen.

»Vorläufig«, erwiderte Venetia – sie war ganz eindeutig noch nicht fertig mit Bit!

»Bit?«, fragte ich. »Alles gut?«

Bits Nicken war nicht überzeugend. Er schaute Jonah an. Jonah starrte in die weite Ferne. Allein der Gedanke daran, die beiden wieder auf ein Level bringen zu wollen, war mir unerträglich – das würde einfach warten müssen.

»Alle bereit für den Abmarsch nach Hause?«, fragte Boy aus den Bergen. »Ich schätze, bis Crong Circular sind es drei Kilometer. Und wir müssen entscheiden, ob wir durch North Crong gehen oder einen Bogen drumrum machen.«

»Gibt's keine Abkürzung?«, wollte Saira wissen.

»North Crong ist groß«, sagte Bit. »Aber wenn wir einen Bogen machen, futtern die Vöglein ihre Frühstückswürmer, bis wir die Heimat wiedersehen.«

»Können wir das entscheiden, wenn wir am Circular sind?«, schlug ich vor. »Lass uns erst mal dahin kommen.«

Wir zogen los. Es gab keinen Gehweg, also mussten wir auf dem Grasstreifen laufen. Im Gänsemarsch. Bit ganz vorne, Boy aus den Bergen an zweiter Stelle, dann ich, Venetia hinter mir, zuletzt Saira und Jonah. Immer mal wieder fuhr ein Auto oder ein Laster an uns vorbei.

Kälte strich mir übers Gesicht. Ich konnte den dunstigen Atem der anderen in der Luft sehen. Das Ganze erinnerte mich an Mums Power Walk in Crongton Park. Im Winter war sie gerne ab und zu walken gegangen. Sie hatte auch die ganzen Klamotten und Apps dafür und schaute ungefähr alle fünfzig Schritte auf ihre Stoppuhr. Aus irgendeinem bescheuerten Grund war ich manchmal freiwillig mitgekommen.

»Ich denke, wenn wir einen Laster oder so was sehen, sollten wir den Daumen raushalten«, sagte Boy aus den Bergen nach einer Weile. »Man weiß nie, vielleicht hält einer und nimmt uns mit.«

»Auf gar keinen Fall!«, fauchte Saira. »Meinst du, ich setz mich noch mal zu einem Fremden ins Auto oder in einen Laster, nach dem, was heute Abend passiert ist? Vergiss es!«

Wir trabten ungefähr eine halbe Stunde lang weiter. Schließlich sahen wir Straßenlaternen in der Ferne, was uns einen Energieschub verlieh. Wir legten einen Gang zu und konnten Häuser links an der Straße erkennen. Erleichterung überkam mich, als wir endlich im Licht der ersten Straßenlaterne standen.

Zwischen uns herrschte angespanntes Schweigen. Ich beschloss, es zu brechen. Ich ging zu Saira. »Saira, du erzählst immer nur von deiner Mum – was ist mit deinem Dad?«

Die Frage überraschte Saira. Sie blieb abrupt stehen und guckte mich ganz verdattert an. Dann starrte sie ein paar Sekunden lang auf ihre Füße, bevor sie mich schließlich mit durchdringendem Blick fixierte. »Der ist verschwunden«, erwiderte sie schließlich.

»Verschwunden?«, wiederholte ich.

Alle blieben stehen. Venetia legte Saira zur Unterstützung einen Arm um die Schultern. Saira senkte den Blick zu Boden. »Lass lieber«, sagte Venetia zu mir.

»Nee«, sagte Saira. »Ist schon gut. Ich komm klar damit.«

Vier Autos fuhren mit grellem Scheinwerferlicht an uns vorbei, dann schaute Saira wieder auf. Sie suchte zu jedem Einzelnen Blickkontakt und sprach erst danach weiter.

»Ich kann's euch eigentlich auch erzählen«, setzte sie an. Sie holte tief Luft und räusperte sich. Eine tiefe Traurigkeit erfüllte ihren Blick.

»Ich hab mit meiner Familie in Urfa gewohnt, das ist eine Stadt in der Nähe der syrischen Grenze. Eine schöne Stadt … jedenfalls mal gewesen. Dad hatte einen Laden, wo er alles Mögliche verkauft hat, was man im Alltag so braucht, und draußen direkt davor hatte er ein paar Tische stehen, an denen man sitzen und Kaffee trinken oder Shisha rauchen konnte. Alle kannten uns. Manchmal durfte ich samstagnachmittags auch die Gäste bedienen.«

»Du musst das nicht erzählen«, sagte Venetia, strich Saira über den Rücken.

»Ist schon okay, V«, erwiderte Saira. »Ich weiß ja auch alles über euch.«

Wir setzten uns mit dem Rücken zur Hecke auf den Grasstreifen. War nicht der richtige Zeitpunkt, das zuzugeben, aber ich war echt froh, mich ausruhen zu können. Ich spürte die Strecke in den Beinen. Bit parkte sich neben Venetia.

»Ich war zehn, als ich zum ersten Mal gemerkt hab, dass Dad manchmal nachts nicht zu Hause war«, fuhr Saira fort. »Ich bin zu meiner Mum und meinem Dad ins Zimmer und er war nicht da. Oder ich bin mitten in der Nacht aufgewacht, weil ich Leute laut reden hörte. Dann bin ich aufgestanden und hab gesehen, wie Dad mit einem Haufen anderer Männer am Esstisch saß und sich gestritten hat. Ihre Gesichter waren echt *muhim* – echt ernst. Mum war in der Küche und machte ihnen Snacks und Tee. Sie qualmten alles voll, schimpften und stritten und qualmten noch mehr. Tagsüber hab ich sie nie gesehen. Dad hat nie darüber gesprochen, und wenn ich Mum gefragt hab, hat sie gesagt, ich soll den Mund halten. Das war echt verwirrend.«

»Worüber haben die sich denn so aufgeregt?«, wollte Jonah wissen.

»Syrien«, erklärte Saira. »Ihr könnt euch nicht vorstellen, was da los war. Die haben sich bekriegt, rumgeballert, Frauen vergewaltigt, Leute entführt, verprügelt, die Menschen versuchten zu entkommen … mir kam es vor, als würde jeden zweiten Tag jemand getötet, den mein Vater gekannt hatte … ich glaube, er wollte der Familie helfen.«

»Klingt nach einem gewöhnlichen Freitagabend in Crongton«, scherzte ich.

»McKay!«, fuhr mich Venetia an. »Das ist nicht witzig!«

»Da hast du nicht unrecht!«, pflichtete Jonah ihr bei. »Ist echt nicht witzig.«

Ich fand, der Witz war berechtigt. Manchmal kam Nesta nachts zu mir ins Zimmer und erzählte mir, was zwischen den Crongton Gs für ein Beef herrschte. *Jonah will nur, dass ich vor Saira schlecht aussehe. Der braucht was auf die Ohren.*

Saira hielt inne. »Nicht lange nach diesen Treffen ist Dad verschwunden«, fuhr sie fort. »Niemand wusste, wo er hin ist, und wenn doch, dann wollten sie's uns nicht verraten. Unsere Schaufensterscheiben wurden eingeschmissen. Keiner hat mehr was gekauft. Und zum Schluss mussten wir dichtmachen. Die Leute haben mich angebrüllt und Mum wurde auf der Straße bedroht.«

»O Mann. Das muss krass gewesen sein.«

»War's auch«, nickte Saira. »Damals haben wir nur von den Almosen von Freunden und Verwandten gelebt. Das war echt hart. Mum war gestresst bis zum Gehtnichtmehr. Sie musste jedes bisschen Arbeit annehmen, das sie bekommen konnte. Ich hab mich um meinen kleinen Bruder und meine Schwester gekümmert – da hab ich auch kochen gelernt. In die Schule konnte ich auch nicht mehr gehen. Mir blieb nicht mal Zeit, mich von meinen Freundinnen zu verabschieden.«

»Wie … wie seid ihr denn hierher gekommen?«, fragte Jonah.

»Das ist eine lange Geschichte«, sagte sie. »Eines Tages ist ein Mann zu uns gekommen, echt nervös hat er ausgesehen. Er hatte eine Waffe unter den Klamotten versteckt. Er hat Mum gesagt, dass wir aus Urfa verschwinden sollen. Ich hab ihn nach Dad gefragt, aber er wollte nichts sagen. Mum hat er jede Menge Fragen gestellt, aber zum Schluss hat er ihr ein Bündel Geldscheine gegeben und ist wieder weg. Zwei Tage später sind wir nach Ankara aufgebrochen, wo wir Verwandte haben – wir sind so eine türkische Familie mit einem Haufen Tanten, Onkeln und Cousinen zweiten und dritten Grades in

189

Deutschland, in Schweden und überall auf der ganzen Welt. In Ankara sind wir eine Woche geblieben und dann weiter nach Istanbul.«

»Wo ist das?«, wollte Jonah wissen.

»Das ist eine der größten Städte in der Türkei«, erwiderte Saira. »Der rote Teppich in den Westen, so hat Mum es genannt. Würde dir gefallen dort. Ich fand's toll. In *Skyfall*, wenn James Bond den Bösen auf dem Motorrad verfolgt, kannst du eine halbe Sekunde lang meinen Onkel draußen vor dem Großen Basar stehen sehen.«

»Das ist voll die krasse Szene«, sagte Bit, »besonders, wenn er ihn über die Dächer jagt.«

»Mum wurde eine Million Mal von den Leuten in der britischen Botschaft vernommen«, fuhr Saira fort. »Eines Nachmittags kam sie mit einem Riesenstapel Unterlagen nach Hause. Sie hat sich die Augen ausgeheult, aber sie war total froh.«

»Dann habt ihr eure Visas und so bekommen?«, vermutete Boy aus den Bergen.

Saira nickte. »Ich hab mich nicht gefreut, dass wir wegmussten. Ich vermisse Istanbul. Von da, wo wir gewohnt haben, konnte ich nachts die Blaue Moschee leuchten sehen – *güzel!* Im Sommer standen immer die Touristen vor der Hagia Sophia Schlange und ich habe mich gefragt, aus welchen Ländern sie wohl kommen. Nach der Schule bin ich mit der Straßenbahn zur Brücke und hab die großen Schiffe drunter durchfahren sehen. Wenn keine Schiffe kamen, bin ich in ein Souvenirgeschäft und hab mir Postkarten angeschaut. Mum war stinksauer, wenn ich zu spät nach Hause kam, aber ich dachte immer, wenn ich nur lange genug warte, kommt mein Dad irgendwann mit einem Schiff … aber da hab ich mich wohl geirrt.«

»Dann weißt du immer noch nicht, was mit ihm ist?«, fragte ich.

Saira schüttelte den Kopf. Jetzt kullerten ihr die Tränen übers Gesicht. »Mum wollte es nicht sagen, aber ich glaube, er ist tot.«

Ich fühlte mich schlecht, weil ich sie nach ihm gefragt hatte. In einem Baum in der Nähe hörten wir Vögel zwitschern. Ich stellte mir vor, dass sie für Sairas Dad sangen. Und auch für meine Mum und Colette.

»Manchmal, wenn niemand draußen in unserem Laden saß, machte Dad mir einen Apfeltee.« Saira wischte sich die Augen. »Dann hat er sich mit mir hingesetzt, mir Englisch beigebracht und mir in einem alten Atlas Landkarten von der Welt gezeigt. Das vermisse ich.«

Ich konnte nicht anders als an Mum denken. Ich musste die Tränen bekriegen, die sich hinter meinen Augen sammelten.

Venetia drückte Sairas Schulter und Bit stand auf. »Ich kann mir gar nicht vorstellen, wie das für dich gewesen sein muss, Saira, aber eine klitzekleine Dosis davon hatte ich auch, als mein Dad mit meiner kleinen Schwester Stefanie aus Crong weggezogen ist. Immerhin seh ich ihn noch manchmal am Wochenende und in den Ferien.«

»Hab ich gehört.« Saira nickte. Sie stand auf und klopfte sich den Schmutz von der Kleidung. »Wir sollten uns wieder in Bewegung setzen. Ihr wollt doch nicht hier sitzen und euch meine traurigen Geschichten anhören, bis euch der Hintern einschläft.«

»Ich hoffe, eines Tages taucht dein Dad wieder auf«, sagte Jonah. »Man weiß ja nie … «

Erneut liefen Saira Tränen über die Wangen. »Das hoffe ich auch«, sagte sie. »Aber das wird nicht passieren.«

Am liebsten hätte ich Saira umarmt, aber vielleicht hätte sie mich ausgeschimpft – ich wollte es nicht übertreiben.

Wir überquerten die Straße und gingen auf den Gehweg.

Dad hatte seine Probleme – nach Mums Tod hatte er einen Zusammenbruch gehabt –, aber wenigstens war er nicht von zu Hause verschwunden und nie mehr wiedergekommen. König Artus sei Dank!

22

MADAME NORTH LEG UND
QUEEN BELLY BLENDER

DIE GEGEND WAR JETZT WIEDER dichter bebaut und vor uns sahen wir die Ampeln am Crong Circular. Ich stellte mir vor, wie ich auf einem weichen L-förmigen Sofa und einer Million Kissen unter dem Kopf einschlafen würde. In meiner Fantasie versorgte eine sexy Krankenschwester meine verletzten Knie und meine angebissene Zunge mit Liebe und einem Lächeln.

Wir überquerten eine weitere Straße, und plötzlich glaubte ich, etwas zu hören – schon verpufften meine schönen Visionen.

»Was ist das?«, fragte Venetia.

Wir blieben alle stehen und spitzten die Ohren.

»Musik!«, sagte Saira. »Das ist Musik. Da ist irgendwo ein Rave.«

»Lass die ruhig feiern«, sagte Boy aus den Bergen. »Bis zum Crong Circular sind es höchstens noch fünfzehn Minuten – man kann schon die Ampeln sehen.«

»Wollen wir nicht ausnahmsweise mal in dieser Wahnsinnsnacht ein bisschen Spaß haben?«, meinte Saira. »Kommt, wir checken das aus.«

Wir sahen einander an.

»Einen Versuch ist es wert«, meinte Jonah. »Machen wir uns nichts vor – ich hab keine Lust, durch North Crong zu müssen, und ich schätze mal, von euch ist auch niemand scharf drauf. Wir haben heute schon genug Drama gehabt. Ich will mich einfach nur irgendwo ausruhen und die Füße chillen.«

»Vielleicht ist es gar keine Party«, sagte ich. »Könnte auch nur einer allein breit gekifft die Musik zu laut aufgedreht haben.«

»Und wenn's bloß ein breiter Bruder ist, der alleine Musik hört, werden wir das schnell merken«, sagte Venetia.

»Und dann steuern wir zurück auf den alten Kurs«, setzte Saira hinzu.

»Bist du dabei?«, fragte Boy aus den Bergen und sah mich an.

Mein Kopf sagte mir: Geh nach Hause, aber meine Neugier zwitscherte mir zu: Check aus, woher die Musik kommt.

»Was muss ich machen? Dir die Blasen an meinen Füßen zeigen?«, fragte Saira. »Egal, was wir machen, ich muss mal kurz chillen.«

Damit war's für mich entschieden. Ich vermutete, dass Saira sich von ihren Gedanken an ihren verschwundenen Dad ablenken wollte.

Ich übernahm die Führung und die anderen folgten mir. Die Häuser in der Straße waren kleiner als die eben gerade noch und Vorgärten gab es hier auch keine. Vor uns sahen wir ein paar Gestalten draußen vor einem vierstöckigen Wohnblock. Ein stampfender Bass bebte bis raus auf die Straße.

»Warst du schon mal hier in der Gegend?«, fragte ich Bit.

»Nein«, sagte er. »Aber ich glaube, die Freundin von meinem Dad hatte Freunde hier irgendwo.«

»Denkt dran«, ermahnte uns Boy aus den Bergen, »zur Mission gehört auch, dass wir *sicher* wieder nach Hause kommen.«

Als wir den Wohnblock erreichten, war niemand zu sehen außer drei Brüdern und einem Mädchen, die in einem parkenden Wagen kifften – er sah eigentlich zu teuer aus, als dass er ihnen hätte gehören können. So wie sie kicherten, musste man denken, der lustigste Komiker der Welt würde mit ihnen da drin im Auto sitzen und Witze reißen. Ein anderer Bruder ließ sein Motorrad aufheulen. Eine Sekunde lang setzte mein Herzschlag aus, weil mir einfiel, dass es Sergio sein könnte, der sich rächen wollte. Aber er war's nicht.

Schmutzige Pappteller lagen auf dem Boden. Die Musik kam aus einem Zimmer oben. Definitiv eine Party. Wir hörten Gejohle, Leute rufen und fluchen und sahen Umrisse an den Fenstern vorbeitanzen.

»Ist das eine gute Idee?«, fragte Jonah.

»Jonah!«, empörte sich Saira aus Spaß. »Kannst du vielleicht ausnahmsweise mal ein bisschen Rückgrat in deinen Kürbissaft schieben!«

Ich wollte nicht kneifen, also hielt ich den Mund. Ich sah Bit an und auch der presste die Lippen fest aufeinander. Ein kaputter Backstein verhinderte, dass die Tür des Wohnblocks zufiel. Ich roch Schweinefleisch und Hühnchen. Das war's – meine Festplatte war vielleicht noch unsicher, aber mein Bauch wollte wissen, was es zu essen gab.

»Kommt, wir gehen rauf«, sagte Saira.

Boy aus den Bergen sah sie an, als hätte sie ihn gebeten, nackt »Gangnam Style« zu tanzen. »Ich geh doch nicht in meiner Schuluniform auf so eine Party!«, sagte er. »Ich würde aussehen wie ein Vollidiot!«

»Wir bleiben ja nicht lang«, wandte Saira ein. »Lass uns nur mal kurz gucken, was da los ist. Blockier nicht unseren Flow.«

»Aber das wird aussehen, als hätte ich mich nach der Schule nicht umgezogen«, protestierte Boy aus den Bergen.

»Hast du ja auch nicht«, sagte Jonah.

Boy aus den Bergen dachte drüber nach. »Sollte nicht sowieso einer von uns hier unten bleiben und Wache halten, oder so?«

»Wir bleiben lieber zusammen«, riet Venetia.

»Okay«, nickte Boy aus den Bergen, »ich komm mit, aber wenn mich einer auslacht, bin ich raus.«

»Was ist los mit dir?«, fragte Saira Boy aus den Bergen. »Warst du noch nie auf einem Rave?«

»Nein«, sagte Boy aus den Bergen. »Die letzte Party, auf der ich war, war mein zehnter Geburtstag, und da hat Mum mich gezwungen, einen beschissenen Papphut aufzusetzen! Die Hälfte der Kinder, die da waren, hab ich nicht mal gekannt! Aber der Kuchen war gut.«

Die beschämende Wahrheit war, dass auch ich noch nie auf einem Rave war und ich glaube, Bit und Jonah genauso wenig.

Saira ging voraus. Auf seltsame Art und Weise ähnelten wir uns. Ich wollte auch immer eine gute Dosis Spaß, wenn ich über Mum geredet hatte – wollte einfach nur wieder lachen, statt auf Traurig Dot-com zu erstarren.

Saira schob sich durch die schwere Tür und sprang die Betonstu-fen rauf. Mein Herz hämmerte heftig gegen meinen Brustkorb, aber gleichzeitig schossen mir auch Aufregung und Freude durchs System. Der Duft nach Hühnchen und Schweinefleisch trieb mich weiter vor-an. Auf dem Treppenabsatz im zweiten Stock standen ein paar Brüder und Mädchen draußen vor einer Wohnung, rauchten Zigaretten und Gras und tranken Alkohol aus Pappbechern. Ich schätzte sie auf sech-zehn oder siebzehn, vielleicht waren auch welche schon achtzehn. Ich kannte keinen davon. Die Typen waren lässig gekleidet, trugen karier-te Hemden, Jeans und Marken-Sneaker. Die Mädchen hatten Jeans an, T-Shirts, kurzärmelige Jacken und ganze Tuschkästen voll Make-up im Gesicht. Die Musik ließ den Block vibrieren.

Ich konnte kaum glauben, was für einen Durst ich hatte.

»Ich könnte eine ganze Riesenflasche Coke abbohren«, sagte ich. »Sogar Wasser würde es tun.«

Bit nickte. »Seh ich genauso.«

»Ich frag mich, ob die Wein haben«, sagte Venetia.

Wir alle guckten Venetia gequält an.

»Was?«, sagte sie. »In meiner Familie wird jeden Sonntag beim Essen noch vor dem Tischgebet ein Glas Rotwein getrunken. Was ist daran verkehrt?«

»Wir wissen nicht, wem die Wohnung gehört. Könnte auch der OG hier aus dem Viertel sein«, sagte Jonah.

»Hör auf, den Drama-King zu spielen«, sagte Saira. »Entspann dich! Sieh's mal so – hier draußen kriegen wir bestimmt nichts, oder?«

»Weiß nicht«, sagte Jonah.

»Hör zu, da sind Unruhen im Gange, jeder Bruder, der was auf sich hält, schleppt die neuen Waren nach Hause oder spielt mit den Bullen Fangen. Kommt schon, Jungs! Wann kriegen wir schon noch mal die Chance, auf einen Rave zu gehen? Kommt. Das wird Bombe!«

Saira war echt überzeugend, und nach dem, was sie uns über ihren Dad erzählt hatte, wollte wohl keiner von uns Nein sagen.

Saira und Venetia hakten sich gegenseitig unter und gingen zur Tür.

Die Brüder und Schwestern um uns herum schienen eigentlich ganz freundlich zu sein. Eins von den Mädchen lächelte mich an. Die Tür war offen. Der Bruder, der dort stand, wirkte ein bisschen schnapsgeladen.

Bit, Jonah, Boy aus den Bergen und ich zuckten mit den Schultern und folgten den Mädchen.

Drinnen war Leben in der Bude. Die Leute laberten, lachten und rissen Witze. Ein paar legten Moves hin. Ich versuchte, lässig zu gehen wie ein supercooler Bruder, war aber nicht sicher, ob das mit meinem federnden Schritt richtig hinhaute. Bei Jonah funktionierte es jedenfalls nicht. Ich schaute mich um und Boy aus den Bergen kam uns hinterhergeschlappt wie Bauer Giles von Ham. Wenigstens tat er nicht so als ob.

»Ist es okay, wenn wir reingehen?«, fragte Saira den Türsteher.

»Je mehr desto lustiger«, sagte er und kippte sich den Rest aus der Flasche hinter die Binde. Auf jeden Fall stand er auf Saira. Er sang: »›Consider yourself one of us! Consider yourself, part of the family!‹ Also, meine hübsche Hoheit, willst du mir vielleicht deine Nummer dalassen, damit wir uns an einem angenehmen Ort zusammentun? Ich wohne nicht weit von hier.«

Saira ignorierte ihn. Wir spazierten rein. Der fröhliche Türsteher schüttelte die Zurückweisung ab und sang hinter uns weiter.

»›I've taken to you, so strong! It's clear, we're gonna get along!‹«

Raver standen an den Wänden, tranken was oder futterten Fleischbällchen. Entspannte Gespräche ringsum. Ballons knutschten die Zimmerdecke. Papiergirlanden zierten die Wände. Tanzmusik blitzte uns in die Ohren. Wir kamen rechts an eine Küche. Die Mädchen dort hatten sich Herzchen aus goldenem und silbernem Glitzer in die Gesichter gemalt, außerdem hatten sie die längsten Wimpern der Welt. Bunte Blumen verschönerten ihre Haare. Lippenstift in allen Farben hübschte ihre Münder auf. Ich schwöre, ich sah, wie Jonahs Zunge zum Vorschein kam (und selbst wusste ich auch gar nicht, wo ich zuerst hinschauen sollte). Sie servierten Drinks, Fleischbällchen und Würstchen in gebutterten Brötchen. Ein Berg Schokomuffins thronte auf dem Küchentisch. Meine Geschmacksknospen verlangten entschiedenes Handeln. Und dann fiel mir wieder die eigens einberufene Vollversammlung in der Schule ein. *Heiliger Ketchup!*

»Willkommen auf der Party!«, brüllte mir ein Bruder ins Ohr. Er betrachtete Boy aus den Bergen in seiner Schuluniform. »Voll geil! Voll geil!«

Ich ignorierte ihn und zwitscherte Bit ins Ohr. »Denkst du, was ich denke?«

»Klar«, erwiderte Bit. »Die servieren hier, was sie bei uns aus der Schulküche geklaut haben.«

»Was machen wir?«, fragte Venetia. »Die Bullen ermitteln, das wisst ihr. Ich will nicht unter Verdacht geraten.«

»Ich auch nicht«, setzte Jonah hinzu.

»Glaubt ihr, da seid ihr die Einzigen?«, fragte Bit.

Saira zuckte mit den Schultern. »Was regt ihr euch auf? Wir haben nichts damit zu tun. Wir haben kein Essen geklaut. Wieso sollen wir uns stressen? Wir futtern jeder ein Fleischbällchen, fragen, ob wir mal telefonieren dürfen, und verschwinden.«

Egal wie viel Sorge ich auch hatte, einem Fleischbällchen konnte ich mich nicht verweigern. Saira sprach eins der Mädchen in der Küche an. »Dürfen wir was zu trinken und jeder ein Bällchen haben?«, fragte sie.

»Klar. Was wollt ihr denn trinken?«, fragte das Mädchen.

Komisch. Niemand fragte uns, wer wir waren, und trotzdem wurden wir bedient, als wären wir eingeladen. Jonah, Bit und ich nahmen eine Cola, Boy aus den Bergen einen O-Saft und Saira bat um einen Apfelsaft. Venetia bekam ganz große Augen, als sie einen Sekt serviert bekam. Jeder aß ein Fleischbällchen.

Der größte Krach kam aus dem Wohnzimmer. Es war gerammelt voll, aber irgendwie schafften wir's, uns so weit vorzudrängeln, dass wir das ganze Theater in der Mitte mitbekamen. Mit zwei hübschen Mädchen unterwegs zu sein hatte definitiv Vorteile – die Brüder machten uns Platz. Als wir ankamen, machten sich gerade zwei sexy Mädchen in schwarzen Leggins, Marken-Sneakern, über dem Bauchnabel abgeschnittenen Oberteilen und schwarzen Kopfbändern bereit für ein Tanzduell. Auf ihren Oberarmen glänzte der Schweiß. Neonarmbänder mit LED-Lichtern motzten ihre Fußgelenke auf und Goldschmuck funkelte in ihren Bauchnabeln. In einer Ecke stand ein Bruder und spielte Musik von einem Laptop, der an einen Lautsprecher angeschlossen war. Sonst gab es keine Möbel. Die Fenster standen weit offen. Raver umringten die Tänzerinnen, pumpten mit Fäusten in die Luft, feuerten ihre Favoritin an. Andere klatschten und klopften an die Wände.

»Go, North Leg! Go, North Leg! Go, North Leg!«, sangen die Fans von der einen.

»Go, Belly Blender! Go, Belly Blender! Go, Belly Blender!«, schrien die der anderen.

Ich futterte meinen Snack, während meine Augen alles einsogen (das Fleischbällchen war ein bisschen trocken, aber mein Magen hatte nichts zu meckern).

Dann verstummte die Musik. Die beiden Mädchen musterten sich vom Haaransatz bis zum kleinen Zeh wie Rocky und Apollo Creed. Dann startete das Soundsystem wieder. Der Bass hätte mich fast umgehaun. Die Rave Queens legten völlig abgefahrene Körperdrehungen, Bauchwindungen, Hüftschlenker, Beinstrecker, Kicks und Moves hin – sie waren absolut supergut. Boy aus den Bergen sah aus, als wäre er in eine andere Welt übergetreten – solche Raves gab es in Ripcorn Wood bestimmt nicht. So was gab's nicht mal in South Crong – jedenfalls nicht soweit ich wusste. Ein Hoch auf einen sexy Hintern! Wenn ich so was regelmäßig zu sehen bekam, sobald ich sechzehn war, dann konnte mein Geburtstag für meinen Geschmack gar nicht schnell genug kommen.

»Go, North Leg! Go, North Leg! Go, North Leg!«
»Go, Belly Blender! Go, Belly Blender! Go, Belly Blender!«
Der basslastige Rhythmus zwang mich, mit dem Kopf zu nicken. Mein linker Fuß wippte. Saira und Venetia zuckte es sichtlich in den

Beinen. Bit guckte wie gebannt und Jonahs Zunge hing noch zwei Zentimeter weiter aus seinem Mund.

Das Tanzduell endete mit einem Wahnsinnsgebrüll. Der DJ nahm sein Mikro und schrie: »Wer ist für Queen Belly Blenderrrr?!«

Belly Blender verrenkte den Bauch, drehte sich und ging in den Spagat, während ihre Fans durchdrehten.

»Wer ist für Madame North Legggg?!«

Madame North Leg zog ihr linkes Bein kerzengerade an ihr Ohr und hielt die Pose. Fast hätten ihre Zehen die Glühbirne geküsst. Ihre Crew trampelte auf den Boden und grölte ihren Namen. In der Ecke wurde eine französische Flagge geschwenkt. »*Allez, Madame Magnifique! Belle!*«

»Ich will sie beide heiraten«, zwitscherte mir Jonah ins Ohr. »Und ich geh mit denen in kein Kino und auch nicht zum Kegeln! Ich trag sie einfach bloß in meinem Rucksack mit mir rum, und wenn mir langweilig ist, hol ich sie raus und guck ihnen beim Tanzen zu. *Den ganzen Tag lang!* Solche Vibes siehst du nicht mal bei *Let's Dance*, und beim *Supertalent* sind die alle lahm im Vergleich zu den beiden.«

»Da hast du nicht unrecht«, pflichtete ich ihm bei. »Aber hör auf mit der perversen Sabberei.«

»Ich sabber nicht!«, protestierte Jonah. »Darf man nicht mal mehr zwei Mädchen beim Tanzen zusehen?«

»Doch, schon, aber sperr deine Zunge in den Käfig und stell den Sabber ab.«

Während sich North Leg und Belly Blender den Schweiß von der Stirn wischten, verkündete der DJ seine Entscheidung.

»Madame North Leg hat mitten im schönen Monat Juni einen Sturm losgetreten, ihre Zehen haben den Mond geküsst! Sie wirbelt herum, dreht sich wie eine Kugel im Rouletterad, ihre französischen Freunde nennen sie die unverwechselbare Unnachahmliche aus Lille! Auf jeden Fall hat sie Talent. Queen Belly Blender schwingt die Arme herum wie rasende Taxis im Kreisverkehr! Schaut man ihr zu lange auf den fliegenden Bauch, sieht man Sternchen, das Gehirn setzt aus.

Schleckerlecker, röter als rot, alle sind zufrieden, o mein Gott, es ist unentschieden.«

Alle Fans buhten ein wütendes Buh. North Leg und Belly Blender umarmten sich. Boy aus den Bergen wollte was sagen, aber die Musik setzte wieder ein. »Das … das waren die abgefahrensten, krassesten Moves, die ich je gesehen hab. *Wow!*«

»Beruhig dich, Boy«, lachte ich. »Kriegst sonst noch eine Herzattacke.«

»Sollten wir jemanden fragen, ob wir mal telefonieren dürfen?«, fragte Boy aus den Bergen.

»Gleich«, sagte Saira. »Will nur mal kurz groove n.«

Saira und Venetia fingen an zu tanzen. Ich konnte es nicht fassen! Wir Brüder tauschten Blicke. Uns blieb nichts anderes übrig, als Fleischbällchen zu futtern, unsere Getränke zu vernichten und zuzusehen. Ich dachte an meinen kleinen Mars-Walk, den ich in meinem Gelass probte, wenn niemand zuguckte, verwarf den Gedanken aber schnell wieder. Venetia war fast so gut wie Belly Blender und North Leg.

Als wir die Moves der beiden bewunderten, war Bits Grinsen breiter als der Crong Circular und Jonah starrte sie einfach mit weit aufgerissenen Augen an – Amors Pfeil hatte ihn voll erwischt.

»Wer will noch was trinken?«, fragte ich nach einer Weile.

Die Mädchen hörten mich nicht, aber Jonah und Bit wollten noch eine Cola.

»Bin gleich wieder da«, sagte ich. »Und Jonah, ich flehe dich an … bitte, bitte tanz nicht. Lass es einfach bleiben, Bro.«

»Fick dich!«

»Und hör auf zu sabbern!«, zog ich ihn auf.

»Fick dich mit einer in dampfende Säure getauchten Drahtbürste!«

23

DIE SCHWARZEN GARAGEN

BOY AUS DEN BERGEN ZOG MIT MIR LOS.

Wir bahnten uns einen Weg zurück in die Küche. Im Flur standen die Leute dicht gedrängt und die Brüder machten uns jetzt nicht mehr Platz und ließen uns durch so wie vorhin, als wir mit Saira und Venetia hier entlanggegangen waren. Boy aus den Bergen trat jemandem auf die Zehen und erntete einen bösen Crongton-Blick. Endlich hatten wir's geschafft. Vor uns warteten noch ungefähr vier oder fünf andere in der Getränkeschlange.

Der DJ drehte gerade den Bass auf, als ich Boy aus den Bergen sagen hörte: »Ich nehm jetzt auch einen Wein. Vielleicht einen Rosé, wenn die welchen haben.«

»Da bin ich dabei.« Ich nickte. »Ein Wein und ein Rosé! Keine Ahnung, was ein Rosé ist, aber warum nicht? Ich krieg so schon einen Haufen Ärger. Vielleicht ist es gar keine schlechte Idee, sich zu betrinken, bevor mein Bruder die Situation checkt – der flippt aus.«

»Ich frag mich, wessen Rave das ist«, sagte Boy aus den Bergen.

Genau in dem Moment sah ich einen Bruder mit dickem weißen Pflaster auf dem Kopf. *O nein!* Ist das Festus Livingstone?

»Meine Mum wird nichts dagegen haben«, fuhr Boy aus den Bergen fort. »Da ist sie cool. Die wird nur sagen, dass ich sie hätte anrufen sollen, wenn ich mit Freunden auf eine Party gehe. Sie hat's satt, dass ich am Wochenende immer nur in meiner Bude sitze, und sagt mir immer, dass ich öfter weggehen soll. *Wieso spielst du nicht Rugby oder Kricket?* Ständig geht sie mir damit auf den Wecker. Deshalb ... «

Ich hörte nicht mehr zu. Wieder starrte ich den Typen mit dem

Pflasterkopf an. Auf jeden Fall war das Festus, der verfluchte Livingstone. Ich konnte es verdammt noch mal nicht glauben! Er wirkte einen ganzen Planeten größer als eben noch im Bus, aber vielleicht lag das auch nur an meinem verkorksten Gedächtnis, der Angst oder sonst was. Muskelbepackte Brüder schoben sich mit Bierkästen durch die Wohnung. Alle trugen sie schwarze T-Shirts, Sportjacken von bekannten Marken und schwarze Jeans. Das war die Crew von Festus! *Verflixter Rammbock!* Kalte dürre Würmer schoben sich durch meine Adern. Schweiß brodelte auf meiner Stirn. *Oh Gott!*

»McKay, was ist los?«, fragte Boy aus den Bergen.

Ich antwortete nicht. Er folgte meinem Blick.

»Scheiße am Spieß!«, rief er aus.

»Wir müssen verschwinden, schleunigst!«, sagte ich. »Wir müssen es den anderen sagen.«

Wir machten kehrt und drängelten durch die Menge. Hinter uns hörten wir Leute rufen: »Aufgepasst! Nachschublieferung! Achtung, alle mal Platz machen!«, während Livingstones Posse die Küche ansteuerte.

Fast wäre ich über die Füße eines Mädchens gestolpert, als ich wieder ins Wohnzimmer zurückwollte. Boy aus den Bergen fing mich auf. Hektisch suchten wir die Tanzfläche ab. *Wo sind die?* Die Antwort befand sich mitten im Raum. Bit und Jonah groovten neben Venetia und Saira. Sie lachten und grinsten, standen voll auf die Vibes. Panik breitete sich auf meiner Festplatte aus und ich stieß die anderen Leute einfach beiseite, um zu meinen Freunden zu gelangen.

»Pass doch auf, du Fettsack!«, meinte ein Bruder.

»Hey, du Fass!«, rief ein Mädchen. »Immer mit der Ruhe!«

Ich ignorierte die Beleidigungen und schaffte es endlich, Venetia am Arm zu packen. »Wir müssen los!«, schrie ich.

Sie zog den Arm weg und groovte weiter. »Ich bin noch nicht so weit«, schrie sie, vermied es geschickt, beim Tanzen ihr Getränk zu verkippen. »Noch ein paar Tracks, dann düsen wir. Hast du mir noch einen Sekt geholt?«

»Äh, nein. Aber ich muss … «

»McKay«, unterbrach Venetia mich in meinem Redefluss, »das ist voll die Hammernacht, das ist Bombe, mach dich locker und schwing mit!«

Ich konnte bei dem stampfenden Lärm kaum hören, was sie sagte. Boy aus den Bergen schaffte es, Jonahs Aufmerksamkeit auf sich zu lenken. Er schob seinen Mund an Jonahs Ohr und schrie: »Festus ist hier!«

Jonah hörte auf zu tanzen. Das Einzige, was sich jetzt noch bewegte, waren seine Augäpfel. Angst schlabberte ihm mit kalter Zunge übers Gesicht. »Festus?«, wiederholte er. »Festus Livingstone?«

»*Festus Livingstone!*«, sagte ich erneut.

Jonah drehte den Kopf Richtung Flur. Saira und Venetia stellten das Grooven ein. Festus' Crew schleppte immer noch Kästen in die Küche. Bit sah mit offenem Mund zu.

»Gibt's noch einen anderen Ausgang?«, fragte Jonah.

»Das ist eine Sozialwohnung«, erwiderte Boy aus den Bergen. »Wo man reingeht, geht man raus. Es sei denn, du willst es mit einem Fenster versuchen.«

»*Verdammte Scheiße, ich glaub's nicht*«, tobte Jonah. »*Ich glaub's nicht!*«

»Beruhig dich«, sagte Bit. »Die würden nur McKay erkennen, vergiss das nicht.«

»Danke«, sagte ich.

»Was sollen wir machen? Wenn wir uns einfach in eine Ecke setzen, entdecken sie uns vielleicht nicht«, schlug Venetia vor.

»Und angenommen, wir sitzen in der verdammten Ecke, und dann entdecken sie uns doch?«, fragte Jonah.

Nachdenken war bei der dröhnend lauten Musik gar nicht so einfach. Ich schaute Bit an und er schüttelte den Kopf. Düsternis erfüllte seinen Blick. Jonah schaute zum offenen Fenster, als wäre es doch eine echte Alternative. Wir befanden uns im zweiten Stock. Boy aus den Bergen checkte den Flur.

»Absolut ausgeschlossen!«, sagte ich.

»Du könntest es schaffen!«, drängte Jonah. »Wenn du den Aufprall abfederst wie ein Kommandosoldat. Irgendwie beugt man die Knie und rollt gleichzeitg ab.«

»Seh ich aus wie ein verdammter Kommandosoldat?«, protestierte ich. »Spring du doch!«

Jonah folgte meiner Aufforderung nicht.

»Sie sind in der Küche«, berichtete Saira. »Niemand springt aus dem verdammten Fenster. Wir verschwinden einfach. McKay, dreh dich um, wenn wir an denen vorbeigehen. Dann wird nichts passieren.«

Venetia trank den Rest von ihrem Sekt und ließ den Pappbecher fallen. Sie nahm einen langen Atemzug. Ein gutes Gefühl war das nicht. Ganz und gar nicht gut. Irgendwas Fieses nagte innerlich an meinem Magen. Ich glaubte, mich übergeben zu müssen.

Saira ging voran. Bit war der Nächste, gefolgt von Venetia. Ich kam in der Mitte, Jonah hinter mir. Boy aus den Bergen ging als Letzter. Die Raver twerkten, grooveten und quatschten um uns herum. Die Burg rockte. Alle sangen mit zur Musik: »WHOA HOH! WHOA HOH! WHOA HOH!«

Der DJ heizte der Menge ein.

»Ich bin der Zungenschmatzer! Der Wörterbuchexperte, der Thesaurusmeister, liefere lückenlos Texte, bin ein Nachrichtenticker! Rase wie ein Computer! Spucke mehr Wörter pro Sekunde, als ein Tausendfüßler Füße hat! Bin im Abliefern präziser als der weltbeste Kricketspieler, genialer Tanzkommentator, Crongtons meisterhafter Meisterrapper! Pech für Simon Cowell und seinen X-Factor! Anders als Cheryl brauch ich kein Auto-Tune. Bin heißer als ein brennendes Thermometer. Neben mir sind alle anderen MCs Dinos, bin frischer als frisch. Wer mich testen will, den rappe ich platt, mach ihn nieder mit meiner Wörterwalze. Um mich zu besiegen, brauchst du einen Wortdefibrillator, Vokabeln wie Stromstöße. Meine Leute wollen, dass ich sie im Parlament vertrete, bin ihr Abgeordneter. Damit ich über Nacht bleibe, füllen Mädchen ihre Mütter mit Schlaftabletten ab, flößen ihren Vätern Überdosen ein. Gott hat mich geschaffen, ich bin die Krone der Schöpfung. Man nennt mich MC Jack Riddler, den

Grime Doctor. Nicht mal ein Jedi-Meister könnte jemanden finden, der mir ebenbürtig ist! Ruft WHOA, wenn ihr meine Lyrik liebt!«

»WHOA HOH! WHOA HOH! WHOA HOH!«

Wir schafften es aus dem Wohnzimmer raus, aber der Flur war total verstopft. Unsere Schritte wurden immer kleiner. Die Raver redeten über das Duell zwischen Belly Blender und North Leg. Vorankommen war zäh. Am liebsten hätte ich mir einen von den Ballons geschnappt und mein Gesicht dahinter versteckt.

Wenn ich mir gleich den ganzen Haufen greife, vielleicht kann ich dann ja aus dem Fenster schweben? Wieso hat mich die eine eigentlich vorhin als »Fass« *bezeichnet?*

Konzentrier dich, McKay! Du schwimmst bis zum Hals in der Scheiße.

Saira näherte sich der Küche. Wir hörten Flaschen klirren, als diese in den Kühlschrank gepackt oder sonst wo abgestellt wurden. Jemand benutzte einen Flaschenöffner. Jemand machte die Ofentür auf und ein Hitzeschwall röstete alle im näheren Umkreis. Ich wandte mich ab.

Meine Unterwäsche klebte an mir wie Kaugummi am Absatz eines Landstreichers. Sechs neue Raver hatten gerade die Burg geentert. Wir kamen keinen Zentimeter voran. Ich wagte nicht, mich umzudrehen. Unsere Körper knutschten die Wand, als wir die Tänzer durchließen. Erleichtert sah ich, dass Venetia weiterging.

Die Zugbrücke war heruntergelassen! Sicherheit bereits in Sichtweite. Der Türsteher, der Saira angebaggert hatte, sang jetzt ein anderes Mädchen an, das reinwollte.

»›I'll do anything, for you, Miss Ripeness, anything, cos you, mean everything to me …‹«

Dann hörte ich eine Stimme hinter mir.

»Guck dir den Clown in der Schuluniform an!«

Ich drehte mich um. Ich konnte nicht anders. Festus war aus der Küche gekommen. Er zeigte auf Boy aus den Bergen. Im Gesicht ein irres Grinsen. »Hast du keine anderen Klamotten?«, machte er sich über ihn lustig. »Geh nach Hause, Besenkopf, und komm mit was Anständigem wieder!«

Alle starrten Boy aus den Bergen an. Ein paar lachten. Plötzlich preschte Jonah panisch an mir vorbei, wollte zur Zugbrücke düsen. Festus scannte den Flur. Sein Blick traf meinen. Eine Sekunde stellte ich mir vor, dass über meinem Kopf ein riesiges Neonschild mit der Aufschrift NESTAS BRUDER hing. Ich wusste nicht wieso, aber ich stierte auf das weiße Pflaster auf Festus' Kopf – *Das hat mein Bruder gemacht!* –, dann erst schaute ich weg.

Zu spät.

Irgendwie setzte ich meine Beine in Bewegung und wollte Richtung Freiheit, schlug mit den Armen um mich, versuchte alle wegzuschieben, die mir im Weg standen. Jemand kippte mir aus Versehen einen Drink auf den Rücken. Und ich stieß einen anderen um. Dann sprang ich die Stufen runter wie ein riesiger amerikanischer Football – prallte links und rechts von den Wänden ab, stieß mir die Knie. Ich hörte meine Freunde rufen, konnte aber nicht richtig verstehen, was sie sagten. Im Erdgeschoss angekommen, stolperte ich. Mein Hinterkopf knutschte den Beton. Ein Mädchen schrie, aber ich konnte nicht feststellen, ob es Saira oder Venetia war.

»Jonah! Komm zurück! *Wir können ihn nicht hierlassen! Wir können ihn nicht hierlassen! Jonah! Jonah! Komm zurück! Komm zurück!*«

Ich lag auf dem Rücken. Versuchte, klar zu sehen. Drei fette Monde tanzten über mir. Meine Knie brachten mich um und mein Kopf dröhnte. Markenschuhe sammelten sich ringsum. Schwarze. Ungefähr fünf Paar. Ich schaute auf und sah ein Gesicht. Ich wusste längst, wem es gehörte: Festus Livingstone. Er grinste – die Sorte böses Grinsen, das Folter wie in *Twelve Years a Slave* versprach. Seine Zähne waren so verdammt weiß. So irre das klingt, in dem Moment konnte ich nichts anderes denken, als dass Festus sich mindestens zweimal täglich die Zähne putzen musste.

»Nestas fetter Bruder«, sagte Festus zu seinen Kumpels. »Ist ihm wie aus dem Gesicht geschnitten.«

Er trat mich in die Seite. Schmerz schoss mir die Wirbelsäule hinauf. Ich hörte Gelächter. Sah mich nach meinen Freunden um.

»Lasst ihn in Ruhe!«

Mein Blick folgte der Stimme. Es war Venetia. Sie stand mit Saira, Bit und Boy aus den Bergen hinter mir. Jonah ein paar Meter weiter. *Wieso sind sie nicht weggerannt? Sie hätten es geschafft.*

Ich spürte noch einen Tritt im rechten Oberschenkel. Der Schmerz breitete sich im Rest meines Körpers aus. Ich konnte nicht mehr machen als schützend die Hände über meine Kronjuwelen legen, die Augen schließen und die Backenzähne aufeinanderbeißen. *Daaaaad! Nestaaaaa!* schrie ich in meinem Kopf.

»Siehst du, was mir das irre Arschloch von deinem Bruder angetan hat?«, tobte Festus. Er zeigte auf den weißen Verband an seinem Schädel. »Siehst du, was er verdammt noch mal getan hat? Der hat den Nerv, in unsere Gegend zu fahren und mir was über den Schädel zu ziehen! Ich schwöre bei meinem North-Crong-Blut, dass er mir die Respektlosigkeit bezahlen wird!«

»Lass McKay in Ruhe!«, schrie Venetia noch einmal. »Er hat dir nicht auf den Kopf gehaun, das war er nicht. Was hat *er* dir denn getan? Einen Scheiß!«

Festus ignorierte sie. Er kniete sich hin und starrte mich direkt an. Ich konnte das Bier in seinem Atem riechen. Sein Ziegenbärtchen war nicht gestutzt. Ein roter Pickel verunstaltete seinen linken Nasenflügel.

»Ich schwöre bei Gott, ich werde deinem Bruder ein Messer zwischen die Rippen stoßen, bevor die Nacht zu Ende ist! Das kannst du glauben! Und bevor er seinen letzten Atemzug tut, wird er mir noch verraten, wo Manjaro seinen feigen Arsch versteckt!«

Beim Klang von Festus' fieser kaputter Stimme zitterte ich wie ein skalpierter Eisbär im Wirbelsturm. Schwindel und Schmerz ließen meine Sicht verschwimmen, aber im Mondlicht über mir glitzerte etwas. Ich wollte aufstehen, aber meine Beine reagierten nicht. Musik hörte ich auch keine mehr.

»Du bist aus South Crong!«, sagte Festus. »Vielleicht weißt *du* ja, wo die Pussy ist.«

»Er hat ein Messer!«

Jemand schrie. Über mir hörte ich Stimmengewirr.

»Nicht hier, Festus!«, warnte jemand. »Hier schauen zu viele zu. Nicht hier!«

»Er hat dir nichts getan!«, schrie Saira. »Keiner von uns weiß, wo Manjaro ist. Du hast Beef mit McKays Bruder. Was ist los mit dir? *Gitsin!* Lass ihn in Ruhe!«

»Stopf der Schlampe das Maul!«

Ich hörte Schritte, Schläge und eine Art Klatschen. Jemand ging zu Boden.

»Nimm deine scheiß Hände von mir! Du hässliches Stück Schweinescheiße! Nimm deine verfluchten Finger weg!«

Noch eine Ohrfeige und ein Schlag. Dann hörte ich gedämpfte Schreie. »Du aussätziges Dreckschwein! Du hässlicher Neandertaler! Runter … von … mir!«

»Du hältst dich wohl für knallhart? Willst die Schlampe retten und Friedhofsheld werden? Unter der Erde gibt's genug von deiner Sorte. Setz deine Fäuste auf Pause, du Gnom, und atme einen Tag länger.«

Ich wollte mich umdrehen und sehen, was da los war, aber ein pochender Schmerz am Hinterkopf hielt mich davon ab. Meine Knie knickten ein. Ich verbot mir trotzdem, vor den Gettoratten loszuheulen.

»Bringt diese South-Crong-Pussys zu den Garagen«, befahl Festus. »Wir sorgen dafür, dass sie auspacken. Ist nicht weit von hier.«

»Lass sie laufen«, drängte ein anderer. »Das sind bloß Schulkinder, Fest. Die können uns gar nichts. Lass uns zum Rave zurück – ich will das nächste Duell sehen.«

»Bin ich auch dafür«, pflichtete ihm ein anderer bei.

»Habt ihr nicht gesehen, was der Bruder von dem Fettsack hier mit meinem Kopf gemacht hat? Das lass ich ihm nicht einfach so durchgehen, Bro. Auf keinen Fall! Außerdem rennen die doch sowieso zu den Bullen und verpfeifen uns. South-Crong-Pussys quatschen ständig mit den Bullen. Und vielleicht wissen sie sogar, wo Manjaro steckt.«

»Major Worries hat gesagt, wir sollen unsere Zeit nicht mit dem Fußvolk aus South Crong verschwenden«, sagte ein anderer. »Wir sollen's Pinchers' Soldaten heimzahlen. Und die Bullen haben heute Abend eh genug zu tun – die müssen versuchen, den Wahnsinn in Crong Central zu beenden.«

»Außerdem hab ich gehört, Nestas Bruder ist alleine. Der ist nicht bei Pinchers oder einer anderen Crew.«

»Nesta hat mich für mein Leben entstellt!«, tobte Festus. »Hast du das vergessen? Warst du nicht dabei? Mit elf Stichen haben die mich genäht, nur wegen der Pussy! *Elf!* Wie würdest du das finden, wenn sich alle das Maul darüber zerreißen, dass dir eine South-Crong-Pussy den Schädel eingeschlagen hat und du schwarz gesehen hast? Ich *weiß*, dass die Soldiers hinter meinem Rücken lachen. Weißt du, wie ich mich fühle, wenn Major mir auf den Kopf guckt? Der hält mich für einen Feigling.«

»Tut er nicht, glaub mir.«

»*Doch, tut er!*«, brüllte Festus. »Was weißt du denn schon? Wenn Nesta erfährt, was mit seinem Fettsackbruder ist, wird er zu den Garagen kommen … und dann kümmer ich mich um ihn – ramm ihm mein Messer zwischen die Rippen. Dann lacht keiner mehr hinter meinem Rücken! Und Major gibt mir Respekt und lässt mich aufsteigen – besonders, wenn ich ihm mehr Infos über Manjaro liefern kann.«

Ich schaute Bit an. *Er musste eine Wahnsinnsangst haben.* Nacktes Entsetzen brachte meine Atmung durcheinander. Ich merkte, wie ich auf die Füße gezogen wurde. Jemand hielt mir eine eiskalte Klinge an den Hals. Eine Seite war gezackt. Jemand schrie. Ich wusste nicht wieso, aber plötzlich sah ich meine Mum vor mir, wie sie mir das Zwiebelschneiden beibrachte.

»*Halt sie mit den Fingerspitzen fest. Schneid immer weg vom Körper.*«

»Komm mit, Fettsack«, befahl Festus. »Du bist mein Köder. Und wenn einer von deinen Kumpels abhaut, dann, schwöre ich, entweichen deinem Hals ungeahnte rote Fluten.«

Mein Mund wurde trocken. Ich spürte mein Herz hinter den Ohren schlagen. Es gelang mir, einen Blick hinter mich zu werfen. Meine Freunde waren bei mir. Saira und Venetia weinten. Bit versuchte sie zu trösten. Auch Jonah hatte Tränen in den Augen. Boy aus den

Bergen guckte einfach nur total geschockt. Festus' Crew zog hinter ihnen her.

Jeder Schritt tat weh. Mein Hinterkopf fühlte sich feucht an und meine Zunge pochte wieder.

»Müssen wir das jetzt machen?«, fragte einer aus Festus' Crew. »Hast du gesehen, wie viele Mädchen da auf dem Rave waren?«

Festus ließ mich los und machte einen Satz auf seinen Kumpel zu. Die Klinge hatte er immer noch in der Hand. Alle blieben stehen. *Guillotine im Genick!* Dieser G konnte schneller umschalten als eine Fernbedienung mit funkelnagelneuen Batterien. Ich verspürte den irren Drang, mich hinzusetzen, ließ es aber lieber bleiben. Festus legte seinem Freund einen Arm um den Hals, als wäre er der Pate. Dazu grinste er wie der Joker aus *Batman*.

»Bist du deshalb bei mir dabei?«, wollte Festus von ihm wissen, schob sein Gesicht ganz dicht vor das des anderen. »Um Schnaps aus Läden zu klauen und Frauen klarzumachen? Wir sind *Soldaten!* Hast du das nicht mitgekriegt? Bist du dabei oder nicht? *Sag's mir, jetzt sofort!*«

Keine Ahnung, wie's dem Bruder ging, aber ich hätte fast meinen Darm entleert. Der Stress und der Schmerz waren zu viel. Ich setzte mich mitten auf der Straße auf den Hintern.

»Ich bin dabei«, sagte der Bruder.

»Schön zu hören, dass du auf meiner Wellenlänge bist«, sagte Festus. Seine Aufmerksamkeit galt jetzt wieder mir. »Heb deinen fetten Arsch!«

Ich tat wie mir geheißen. Festus kam zu mir geflitzt und schlug mir in den Rücken. Der Schmerz vibrierte bis in meinen Kopf.

»Lass ihn in Ruhe!«

»Tu, was ich sage, dann kannst du morgen vielleicht wieder pissen«, warnte Festus. »Ist eher dein Bruder, der kein Tageslicht mehr sehen wird.«

Wir zogen weg vom Crongton Circular auf die Notre Dame Road. Wir wären besser dran gewesen, hätten wir die Nacht auf Fireclaw Heath verbracht.

Wir bogen rechts ab in eine Straße mit niedrigen Wohnblocks. Ich zählte die VW Golfs, die hier parkten. Ich kam auf drei. Vielleicht lenkte mich das von dem ab, was möglicherweise als Nächstes geschah. Ich vermutete, dass es ein oder zwei Uhr morgens war. Dad musste jetzt Pause haben. Ich fragte mich, ob er versucht hatte, mich anzurufen. Nesta hatte auf jeden Fall versucht, mich auf dem Handy zu erreichen. Wahrscheinlich war er schon unterwegs und suchte nach mir.

Wir gingen vorbei an Blocks, die nur drei Stockwerke hoch waren. Ich überlegte, ob ich um Hilfe rufen sollte, schlug mir die Idee aber gleich wieder aus dem Kopf. Die Klinge war zu lang. Glänzte zu sehr. War viel zu gezackt. Und viel zu nah dran an meiner Haut. Wenn er die an meiner Brust ansetzte, würde ich keinen weiteren Morgen mehr erleben. Niemals Koch werden und unzählige Restaurants besitzen. Niemals ein hübsches Mädchen mit Grübchen in den Wangen heiraten und in einem Haus mit zwei Küchen wohnen. Niemals in meinem Kellerkino meine *Hobbit*-Trilogie gucken und entspannen.

Saira hatte aufgehört zu weinen. Venetia ging mit verschränkten Armen weiter. Sie war die Einzige, die vollkommen ruhig wirkte.

An meinem achten Geburtstag war Mum mit mir zum Warwick Castle gefahren. Das war unser bester Tag überhaupt gewesen. Ich konnte kaum glauben, dass ich in einer *echten* Burg war. Ich stellte mir die ganzen Leute vor, die im Lauf der Geschichte dort gemartert, abgeschlachtet und bis zum Gehtnichtmehr gefoltert worden waren. Ich flitzte über die langen steinernen Gänge, als hätte ich eine Überdosis Brause intus.

Mum kaufte mir ein T-Shirt, ein Plastikschwert und ein Holzschild. Wir machten Picknick auf dem Rasen davor – sie hatte Karottenkuchen gebacken. Ich fand's wahnsinnig toll. Sie hat mir gesagt, wie sie ihn gebacken hatte, was sie abgemessen, zusammengemixt, verquirlt, verknetet und dann mit Guss überzogen hatte.

Dad war zu Hause geblieben und hatte Nesta zugesehen, der mit seiner Sonntagsmannschaft Fußball gespielt hatte. Ich hatte Mum ganz für mich allein, was ich insgeheim super fand. Wir sangen Lieder im Zug auf dem Rückweg nach South Crong.

»Der Ausflug war herrlich, der Ausflug war gut, jetzt fehlt uns ein Schläfchen, bestimmt nicht der Mut! Sag's deiner Sis nicht, auch nicht deinem Bro, iss Ackee and Saltfish, denn dann bist du froh ...«

Ich glaube, dass ich mich irgendwie verloren hatte und gar nicht richtig bei Bewusstsein war, denn als ich wieder was mitbekam, waren wir am Crong Circular. Auf der anderen Straßenseite lag North Crong. Die Hochhäuser streckten sich nach dem Mond. In einigen Fenstern brannte Licht, in anderen nicht. Ein Fuchs checkte die Lebensmittel, die aus einer umgekippten Mülltonne quollen. In der Ferne hörte ich Polizeisirenen und betrachtete die vorbeifahrenden Autos, betete, dass irgendwo in einem davon Bullen saßen.

Aber das Glück hatte sich verabschiedet.

Erneut dachte ich an die Ritter, die in Warwick Castle ihr Leben gelassen hatten.

Saira schluchzte wieder. Venetia war immer noch eigenartig ruhig.

»Sobald Nesta seinen feigen Arsch blicken lässt, könnt ihr gehen«, sagte Festus zu meinen Freunden, als wir die Straße überquerten. »Also hört auf zu jammern. Euer fetter Freund hier wird ihn zu unserem kleinen privaten Rave einladen ...«

Festus führte uns über Seitenstraßen und Gassen. Irgendwas lag in der Luft. Ich kam aber nicht drauf, was. Das Atmen fiel mir schwer. Meine Knie drohten einzuknicken. North-Crong-Graffiti markierte jeden Block, ein kleines >n< in Schwarz mit einem großen >C<. An einer Wand war ein gemaltes Porträt von einem riesigen Major Worries, wie er durch North Crong geht. Seine Füße waren so groß wie Mülllaster, und mit seinen Fäusten hätte er ganze Sozialwohnungsblocks godzillamäßig platt machen können.

Ich drehte mich zu Jonah um, er starrte im Gehen zu Boden. Er hätte locker einfach losrasen können. Aber er tat es nicht. In diesem Moment erfüllte mich eine wahnsinnige Liebe zu ihm und meiner ganzen Crew. Sie hätten mich auch alleine meinem Schicksal überlassen können. Aber sie hatten sich entschieden, es nicht zu tun.

Schließlich kamen wir an eine schmale Straße hinter einem Hochhaus. Eine Reihe von Garagen verlief parallel zur Straße. Angst verdrehte mir den Magen so schlimm, dass ich fast gekotzt hätte. Ich konnte keine Tapferkeit mehr vortäuschen. Tränen quollen mir aus den Augen. Ich schaute auf und zählte die Satellitenschüsseln draußen an dem Block. Eine neue Ablenkung. Klamotten hingen an den Balkonen. Im fünften oder sechsten Stock brüllte ein Baby. Im zweiten spielte jemand ein lautes Computerspiel. Alles war so … normal.

Festus blieb stehen. Er kramte in seiner Tasche nach seinem Handy. »Haltet sie da fest«, befahl er seinen Fußsoldaten und ging ein paar Meter beiseite.

Ich tauschte Blicke mit meinen Freunden. Sie sahen so fertig aus, und trotzdem war ihnen allen irre viel Sorge und Liebe anzusehen, sogar Boy aus den Bergen, obwohl ich ihn kaum kannte. Ich spürte es aber. Die Situation war aussichtslos, nur ihr Mut machte mir ein bisschen Hoffnung.

Festus sprach in sein Handy, ging hierin und dorthin und fuchtelte mit seinem freien Arm, als hätte er einen Riesenzorn auf jemanden. Mit wem auch immer er redete, derjenige musste ihn schwer genervt haben. Er beendete den Anruf und kam zurück. Schaute seinen Kumpels in die Gesichter.

»Der Major kommt nicht. Er ist unterwegs auf einer Mission. Mach die Garage auf.«

»Bist du sicher?«, sagte ein Bruder. »Wir haben keinen Beef mit den Anfängern hier. Haben wir denen nicht schon genug Angst eingejagt?«

»Mach die verdammte Garage auf!«

Ein Bruder kramte einen Schlüsselbund aus der Tasche, schob einen Schlüssel ins Schloss und zog das Garagentor auf. Drinnen war's echt dunkel.

»*Ich geh da nicht rein!*«, schrie Saira. »*Siktir git!* Ich geh da nicht rein!«

»Stell die laute Bitch ab«, befahl Festus.

Derselbe Bruder, der das Garagentor aufgemacht hatte, schlug Saira mit dem Handrücken ins Gesicht.

»*Du hältst dich wohl für einen Mann, wenn du ein Mädchen schlägst? Deine Mum muss echt stolz auf dich sein, du dreckiges Stück Scheiße! Siktir git!*«

Der darauffolgende Schlag ließ sie nach hinten schwanken.

24

SCHOKORIEGEL IM DUNKELN

ZUERST STIESSEN SIE SAIRA REIN. Festus hob den rechten Fuß und trat mich hinterher. Ich stolperte, wollte aber nicht hinfallen – den Spaß gönnte ich ihm nicht. Die anderen mussten es nicht mehr gesagt bekommen. Sie schlappten leise hinterher. Jemand machte Licht. Eine nackte Glühbirne flackerte an und aus. Festus zog das Garagentor zu. Mein Herz rutschte in den Keller. Es wurde dunkel. Saira stieß einen irren Schrei aus. Die Birne startete erneut und verbreitete ein krankes gelbes Licht. In allen Ecken hingen Spinnweben. North-Crong-Graffiti an der Decke. Es roch nach Pisse und Alkohol.

Mitten im Raum stand ein angefressenes Sofa, daneben ein verkratzter Tisch. Darauf ein großer gläserner Aschenbecher, der vor Jointkippen und Unmengen Zigarettenasche überquoll. Ein Satz Spielkarten. Sexy Chicks starrten von Plakaten an den roten Backsteinwänden auf uns herunter. Bierflaschen, Limodosen, Rizlas, unzählige Zigarettenpäckchen und eine Auswahl an Schokoriegeln auf den drei Regalbrettern hinten an der Wand. Der Boden war staubig. Ein Werkzeugkasten inmitten von Schraub- und Inbusschlüsseln in allen möglichen Größen wartete in einer Ecke. Außerdem eine kleine Kiste und ein paar unbeschriftete CDs.

»Gib jedem einen Schokoriegel«, befahl Festus. »Vielleicht hält die Hysterische da ja die Klappe. Keine Ahnung, wieso die rumschreit – ich werd die Finger von ihr lassen. Was würde das für meinen Ruf bedeuten, wenn die Soldiers mitbekommen, dass ich Mädchen schlage? Würde dem Major nicht gefallen.«

»Und was bedeutet das für deinen Ruf, wenn du Mädchen kidnappst?«, fauchte Saira.

Festus ignorierte sie.

Ein Bruder mit schwarzen Lederhandschuhen holte sechs Mars-riegel und verteilte sie. Keiner von uns nahm seinen.

»Wie ihr wollt!«

Vier Brüder parkten sich aufs Sofa. Einer fing an, einen Joint zu bauen. Meine Kumpels standen an der Wand. Festus konnte nicht stillhalten. Er ging hierhin und dorthin. Ich folgte ihm mit Blicken. Er blieb nur einmal stehen, um sich ein Bier zu nehmen. Er machte es auf mit einem Flaschenöffner, den er aus der Tasche zog. Dann trank er davon und fuhr sich mit dem Handrücken über die Lippen. Und sah mich an.

»*Ruf ihn an!*«, verlangte er.

Ich sagte nichts. Festus kippte sich noch mehr Alkohol hinter die Binde. Und fuhr sich wieder über den Mund.

»*Ruf ihn an!*«

»Er hat kein Handy! Wir haben alle keins!«, schrie Saira.

»Was soll das heißen?«, fragte Festus.

»Wir wurden in Notre Dame überfallen«, erklärte Bit.

Festus lachte. Ein entsetzliches Gackern. Zwei seiner Kumpels fielen ein. Ich fragte mich, ob sie auch schon mal an G-Gore von den Hunchbackers geraten waren.

»Freut mich, dass ihr das lustig findet«, sagte Saira.

Ich schaute zu Venetia, wollte wissen, wie's ihr ging. Sie war sehr ruhig. Sie starrte Festus durchdringend an.

»Ist wohl nicht euer Tag, oder?«, schmunzelte Festus. »Aber keine Sorge. Fatty kann mein Handy benutzen. Nach sieben Uhr abends kostet mich das sowieso nichts mehr. Ihr würdet nicht glauben, wie viele Apps ich hab.«

Wieder kicherte einer von Festus' Freunden.

Festus nahm sein Handy. Und kam damit zu mir. »*Ruf ihn an!*«

Ich kannte Nestas Nummer auswendig. Wünschte jetzt aber, es wäre nicht so. Festus drückte mir sein Handy in die linke Hand. Ich zuckte am ganzen Körper zusammen, als er mich berührte. Die Angst in meinem Magen schnürte ihn mir erneut zu und ich merkte, wie mir die zerkauten Überreste des Fleischbällchens wieder hochkamen. Nie hatte ich jemanden so gehasst wie Festus. Kurz fragte ich mich, was er machen würde, wenn ich ihn vollkotzte. Vielleicht würde er mich vernichten, aber das wäre es total wert.

Saira hielt die Hand vor den Mund. Jonah schloss und öffnete die Augen, als wollte er woanders aufwachen. Bit bekam den Mund gar nicht mehr zu. Boy aus den Bergen sah aus, als müsste er wiederbelebt werden. Und Venetia verfolgte nach wie vor jede einzelne Bewegung von Festus – hätte sie Laserstrahlen mit den Augen abfeuern können, hätte sie Festus innerhalb eines Sekundenbruchteils in einen Haufen Asche verwandelt.

Festus hatte so ein Handy, bei dem die Tastatur eigentlich viel zu klein war für Finger. Ganz langsam wählte ich Nestas Nummer. Ich wollte keinen Fehler machen, spürte aber die Blicke aller auf mir. Die Glühbirne ging aus, dann sprang sie flackernd wieder an. Ich fragte mich, wo Nesta wohl war. Vielleicht unterwegs auf der Suche nach mir. Oder chillte er bei Yvonne?

Wüsste Festus, was mit meinem Bruder los ist, würde er keinen Krieg mit ihm anzetteln. Seit Mum gestorben war, hatte Nesta so viel Wut in sich. Der würde gegenüber niemandem kneifen. Nicht mal Manjaro.

Nesta würde Festus einen Kampf liefern, der würde sich umsehen.

»Wer ist da?«, meldete Nesta sich.

»Ich bin's, McKay.«

»Wo zum verfluchten scheiß Kuckuck steckst du? Seit Stunden ruf ich dich schon auf deinem Handy an! Ich schwör's dir, wenn du plündern warst und bei dem Wahnsinn in Crong Central mitgemacht hast, fängst du so dermaßen eine, dass du denkst, die Statue vor der Town Hall hat dir eine Kopfnuss verpasst! Und dafür, dass du nicht an dein verdammtes Handy gehst, kriegst du gleich noch mal was auf die Ohren!«

Festus schnappte mir das Handy weg. Ein Mr-Burns-Grinsen machte sich auf seinem Gesicht breit. »Erkennst du meine Stimme, Pussy?!«

Festus schaltete das Telefon auf Lautsprecher und grinste seine Kumpels an – keiner lachte. Nesta antwortete nicht.

»Ich hab gefragt: Erkennst du meine Stimme, Pussy?«

»Wer ist da? Jonah? Bit? Ich bin nicht in Stimmung für Spielchen, holt McKay zurück ans Telefon.«

Festus schaute wieder zu seiner Crew. Die anderen nickten ihm zu. Festus hob einen Daumen. Ich glaubte, kotzen zu müssen.

»Ich hab dein Fahrrad ... und ich hab deinen Fettsackbruder.«

Stille.

»Hast du mich gehört, verdammt?!«, tobte Festus plötzlich los. »Ich hab deinen fetten Bruder!«

Festus drehte sich zu mir um und schob mir sein Handy vors Gesicht. »Sag's ihm!«, schrie er. Und schlug mir mit dem Handrücken ins Gesicht. »Sag's ihm!«

Eins der Mädchen schrie auf. Festus gab mir das Handy. Ich spürte die Hitze an der linken Wange. Ich wusste nicht, was ich sagen sollte. »Tut mir leid«, presste ich hervor. »Tut mir leid ... «

Was anderes fiel mir nicht ein. Tränen liefen mir jetzt wieder übers Gesicht. Festus schnappte sich das Handy. »Also, was willst du jetzt machen, Pussy? Du hast eine halbe Stunde. Wenn du deinen Arsch in der Zeit nicht hierhergeschoben hast, läuft deinem fetten Bruder was Rotes aus dem Kopf. Liegt bei dir, Pussy!«

Lange Pause. Unerträglich war das. Ich hatte das Gefühl, als würde mein Kopf gleich explodieren wie ein Feuerwerk in einer Mikrowelle. Ich schaute allen in die Gesichter und sah, dass sie die Ohren spitzten. *Was dachte Nesta?* Endlich sagte er wieder was.

»Wo seid ihr?«, fragte er.

»In den schwarzen Garagen«, erwiderte Festus. »Indica Lane. Garage Nummer sieben. Du treibst dich mit deinem Fahrrad doch sonst auch immer in Gegenden rum, in denen du nichts zu suchen hast, also müsstest du's schnell finden. Komm her, wenn du glaubst, dass du militant genug bist. Aber rechne nicht damit, es noch mal in die Heimatbaracken zurück zu schaffen.«

Wieder Pause. Mir glitt ein schwerer Wurm mit Daunenjacke den

Rücken runter. Bit und Jonah wischten sich über die Gesichter. Saira tupfte sich die Tränen mit einem Taschentuch trocken. Boy aus den Bergen blieb ganz still sitzen, sein Blick war leer. Seit wir in der Garage waren, wirkte er noch viel blasser, das konnte aber auch an dem gelben Licht liegen. Venetia stand mit verschränkten Armen da. Mit durchdringendem Blick verfolgte sie Festus' sämtliche Bewegungen. Ich glaubte nicht, dass Nesta die Bullen rufen würde. Ich fragte mich, ob er Dad anrufen würde.

»Bist du noch da, Pussy?«, fragte Festus. »Oder kneifst du?«

»Ich bin hier«, erwiderte Nesta. Seine Stimme war so ruhig wie die des Allercoolsten in der Klasse beim Anwesenheitscheck. »Hör mir gut zu, ich sag's dir laut und deutlich ... ich schwöre beim Grab meiner Mutter, wenn McKay auch nur einen Kratzer am kleinen Zeh hat, werde ich dich zersäbeln wie einen Döner am Freitagabend, dich zertrampeln wie Trauben für französischen Wein und dich zerkauen wie einen Streifen Wrigley's. Du glaubst vielleicht, dass du mich terrorisieren kannst, aber wenn du meiner Familie was tust, werde ich zum Paten. Ich *schwör dir* bei Gott, genauso wird es sein ... kannst schon mal Alarm schlagen – ich komme.«

Nesta legte auf.

Ich musste die Kotze runterschlucken, die sich in meiner Kehle gesammelt hatte. Mir war schwindlig. Festus wandte sich an seine Kumpels. Und grinste sie erneut an. Einer von ihnen fummelte nervös rum. Ein anderer schnappte wie irre nach Luft. Ihre Blicke wirkten gar nicht so siegessicher. Ich vermutete, dass die Garage für sie ebenso wie für mich zum Gefängnis geworden war.

Festus schenkte mir erneut seine Aufmerksamkeit. »Wenn er kommt, kannst du los. Vielleicht darfst du sogar seine Organe im Krankenwagen begleiten.«

Jemand kicherte nervös. Saira heulte erneut auf, hielt sich die Hände vor den Mund. Jonah und Bit setzten sich mit den Rücken zur roten Backsteinwand. Boy aus den Bergen rührte sich kaum – er starrte immer noch ins Leere. Venetia hielt unverändert die Arme verschränkt und ließ Festus nicht aus den Augen.

Der parkte sich auf die Armlehne des Sofas, nahm die Karten und fing an zu mischen. Das konnte er sehr gut. Sein Kumpel hatte den Joint jetzt fertig. Zündete ihn mit einem Feuerzeug an. Ein anderer Bruder stand auf und nahm sich ein Bier. Er borgte sich den Flaschenöffner von Festus, nahm einen guten Schluck und setzte sich wieder. Der Weedgestank füllte die Garage. Rauch wand sich wie eine Königskobra Richtung Glühbirne. Ich wollte mich übergeben. Oder einen Schokoriegel essen. Für beides hatte ich aber zu viel Schiss.

Festus ließ die Karten fallen und ging in der Garage auf und ab, strich mit dem Daumen über die Klinge, als wär's ein Spielzeug, das seiner Beruhigung diente. Ich fragte mich, wie viele Leute er damit schon abgestochen hatte. Schweiß lief an mir runter wie Wasser an einem ausgedrückten Schwamm.

Einer der Brüder saß auf dem Sofa und wippte mit den Füßen. *Tapp, tapp, tapp!* Das Geräusch zehrte an meinen Nerven. *Tapp, tapp, tapp!* Nie zuvor hatte ich ein so dringendes Bedürfnis, jemandem die Beine zu brechen wie ihm. *Tapp, tapp, tapp!* Dann hörten wir einen Wagen vorfahren. *Nesta?* Aber Nesta hatte keinen Wagen. Vielleicht hatte er eine Crew mitgebracht. *Tapp, tapp, tapp!*

»*Ruhe!*«, befahl Festus.

Festus konnte das Fußgewippe genauso wenig ertragen wie ich. Zum ersten Mal in dieser Nacht war ich ihm tatsächlich für etwas dankbar.

Jonah und Bit erhoben sich langsam. Ich war hyper-aufgedreht und konnte meinen Puls an Stellen spüren, wo ich ihn nie zuvor gespürt hatte. Festus zog seine Jacke aus. Lockerte die Schultern, umfasste sein Messer fester. Ich sah die Adern an seinem Handgelenk und seinem Oberarm hervortreten. Seine Schultern waren so breit, dass sie sich in unterschiedlichen Postleitzahlenbereichen befanden. Sein Bizeps war raffiniert gezeichnet. Er bezog direkt am Garagentor Stellung und war wild entschlossen, sich zu rächen.

Ich wollte was unternehmen. Ich konnte nicht einfach dastehen und zusehen, wie mein Bruder aufgeschlitzt wurde. Aber ich war kein Held. *Was kann ich machen?*

Wir hörten eine Autotür zuknallen. Ich musste kein Jedi sein, um zu spüren, dass Nesta draußen war.

Sekunden später wurde wie wild gegen das Garagentor gehämmert.

Bläng! Blänggg! Blänggg!

Das war Nesta, aber nicht seine Fäuste. Er hatte was mitgebracht. Irre Erleichterung flipperte durch meine Eingeweide.

»McKay! Bist du da drin? McKay!«

Meine Lippen bewegten sich, aber ich brachte kein Wort raus. Die vier Brüder, die auf dem Sofa saßen, sprangen eiligst auf. Drei davon sahen aus, als hätten sie echt Angst. Einer zog ein Taschenmesser aus der Innentasche. Ein anderer griff sich einen langen Schraubenzieher aus dem Werkzeugkasten. Der Typ mit dem Taschenmesser tauschte es gegen einen Hammer. Festus nahm sein Messer von der einen in die andere Hand.

»McKay! Sag was! Bist du da drin?«

Saira, Boy aus den Bergen, Bit und Jonah wichen an die hintere Wand zurück. Venetia blieb stehen. Sie wirkte ruhig wie in Trance. Sie nahm etwas aus ihrem Rucksack. Schweiß ließ meine Sicht verschwimmen.

»Macht auf«, befahl Festus und sah seine Brüder an.

Festus' Crew tauschte hektisch Blicke.

Blänggg! Blänggg! Blänggggg!

»McKay! McKay! Macht dieses verfluchte Tor auf!«

Blänggg! Blänggg! Blänggg!

»Macht auf!«, befahl Festus.

Der Bruder mit den schwarzen Handschuhen trat vor und schaute hinter sich, bevor er die rechte Hand an den Griff des Garagentors legte. Angst schoss ihm in den Blick. Langsam ließ er es hoch. Dann hielt er inne. Ein Strahl Straßenlicht fiel auf seine Marken-Sneaker.

»McKay!«

Festus verlagerte sein Gewicht vom rechten auf den linken Fuß. Schweiß kochte auf seiner Stirn. Er hielt das Messer in der rechten Hand. Seine Muskeln spannten sich an. Der Lichtstrahl war jetzt kniehoch. Meine innere Stimme schrie mich an. *Tu was, McKay!* Vielleicht konnte ich einfach gegen ihn anrennen. Ich machte einen Schritt vorwärts. Dann hörte ich ein »*Uuuuurrrrhhhh!*«.

»*Aman allahim!*«, schrie Saira.

Festus schwankte, als hätte ihm jemand die Kniescheiben zertrümmert. An seinem Hals funkelte etwas. Er versuchte es rauszuziehen. Venetia trat langsam von ihm zurück. Sie guckte, als könnte sie nicht fassen, was sie gerade getan hatte. Blut lief ihr über die rechte Hand. Sie hielt alle Finger weit abgespreizt. Ihr Mund stand offen, aber es kam kein Geräusch heraus. Sie knallte mit dem Rücken an die Wand, ließ aber Festus nicht aus den Augen.

»*Uuuuurrrrgggghhhh!*«

Festus ging zu Boden. Er rang nach Luft. Einer seiner Kumpels ließ seinen Schraubenzieher fallen und kam ihm zu Hilfe. Die anderen aus seiner Crew verzogen sich in Windeseile raus aus der Garage – einer ließ bei seiner überstürzten Flucht einen Hammer fallen. Nesta kam mit einer Axt reingerannt – der Griff war fast genauso lang wie Liccle Bits Beine.

Mutter aller Bohnenstangen! Woher in Crongton hatte er die bloß?

Collie Vulture war bei ihm. Er schwenkte einen Kricketschläger. Aber den brauchte er nicht mehr.

Ich sah Festus noch einmal genauer an. Ein Fußnagelknipser mit ausgeklappter spitzer Feile steckte in seinem Hals. Schock erfasste meinen ganzen Körper. Kotze schoss mir die Kehle rauf. Ich spuckte über die Karten. Der Typ mit den schwarzen Lederhandschuhen versuchte fieberhaft, die Blutung zu stoppen. Er sah sich um, ich vermutete, nach etwas, das den Blutfluss stoppen würde. Schließlich nahm er einen ölverschmierten Lappen aus dem Werkzeugkasten. Festus wand sich und schlängelte sich über den Boden. Sein Gesicht zuckte und verzerrte sich vor Schmerz. Er machte so ein scheußliches, gurgelndes Geräusch – wie ein Alien, der Hustensaft nimmt. Seine Zunge sah aus, als wollte sie seinem Mund entweichen. Ich drehte mich um. Venetia hatte den Kopf an Bits Brust vergraben. Die Augen fest geschlossen. Saira umarmte alle beide.

Nesta ließ die Axt fallen. Er zog sein Handy aus der Tasche und telefonierte. Jonah raste nach draußen. Boy aus den Bergen folgte ihm.

»Wir brauchen einen Krankenwagen«, sagte Nesta in sein Handy. Er war ruhig, als hätte er schon häufiger solche Anrufe gemacht. »Jemand wurde angestochen. Indica Lane, North Crongton – an den Garagen. Sie müssen nicht wissen, wer anruft. Schicken Sie nur ganz schnell einen Krankenwagen. Indica Lane. Die Postleitzahl weiß ich nicht.«

Nesta beendete die Verbindung. »McKay!«, rief er. »Schieb deinen Hintern in den Wagen. Steigt alle ein.«

Bit und Saira halfen Venetia aus der Garage. Collie Vulture führte sie zu einem Mini, der am Ende der Straße parkte.

Ein Mini? Wollt ihr mich verdammt noch mal verarschen?

Ich folgte ihnen. Zitterte noch immer am ganzen Körper.

»McKay!«, schrie Nesta wieder. »Beweg dich! Die Bullen und die Sanitäter sind gleich hier.«

Ich schaute mich um. Der Bruder mit den rot verschmierten Handschuhen wiegte Festus' Kopf mit einer Hand hin und her, presste ihm mit der anderen den Lappen an den Hals. Seine Lippen bebten. Festus machte die Augen auf und zu. Sein Blut tränkte den staubigen Boden. Ich konnte mir den Gedanken nicht verkneifen, dass Festus bald ein weiteres großes weißes Pflaster passend zu dem auf seinem Kopf brauchen würde.

25

GEISTERSTADT

ICH WEISS NICHT, WIE WIR'S GESCHAFFT HABEN, aber wir quetschten uns zu sechst auf den Rücksitz. Boy aus den Bergen saß auf einem meiner Beine und Jonah auf dem anderen, Saira und Venetia setzten sich auf Bit – sie stießen mit den Köpfen ans Autodach. Schmerz stieg von meinen Knien auf. Nesta legte die Axt in den Kofferraum und kroch auf den Beifahrersitz. Collie Vulture saß am Steuer, der Kricketschläger neben ihm. Er drehte den Schlüssel im Schloss. Nichts. Er drehte ihn erneut, und dieses Mal sprang der Motor an. *The Fast and the Furious* war das nicht gerade! Die Scheinwerfer des Wagens leuchteten die Straße runter. Das Radio sprang an. Ich ließ meine Scheibe runter. Die Nachtluft kühlte mir die Stirn. Ich wollte nicht an die Nagelfeile oder an den Schrecken in Festus' Gesicht denken, als er gesehen hatte, wie sein Blut auf den Garagenboden tropfte.

Ich wollte Nestas Stimme hören. Nur, um wirklich glauben zu können, dass wir dem Wahnsinn entkommen waren.

Hätte auch mein Bruder sein können, der da mit einer Klinge im Hals im Dreck lag.

»Wo hast du die Karre her?«, fragte ich.

»Mann …«

»Frag nicht«, fiel Nesta ihm ins Wort.

»Wird er's …«, fing Venetia an, »wird er's überleben?«

Niemand antwortete.

»Wird er's überleben?!«, wiederholte Venetia. »WIRD ER'S ÜBERLEBEN?«

»Ich weiß es nicht«, erwiderte Nesta. »Du hast ihn ganz schön aufgespießt. Wenn sie's schaffen, den Blutverlust zu stoppen, hat er eine Chance.«

Das war unwirklich.

Venetia bekreuzigte sich und schloss die Augen. Tränen liefen ihr über das Gesicht. Saira fand ein Taschentuch und wischte Venetia das Blut von der rechten Hand. Festus' Blut. Das war kein PlayStation 4-Spiel. Keine DVD.

Was hatte sie zu solcher Brutalität getrieben? Sie war so ruhig gewesen – so gefasst –, aber der Angriff war so impulsiv. Ich dachte an Colette und an alles, was an jenem Abend passiert war. Vielleicht war die emotionale Last einfach zu groß für sie geworden; sie hat es nicht mehr ausgehalten und ist ausgeklinkt.

Im Radio lief Opernmusik. Niemand bat darum, den Sender zu wechseln. Erneut fragte ich mich, in wessen Auto wir eigentlich saßen.

Collie Vulture fand den Weg zum Crong Circular. Er blieb mit dem Tempo unter dem Limit, aber trotzdem war's eine holprige Fahrt zu sechst da hinten drin. Als wir uns Crong Central näherten, hörten wir Einbrecheralarmanlagen in die Nacht heulen. An mindestens drei verschiedenen Stellen stieg Rauch auf. Benzin verpestete die Luft. Hier und da raste ein Polizeiwagen vorbei und irgendwo kreiste ein Hubschrauber über uns. Der Weg nach Crong Central war von Straßensperren und Polizeifahrzeugen blockiert. Ich blieb mit dem Gesicht dicht am geöffneten Fenster für den Fall, dass ich noch mal kotzen musste.

»Die Bullen haben alle Straßen nach Crong Central gesperrt«, sagte Collie Vulture. »Ungefähr vor einer Stunde, ein paar Gettoratten haben das vornehme Restaurant da angezündet.«

»Posha Nostra«, sagte Nesta. »Der Italiener. Danach sind die Bullen heftig sauer geworden und erst mal so richtig angerückt. Die haben jede Menge Ratten verhaftet, die sich auf dem Crong Broadway rumgetrieben haben – die wollten die beiden Juweliere da oben plündern. Bleib auf dem Crong Circular bis nach Crong Heath.«

»Da wohne ich«, sagte Boy aus den Bergen. »Könnt ihr mich da absetzen?«

Im Radio wurden weiter Opern gesungen. Venetia weinte leise. Ich sah sie an und fragte mich, ob sie jemals über die irre Nacht hinwegkommen würde. Ich glaubte nicht mal, dass ich es selbst konnte.

»Was …. was soll ich sagen?«, fragte sie.

»Dass du dich verteidigt hast«, erwiderte Saira. »Das irre Arschloch hatte ein Messer in der Hand, V. Der hätte uns alle abstechen können.«

»Saira hat nicht unrecht«, sagte Bit. »Das war voll die stressige Situation. Niemand kann dir einen Vorwurf machen. Gott sei Dank leben wir noch. Dieser Festus ist ein echter Psycho. Nicht mal seine Kumpels wollten bei dem Wahnsinn mitmachen.«

»Ihr seid tapferer als die ganzen Hardcore-Brüder, die ich kenne«, sagte Nesta.

»Was kennst du denn für Hardcore-Brüder?«, fragte ich.

Nesta schickte mir einen strengen Blick über den Rückspiegel.

»Meinst du, ich hatte keine Angst, als wir da hingerast sind?«, gab er zu. »Das hätte ich sein können, da auf dem Garagenboden mit Festus' Messer im Hals. So wie ich das sehe, hast du mir den Arsch gerettet, du und deine Crew. Stresst euch nicht. Ihr habt euch vollen Respekt verdient.«

Bit nickte. »Nesta hat nicht unrecht.«

»Aber«, fing Venetia an. »Wenn er stirbt? Oder wenn die Bullen vorbeikommen? Was soll ich meiner Familie sagen? Was werden die bei mir in der Kirche sagen? Mein Vater wird durchdrehen – der geht schon auf mich los, wenn ich zu spät aus der Schule komme oder meine kleine Schwester kneife.«

»Er sollte heilfroh sein, dass dir nichts passiert ist«, sagte Bit. »Ich bin's jedenfalls.«

»Überleg mal, wie viele Leute gesehen haben, dass Festus McKay draußen vor dem Rave niedergeschlagen hat«, erinnerte sich Jonah. »Und die haben auch gesehen, dass er McKay ein Messer an die Kehle gehalten hat, als wollte er gleich zustechen. Und dann hat er uns entführt! Voll die verdammte Dreistigkeit!«

»Aber Festus könnte sterben«, brachte sie hervor, dann musste sie wieder schluchzen.

»Wir gehen mit dir hoch in die Wohnung«, bot Saira an. »Und mir ist egal, ob wir den Rest der Nacht, eine Woche oder einen Monat bleiben müssen. Wir helfen dir mit deiner Familie, mit den Bullen und allem anderen.«

»Ich bin dabei«, sagte Bit.

»Und ich auch«, stimmte ich zu.

Venetia war ein paar Sekunden ruhig, dann brach sie erneut in Tränen aus. Keinem von uns fiel was ein, wodurch sie sich besser gefühlt hätte. Stattdessen umarmten wir sie so gut es ging auf dem engen Rücksitz.

Bis Crongton Heath brauchten wir fünfzehn Minuten. Boy aus den Bergen lotste Collie Vulture weiter bis Ripcorn Wood. Collie musste ausweichen, als ein Fuchs lässig die Straße überquerte. Wir fuhren an großen Häusern mit langen Einfahrten und so weitläufigen Vorgärten vorbei, dass man dort Ponys hätte reiten können. Alles war ganz still. Und wirkte irgendwie unwirklich.

»Bist du sicher, dass du hier wohnst?«, fragte Nesta Boy aus den Bergen.

»Ja«, erwiderte er. »Hab mein ganzes Leben lang hier gewohnt. In der Gegend ist es echt ruhig, es sei denn, unser Nachbar stutzt seine Hecke mit der Kettensäge.«

Als Collie hielt, stiegen wir alle aus, außer Venetia. War gut, mal die Beine zu strecken, aber erst musste ich den Rest Kotze ausspucken, der mir oben in der Brust saß.

»Bist du sicher, dass ich nicht mitkommen und dir zu Hause mit deiner Familie helfen soll?«, bot Boy aus den Bergen Venetia an.

Venetia schüttelte den Kopf. Sie versuchte zu lächeln. Ihre Hände zitterten. »Schon gut«, sagte sie. »Vielen Dank, dass du mir helfen willst, aber Bit und Saira können ja mitkommen. Ich hoffe, wir sehen uns in der Schule … irgendwann.«

»Tun wir«, sagte Boy aus den Bergen. »Du hast uns echt die Haut, die Zehen und alles andere gerettet!«

»Danke«, erwiderte Venetia. »Du heißt Colin, oder?«

Boy aus den Bergen nickte. »Du hast es dir gemerkt!«

»Keine Ahnung, was jetzt mit mir passieren wird, aber danke, dass du mir geholfen hast, Colin. Pass auf dich auf.«

»Dir wird gar nichts passieren!«, sagte Bit.

»Geht das mit der Verabschiedung auch kürzer?«, schaltete sich Collie Vulture ein. »Genau betrachtet gehört mir der Wagen nämlich eigentlich nicht.«

»Wem gehört er denn?«, wollte ich wissen. »Jemand, den ich kenne?«

»*Frag nicht*«, schrie Nesta. »Freu dich, dass du nach Hause gefahren wirst.«

Nesta guckte echt sauer. Ich beschloss, das Thema ruhen zu lassen, aber meine Festplatte hatte es bereits runtergeladen.

Plötzlich legte Saira Boy aus den Bergen die Arme um den Hals und drückte ihm ein Küsschen auf die Wange. Eifersucht packte mich.

»Wenn der ganze Mist vorbei ist, kommen wir dich zu Hause besuchen«, schlug sie Boy aus den Bergen vor. »Und schieben ein paar Kugeln über deinen Billardtisch!«

»Bin ich sehr dafür«, erwiderte Boy aus den Bergen mit dem breitesten Grinsen der ganzen Nacht. »Ich werd euch dran erinnern.«

Saira grinste zurück. »Vielleicht packt mich ja doch noch der wahnsinnige Drang, deinen buschigen Kopf zum Friseur zu zerren, aber du bist schon in Ordnung!«

Erneut galoppierte mir Eifersucht über die Brust.

Boy aus den Bergen winkte zum Abschied und schob sich durchs Tor. Wir anderen stiegen wieder in den Mini. Drei Mal Anlassen später sprang der Motor an. Collie Vulture machte einen U-Turn und wir rasten nach South Crong.

South Crong war nicht der sauberste Ort auf Erden, aber als wir die Bezirksgrenzen erreichten, kam's mir vor wie die hübscheste Wohnsiedlung der Welt.

Ein Hoch auf große Mülltonnen! Schön, wieder zu Hause zu sein.

»Wenn er's überlebt«, sagte Nesta, »dann glaub ich nicht, dass Festus bei den Bullen auspackt. Der eigene Ruf bedeutet solchen Brüdern alles. Der wird nicht wollen, dass bekannt wird, dass er sich von einem Mädchen hat fertigmachen lassen. Der würde alles dafür tun, um zu verhindern, dass die Botschaft durchsickert.«

»Aber wenn er überlebt, wird er sich irgendwie abgefahren rächen wollen«, erwiderte Collie Vulture. »Der macht nicht auf *Frozen* und singt ›Let it Go‹.«

Nesta dachte drüber nach. »Nein, bestimmt nicht«, sagte er.

Saira streichelte Venetia übers Haar, versuchte sie zu trösten. Bit hielt ihre Hand. Ihr liefen immer noch Tränen übers Gesicht.

»Wer ist der Nächste?«, fragte Collie Vulture.

»Wir fahren am besten V nach Hause«, antwortete Saira. »Und gehen mit ihr rauf.«

»Wo wohnt sie?«, wollte Collie Vulture wissen.

»Somerleyton House«, erwiderte Bit.

»Das Hochhaus«, wusste Collie Vulture.

Ich schaute aus dem Fenster. Auf den Straßen waren immer noch ein paar Gettoratten unterwegs, außerdem ein paar andere Leute. Einige schoben Einkaufswagen und Buggys, voll beladen mit Sneakern, Klamotten, Schokoriegeln, Zigarettenschachteln, Alkohol, Limoflaschen, Handys, Laptops, Spielekonsolen und jede Menge anderem Kram. Wir kamen an zwei Blocks vorbei, wo ein paar South Crongtonier Party machten, als wär's 2099. Ich fragte mich, ob die Raver auch ein Duell zwischen zwei so gelenkigen Mädchen gesehen hatten wie wir. Kein einziger Bulle in Sicht.

»O Mannomann!«, meinte Jonah. »Ich kann nicht glauben, dass ich's verpasst hab. Ich hätte mir ein neues Handy beschaffen können!«

»Sei vorsichtig mit dem, was du dir wünschst«, sagte Nesta. »Die Bullen haben jede Menge Unruhestifter und Aufrührer verhaftet und die sind noch lange nicht fertig. Wenn die erst das ganze Material aus den Überwachungskameras gesehen haben, verhaften sie noch einen ganzen Laster voll. Glaub mir, die meisten, die mitgemacht haben, werden lange Zeit Haferbrei hinter Gittern futtern.«

Wir fuhren draußen vor Somerleyton House vor. Bit stieg als Erster aus und half Venetia auf die Füße. Wir anderen folgten. Meine Knie taten immer noch höllisch weh, aber ich wollte es mir nicht anmerken lassen.

»Wahrscheinlich ist mein Vater unterwegs und sucht mich«, sagte Venetia. Sie schaute zu Boden, und wieder tropften ihr Tränen von den Wangen. »Der wird so unglaublich explodieren.«

»Ich will's ja nicht runterspielen, aber ganz egal, wie dein Vater reagiert, das ist noch deine geringste Sorge«, sagte Nesta. »Sag ihm die ganze schmutzige Wahrheit – Festus und seine Crew haben euch gekidnappt und er hat euch alles Mögliche angedroht. Sei froh, dass du wieder sicher zu Hause bist. Nimm deine ganze Familie in den Arm – auch die Katze, wenn ihr eine habt. Und wenn ich du wäre, würde ich auch erst mal dort bleiben. *Keine* weiteren Missionen!«

Nesta sah mich böse an.

Venetia und Saira umarmten uns, als wären wir lange verloren geglaubte Familienangehörige – das fühlte sich besser an. Wir waren uns jetzt alle so nah.

»Sentimental werden könnt ihr später«, sagte Collie Vulture. »Ich muss den Wagen wegbringen, sonst krieg ich Ärger.«

»Mit wem?«, wollte ich wissen.

Nestas Miene verriet mir, dass ich keine Antwort darauf bekommen würde. Jonah und ich stiegen wieder in den Mini. Bit zog ab, hatte sich bei Venetia und Saira untergehakt.

»Angenommen, Festus überlebt«, sagte ich laut. »Meinst du, der wird uns jagen?«

»So, dass wir den Rest unserer Tage in Angst und Schrecken leben?«, fragte Jonah.

»Eins nach dem anderen«, sagte Nesta. »Der Wahnsinn hat noch nicht mal angefangen. Ich will nicht lügen – Brüder wie der wissen, wie man sich seinen Groll erhält – so macht man das in Crongton. Und angefangen hat das alles wegen mir – tut mir leid, dass ihr wegen mir in dieses Macho-Drama verwickelt wurdet.«

»Du hast dich nur verteidigt«, sagte ich.

»Ja«, nickte Nesta. »Aber seht euch an, wozu es geführt hat. Tut mir leid.«

Schweigend wurde die Fahrt fortgesetzt. Ich konnte mich nicht erinnern, wann Nesta sich das letzte Mal bei mir entschuldigt hatte – oder bei sonst wem.

Wir fuhren draußen vor Jonahs Block vor und ich sprang mit ihm raus. Ein paar Eltern standen auf den Balkonen und schauten sich in der Siedlung nach ihren Kindern um. In Crong Central stieg immer noch Rauch auf. Über den Wareika Way kreischte Einbrecheralarm. Einkaufswagen aus dem Supermarkt standen herrenlos neben den großen Müllcontainern.

»Soll ich mit dir hochkommen?«, bot ich Jonah an. »Dich ein bisschen unterstützen, wenn dir deine Eltern die Ohren vollschimpfen? Ich weiß, dass deine Mum voll ausflippen wird.«

»Stimmt«, erwiderte Jonah. »Aber ich krieg das schon hin. Wenn die mich ausschimpfen, sag ich, dass sie sich um ihre eigenen Probleme kümmern sollen! Ich werd ihnen sagen, dass ich nicht drauf stehe, wenn sie sich Tag für Tag in den Haaren liegen. Das geht schon so weit, dass ich wegen der Streiterei nicht mehr schlafen kann.«

»Bist du sicher?«, fragte ich.

»Nee, sicher bin ich nicht«, erwiderte Jonah. »Aber ich werd's überleben. Außerdem geh ich besser auch noch zu Bit hoch – sag denen, dass es ihm gut geht. Da geh ich sogar als Allererstes hin.«

Dann machte Jonah etwas, das er noch nie gemacht hatte. Er umarmte mich. Ich brauchte ein paar Sekunden, bis ich meine Stimme wiederfand.

»Danke … danke, dass du bei mir geblieben bist«, sagte ich. »Mit deinen flinken Füßen hättest du leicht abhauen können.«

»Wie hätte ich das machen sollen?«, erwiderte Jonah. »Ich kenn dich schon mein ganzes Leben. Du … du bist wie ein Bruder.«

»Noch mal danke«, sagte ich. »Bin dir voll was schuldig.«

»Übrigens«, sagte Jonah. »Ich glaube, Saira steht auf mich. Da war richtig viel Liebe drin, als sie mich zum Abschied umarmt hat.«

»Mich hat sie viel fester umarmt und außerdem auf die Wange geküsst«, widersprach ich. »Saira und ich sind bald zusammen. Dauert nicht mehr lange, dann bringt sie mir Frühstück ans Bett!«

»Mich hat sie auch geküsst!«, grinste Jonah. »Wären wir alleine gewesen, hätten sich unsere Zungen begrüßt.«

»Und auf dem Mars twerkt ein Nashorn!«, lachte ich.

»McKay!«, brüllte Nesta.

Jonah drehte sich um, raste davon und sprang die Stufen rauf. Ich stand da und sah ihn bis in sein Stockwerk flitzen.

Stinkende Aufzüge! Wenn Mrs Hani Jonah gleich vor sich sieht, gerät sie glatt in Versuchung, ihrem Sohn die Familienschulden an die Füße zu binden und ihn über die Balkonbrüstung zu werfen.

»McKay!«, brüllte Nesta erneut. »Ich hab nicht die ganze Nacht Zeit!«

Ich stieg wieder in den Mini. Jetzt hatte ich die Rückbank für mich. Collie Vulture schaltete das Radio aus. Ich wünschte, es hätte weitergedudelt – ich stand nicht auf den Operngesang, aber irgendwie beruhigte er mich.

»Kommt ihr mit zu uns?«, fragte Collie Vulture Nesta.

»Nein«, erwiderte Nesta. »Ich muss meinem kleinen Bruder noch ein bisschen Realität beibiegen. Sag Yvonne, ich ruf sie später an.«

»Was für eine Realität?«, wollte ich wissen.

»Wirst du merken.«

»Ich weiß, dass du wegen heute Abend schimpfen willst«, sagte ich. »Aber kann das nicht bis morgen warten? Meine Beine bringen mich um, ich hab mich für heute ausgequatscht und mein Bett fragt sich, wo ich stecke.«

Nesta starrte aus dem Fenster, während es Collie Vulture gelang, den Mini gleich beim ersten Versuch anzulassen. »Ich will nicht schimpfen«, sagte er. »Ist wegen Mum. Das kann nicht mehr warten – ich hätte dir's schon vor langer Zeit sagen sollen.«

»Was?«, presste ich hervor.

Nesta antwortete nicht. Er starrte geradeaus durch die Windschutzscheibe und machte das Radio wieder an. Fingerte am Senderknopf herum.

»Was ist mit Mum?«, wiederholte ich, dieses Mal lauter.

»Wenn wir zu Hause sind!«

26

NESTAS GEHEIMNIS

COLLIE VULTURE SETZTE UNS draußen vor unserem Block ab. »Ich bring du-weißt-schon-wem besser den Wagen zurück«, meinte er.
Ich sagte nichts. Ich starrte Nesta nur an. Nesta schaute weg.

Nie hatte ich mich beim Eintreten in unsere Burg besser gefühlt. Dickens House!
Nesta ging in die Küche und schnappte sich eine von Dads Wodka-Lemon-Flaschen. Ich warf mich aufs Sofa im Wohnzimmer und schloss die Augen. Ich wollte meine Knie mit Desinfektionsmittel besprühen und mir irgendwie den Mund ausspülen, aber ich war so verdammt müde.
»Schlaf noch nicht«, sagte Nesta und setzte sich an den Esstisch.
»Nesta, ich weiß, ich hab voll was verbockt«, sagte ich. »Aber mir fallen die Augen zu, Bro. Vielen Dank, dass du gekommen bist und mich geholt hast. Das war eine abgefahrene Nacht – ich hab gedacht, das war's, aus und vorbei, ich hab gedacht, ich lande auf dem Friedhof.«
»Ich mach dir einen Kaffee«, bot Nesta an. »Dann bleiben deine Augen auf. Ich will, dass du dir anhörst, was ich zu sagen habe.« Er ging zurück in die Küche und ich hörte, wie er Wasser in den Kessel laufen ließ.
Knutsch meine Ritter! Nesta hatte mir in meinem ganzen Leben noch nie Kaffee oder Tee gemacht.
»Wie viel Stück Zucker nimmst du?«, schrie er.
»Zwei!«, erwiderte ich.
Drei Minuten später kam er mit einem Becher Kaffee zurück, an

dem nichts stimmte – viel zu viel Milch. Ich beschwerte mich nicht, aber ich trank ihn auch nicht. Er parkte sich neben mich aufs Sofa. Verschränkte die Finger. Meine Nerven fingen an, um sich zu treten, als würde Madame North Leg in meinem Bauch tanzen.

»Wieso bist du nicht ans Handy gegangen?«, fragte Nesta.

Ich wusste nicht, was ich antworten sollte.

»Sag's mir! Wieso bist du nicht ans Handy gegangen?«

Ich schluckte eine dicke Portion Spucke. »Wir wurden in Notre Dame überfallen.«

»In Notre Dame?!«, wiederholte Nesta. »Was hast du denn da gemacht?«

»Wir wollten Venetias Handy zurückholen. Von ihrem Freund – einem langen Bruder namens Sergio – Ex-Freund. Er hat es sich unter den Nagel gerissen und wir sind da hin, um es zurückzuholen.«

Nesta schüttelte den Kopf. Ich probierte den Kaffee. Er schmeckte nicht.

»Und wer hat dein Handy eingesackt?«, wollte Nesta wissen. »Die Hunchbacker?«

Ich nickte.

»G-Gore?«, vermutete Nesta. »Das ist eine Pussy.«

»Yep – G-Gore. Und er hat Venetia geschlagen.«

»Er hat Venetia geschlagen? Ein Mädchen-Quäler? Dann ist er eine noch viel größere Pussy!«

»Hat mir einen Wahnsinnsschrecken eingejagt.«

»Das macht er mit Anfängern. Bei mir würde er sich das nicht trauen. Wenn alles vorbei ist, unterhalte ich mich mal mit dem.«

»Wir wollten nur Venetias Handy wiederhaben.«

Nesta beugte sich zu mir. »Wieso hast du mir nichts davon erzählt, dass ihr nach Notre Dame wollt?«

»Äh … « Ich wollte ihn nicht dran erinnern, dass ihn die Bullen abgeführt hatten und wie sauer er gewesen war. Und daran, dass man überhaupt nicht mit ihm reden konnte, wenn er so war.

»Ich hätte dir geholfen! Kümmer ich mich etwa nicht um dich? Helf ich dir nicht?«

»Ja, doch, tust du.«

Nesta schüttelte wieder den Kopf. Er stand auf und nahm die Flasche vom Esstisch. Er trank die Hälfte davon in einem Schluck, behielt mich weiter im Blick.

»Das Wichtigste ist, dass du jetzt in Sicherheit bist.«

»Wirst du's Dad sagen?«, fragte ich.

»Nein. Aber du«, erwiderte Nesta. »Vielleicht hat er schon versucht, dich anzurufen. Tatsächlich hab ich's bei ihm probiert, bin aber nicht durchgekommen.«

Oha. *Ich werde Hausarrest bekommen, bis ich Großvater bin.*

»Jetzt hör mir mal gut zu, McKay.« Nesta trank die Flasche aus. »Mum ...«

»Was ist mit Mum?«, wollte ich wissen.

»An ... an dem Tag, an dem sie ...«

Nesta konnte den Satz nicht zu Ende sprechen. Aber ich wusste, welchen Tag er meinte.

»An dem Tag bin ich nicht in die Schule gegangen«, fuhr Nesta fort.

»Und?«, erwiderte ich.

Nesta warf mir kurz einen Blick zu, dann konzentrierte er sich wieder auf seine Finger. »Ich hab in dem Halbjahr ganz schön oft die Schule geschwänzt – Collie Vulture, Sergeant Rizla und ich haben am Skatepark gekifft und gechillt. Auf jeden Fall haben die in der Schule ausgerechnet an diesem Tag beschlossen, Mum anzurufen – Dad haben sie ja nicht ans Telefon bekommen, weil er arbeiten war.«

Ich zuckte mit den Schultern – ich kapierte nicht, was Nesta mir sagen wollte. »Wieso fängst du davon an?«, fragte ich ihn. »Ich denk nicht gerne an den Tag.«

»Du kapierst es nicht, oder?« Nesta hob plötzlich die Stimme.

»Was kapier ich nicht?«

»Das war wegen *mir!*«

»Was war wegen dir?«

»McKay, hör einfach zu«, sagte er im Flüsterton.

Ich schenkte ihm meine gesamte Aufmerksamkeit.

»Mum war gerade los, um einkaufen zu gehen, als sie den Anruf bekommen hat. Und da ist sie zur Schule gegangen statt nach Crong Central. Eigentlich wäre sie gar nicht auf der Larch Road gewesen.«

Die Larch Road. In die Straße konnte ich immer noch nicht wieder gehen. Nicht mal den Namen aussprechen. Die Straße, in der es passiert ist. Der Wagen. Ihr toter Körper.

»Nur wegen mir ist sie da gewesen! *Es ist meine Schuld. Meine!*«

Ich hatte Nesta noch nie weinen sehen. Er vergoß ganze Seen, schüttelte den Kopf. Er hatte die Hände vors Gesicht geschlagen und seine Brust hob und senkte sich. Ich stand auf und ging zu ihm, legte ihm einen Arm auf die Schulter. Er stieß ihn weg.

»Bist du nicht wütend? Sag doch was! Tu was! Schimpf mich aus! Nimm was und hau's mir über den Schädel! Wieso bist du denn nicht wütend?«

Ich wusste nicht, was ich sagen sollte. Auch meine Augen wurden von Tränen geflutet.

»Du bist mein großer Bruder«, brachte ich raus. »Du bist nicht den Wagen gefahren. Nesta – das war nicht deine Schuld. Das darfst du dir nicht antun, Bro. Mum würde dir keine Vorwürfe machen und ich tu's auch nicht.«

Nesta bedeckte erneut die Augen. Wieder legte ich ihm meinen Arm um die Schultern, und dieses Mal schlug er ihn nicht weg.

Irgendwann an jenem Morgen säuberte und versorgte Nesta mir das Knie mit Watte und Desinfektionsmittel – es brannte wie verrückt. Er war sehr vorsichtig und leise. Liebevoll eigentlich. Dann holte er mir mein Kissen und meine Bettdecke aus dem Schlafzimmer und ich schlief auf dem Sofa ein. Er wusste, dass ich, seit Mum tot war, lieber auf dem Sofa schlief als in meinem Gelass. Dad war dagegen, aber Nesta war's egal. Ich weiß nicht, ob ich's geträumt habe, aber ich glaube, er gab mir ein Küsschen auf die Stirn, so wie Mum früher immer.

Als ich aufwachte, schien die Sonne hell durchs Wohnzimmerfenster. Ich setzte mich auf und hörte Nesta und Dad reden. Sie saßen einander gegenüber am Esstisch, unterhielten sich ruhig, vor sich hatte jeder einen Becher Kaffee (außerdem ein paar leere Wodka-Lemon-Flaschen).

»Dad ... Nesta.«

Sie drehten die Köpfe. Dad lächelte mich an, stand auf und kam zu mir. Er hatte noch seine Arbeitsschuhe an. Dann legte er mir eine Hand auf die Wange, so wie er's immer machte, aber dieses Mal fühlte sich seine Berührung noch herzlicher an, tröstlicher. Er sah müde aus.

»Alles in Ordnung, McKay?«

Ich nickte. »Glaub schon.«

»Dein Bruder hat mir erzählt, was gestern Nacht passiert ist.«

»Hat er?«

Ich tauschte Blicke mit Nesta. Er zuckte mit den Schultern und hielt abwehrend die Hände. »Du hast geschlafen.«

»War nicht meine Schuld, Dad«, verteidigte ich mich. »Wir sind nur nach Notre Dame, um Venetias Handy zurückzuholen, aber dann wurden wir von so einer Crew überfallen, und der rassistische Taxifahrer wollte uns nicht nach South Crong mitnehmen, weil wir nicht das ganze Fahrgeld hatten, und dann ...«

»Schon gut, McKay«, sagte Dad. »Du bist jetzt in Sicherheit. Wieder bei uns. Wir reden später drüber. Wenn du willst. Aber jetzt sag mir erst mal, was du zum Frühstück möchtest. Oder besser zu Mittag. Ist schon nach zwölf.«

»Frühstück?«, wiederholte ich. »Äh ... weiß nicht.«

»Dein Bruder ist heute früh los und hat Würstchen und Eier gekauft. Soll ich dir die braten?«

Ich sah Nesta an. Ich konnte mich nicht erinnern, wann er das letzte Mal einkaufen gegangen war. Vielleicht vor sechs Monaten einen halben Liter Milch, aber mehr nicht.

»Äh, ja. Ich bin dabei.«

»Bleib da und ruh dich aus«, befahl Dad. »Ich mach das schon. Möchtest du Orangensaft dazu?«

Plötzlich fiel mir Festus wieder ein, und die Nagelfeile und das Blut.

»Festus! Ist er …?«

»*Später*«, unterbrach mich Dad. »Nesta und ich kümmern uns um dich, damit du wieder ganz auf den Damm kommst.«

Nesta nickte.

Schon fast unwirklich, wie sich die beiden einig waren. Plötzlich brach die Realität über mich herein. Während ich geschlafen hatte, hatten die beiden alles untereinander ausgemacht, sich überlegt, was das Beste war und was nicht – sie schlossen mich immer noch aus, behandelten mich wie ein Kind.

Dad tätschelte mir wieder den Kopf, während ich mein Frühstück verputzte. Die Würstchen waren nicht richtig durch – aber ich hatte keine Lust, es ihm zu erklären. Konnte immer noch nicht fassen, dass sie sich praktisch hinter meinem Rücken über mein Drama ausgetauscht hatten. Allmählich kochte Zorn in mir hoch.

»Wir haben im Krankenhaus angerufen. Dieser Festus befindet sich noch in kritischem Zustand, ist aber einigermaßen stabil. Mehr wissen wir nicht«, sagte Dad. »Wir wissen nicht, ob die Polizei eingeschaltet wurde, aber die haben ja nicht mal angerufen. Und selbst wenn, es war Notwehr.«

»Wir wollen nicht, dass du dich stresst«, sagte Nesta. »Du hast nichts Verkehrtes gemacht.«

»Nesta bleibt die nächsten Tage bei dir«, sagte Dad. »Nur um dich im Auge zu behalten, wenn ich bei der Arbeit bin, vielleicht bringt er dich auch zur Schule und holt dich wieder ab.«

»Und falls du auf die Idee kommen solltest, aus South Crong rauszuspazieren, kriegst du paar auf die Ohren!«, warnte mich Nesta. »Leg's bloß nicht drauf an!«

Schon geht's wieder los, er kann es nicht lassen! Ständig droht er mir!

»Am Montag musst du nicht in die Schule«, sagte Dad. »Du kannst so lange hier bleiben wie nötig – was Nesta mir erzählt hat, was ihr alle gesehen habt, das wird euch noch zu schaffen machen.«

Der silberne Nagelknipser blitzte wieder vor meinem geistigen Auge auf, in der Erinnerung viel größer als im wirklichen Leben. Im Inneren meines Schädels brodelte es jetzt wie auf einem voll aufgedrehten Gasherd.

»Was anderes könnt ihr beiden nicht!«, tobte ich los. »Immer müsst ihr mir sagen, was ich machen soll! Oder mir drohen, dass ich was hinter die Ohren kriege! Mich hier alleine lassen findet ihr aber in Ordnung! Und mir alles Mögliche verheimlichen auch! Bin ich's nicht wert, dass man mir sagt, was los ist, zu blöd, um es zu begreifen, wie ein Kind, wie ein verfluchter Hund, der die Klappe halten und in der Ecke sitzen muss? Aber wartet mal – es ist okay, wenn ihr mir sagt, dass ich Typen ignorieren soll, die bei uns gegen die Tür hämmern. Wisst ihr, wie das ist, wenn ich die Treppe runterlaufe und mich frage, was zum Teufel ich tun soll, wenn ich einem von den Gläubigerbrüdern begegne? Für so eine Scheiße bin ich anscheinend alt genug! Ich koche für euch, ich mache die scheiß Wohnung für euch sauber, ich geh dazwischen, wenn ihr beiden euch bekriegt, und TROTZDEM behandelt ihr mich wie ein verfluchtes Kind?

Denkt ihr eigentlich *nie* drüber nach, wie ich mich fühle? Was *ich* denke? Nein, tut ihr nicht, verdammt! Ich hab's satt!«

Dad und Nesta antworteten nicht.

Dad schaute Nesta an – ich vermutete, er hoffte auf Unterstützung von ihm.

»Das tut uns beiden leid.«

»Wir haben vorhin schon gesagt, dass wir uns mal zu dritt hinsetzen und miteinander reden sollten«, sagte Nesta. »Jeder von uns hat was zu sagen. Wir müssen alles mal auf den Tisch packen. Und alle *müssen* zuhören.«

»Alles?«, wiederholte ich. »Alle?«

Dad nickte.

»Ich bin dabei«, stimmte ich zu. »Solange ihr mir nicht den Mund verbietet, mich ignoriert oder mir droht, mir was hinter die Ohren zu geben. So läuft das nicht mehr!«

»Hab's gehört«, sagte Nesta.

»Du bist erwachsen«, sagte Dad. »Das muss ich jetzt respektieren.«

Es herrschte lange betretene Stille, während derer wir alle irgendwie die Wände betrachteten. Keiner rührte sich. Ich glaube, sie versuchten, meine Wut zu verstehen. Ich auch. Noch nie war ich so explodiert. *Aber solange sie geschockt sind, kann ich's auch ausnutzen.*

»Und ich *will* in die Schule gehen«, beharrte ich. »Ich will meine Freunde sehen!«

Nesta und Dad sahen einander erneut an.

»Kann ich verstehen«, sagte Nesta. »Aber ich lass dich nicht alleine hier durch die Gegend laufen!«

»Seh ich genauso«, sagte Dad. »Du bist zwar erwachsen, McKay, aber trotzdem erst vierzehn.«

»Aber … «, widersprach ich.

»Kein Aber!« Dad bedachte mich mit einem bösen, oldschool Crongton-Blick.

»Ist nicht verhandelbar«, warf Nesta ein.

Schweigen. Ich merkte, dass ich keine Argumentationsgrundlage hatte. Festus Livingstone oder die Hunchbackers hätten mich und meine Freunde abstechen können. Mit gewissen negativen Konsequenzen zu Hause musste ich rechnen.

»Du sagst, du willst nicht, dass ich dir was verheimliche«, sagte Dad. »Also erzähl ich's gleich. Heute Morgen hab ich bei dem Kreditunternehmen angerufen. Wir haben uns auf einen Tilgungsplan geeinigt. Das wird hart und ich werde ganz schön viele Überstunden machen müssen, aber irgendwo muss ich anfangen.«

Ich schaute Nesta an. Er nickte.

»Ich hoffe einfach, dass mir der Gerichtsvollzieher dadurch vom Hals bleibt«, sagte Dad. »Ist nicht in Ordnung, wie die Leuten nachstellen und Geld fordern, das die sowieso nicht haben.«

»Dann hämmern in Zukunft keine Gerichtsvollzieher an unsere Zugbrücke?«, fragte ich.

»Ich hätte dich nie in die Lage bringen dürfen«, entschuldigte Dad sich. »Tut mir wirklich leid. Das wird nicht mehr passieren.«

»Und mir tut leid … « Nesta hielt inne. Er schaute mir in die Augen. »Na ja, du weißt, was mir leidtut. Ich werd dich nie wieder in eins von meinen Dramen mitreinziehen.«

Hatte ich richtig gehört? *Leck mir die Cupcakes!*

Gestern Nacht war mir die kalte Angst in die Eingeweide gefahren, aber Dads und Nestas Worte ließen sie wieder glühen vor Wärme – als würde doch noch alles besser werden. Vielleicht nur ein kleines bisschen besser, aber immerhin war's ein Anfang.

27

LAMMKÖFTE UND BILLARD

DAS GESAMTE WOCHENENDE ÜBER machte ich mir Sorgen um meine Freunde – ich konnte nicht mal ein paar Sätze mit ihnen am Telefon wechseln –, aber selbst das wurde überschattet von Festus' Schicksal. Die Frage, ob er tot war oder lebte, beanspruchte einfach den meisten Platz auf meiner Festplatte.

Dad und Nesta hatten mir Hausarrest verpasst. Um mir die Zeit zu vertreiben, kochte ich. Die beiden waren ernsthaft beeindruckt von dem scharfen Huhn, das ich ihnen am Sonntag mit Reis, gedämpftem Brokkoli, sowie Karotten und Pastinaken aus dem Ofen zum Mittagessen servierte. Das Ganze pimpte ich noch mit einer würzigen Soße auf. Ich war schwer erstaunt, dass Nesta sogar in den Supermarkt ging, um die Zutaten zu kaufen. Auf das Mahl ließen wir noch eine Biskuitrolle mit Vanillesoße folgen. Dad leckte seinen Teller ab und grinste mich an.

»*Das* kannst du richtig gut!«, sagte er. »Als Koch bist du ein Naturtalent. So musst du's machen – deine Begabung nutzen.«

»Dad hat nicht unrecht«, stimmte Nesta ihm zu. »Ich hab immer noch absolut keine Ahnung, worin ich gut bin.«

»Da kommst du schon noch drauf, wenn du an den richtigen Stellen suchst«, fiel Dad ihm ins Wort.

»Aber du bist echt talentiert, wenn's ums Kochen geht«, nahm Nesta den Faden wieder auf. »Das Huhn war zum Fingerabschlecken lecker!«

»Darf ich dann los und mich mit Bit und Jonah treffen?«, fragte ich voller Hoffnung.

»*Nein!*«

Ich musste bis Montagmorgen warten, vorher durfte ich meine Kumpels nicht sehen. Nesta ignorierte mein Gemecker und begleitete mich bis zur Schule. Er blieb sogar draußen vor dem Tor stehen und wartete, bis ich drin war.

»Punkt halb vier bin ich hier! Ich muss ein paar Leute treffen.«

»Wen?«, fragte ich.

Nesta bedachte mich wieder mit seinem bösen Blick. »Ich weiß, wir haben versprochen, ehrlicher zu dir zu sein, aber es gibt ein paar Sachen, die kann ich nicht erzählen.«

»Aber … «

»Aber gar nichts!«, fiel Nesta mir ins Wort.

In der Schule herrschte angespanntes Durcheinander. Alle redeten über die Straßenunruhen und was sie aus den Läden geholt hatten – Kiran Cassidy hatte einen ganzen Berg Handys und Schokoriegel zu verkaufen.

Jonah, Bit und ich hatten allerdings noch was ganz anderes zu besprechen.

»Hat jemand was über Festus gehört – ist er tot?«, wollte Jonah wissen.

»Mein Dad hat im Krankenhaus angerufen, und die haben ihm gesagt, Festus' Zustand sei kritisch, aber stabil.«

»Was heißt das?«, fragte Bit.

»Dass erst mal alles in Ordnung ist, der Sensenmann die Hoffnung aber noch nicht ganz aufgegeben hat«, sagte ich.

»Was ist mit den Bullen?«, wollte Jonah wissen. »Meine Mum geht hoch, wenn Bullen in weißen Overalls bei uns anklopfen und um eine DNA-Probe von mir bitten.«

Ich starrte Jonah an. »Hast du deiner Familie das mit Festus erzählt?«

Jonah ließ sich Zeit mit der Antwort. »Nein«, erwiderte er schließlich. »Mum hat mich so vollgelabert, dass ich kaum einen Satz dazwischenbekommen hab – zum Schluss wollte ich bloß noch in mein Zimmer und schlafen.«

»Kann ich verstehen.« Bit nickte. »Als ich nach Hause gekommen bin, ist meine Sis durchgedreht. Sie dachte, die Bullen hätten mich verhaftet. Ich glaube, wenn ich mit geklautem Zeug gekommen wäre, hätte sie mir eine runtergehaun, dass ich nicht mehr aufgestanden wäre. Als ich denen erzählt hab, was mit Festus war, waren sie geschockt, aber irgendwie auch erleichtert. Die haben mich umarmt und abgeknutscht, als hätte ich einen Flugzeugabsturz überlebt. Heute Morgen hat mir meine Sis sogar Frühstück gemacht ... Schwestern sind echt komisch.«

»Hat jemand Venetia oder Saira gesehen?«, fragte ich.

Bit und Jonah schüttelten die Köpfe.

»Und was ist mit Boy aus den Bergen?«, wollte ich wissen.

»Der ist hier«, sagte Jonah. »Kam zu spät. In der Pause kommt er rüber.«

In der Pause fand die große Wiedervereinigung statt mit Saira, Venetia und Boy aus den Bergen. Wir verzogen uns in eine ruhige Ecke auf dem Hof. Saira übernahm die meiste Zeit das Reden, Venetia blieb sehr still.

»Ich hab nicht mal gewusst, dass ich so viele Verwandte habe«, erklärte Saira.

»Onkel, Tanten, Cousins und Cousinen, denen ich noch nie begegnet bin, die hockten alle in unserem winzigen Wohnzimmer und wollten wissen, wo ich die ganze Nacht war! Hab sie einfach ignoriert und bin hoch in mein Zimmer.«

»Auf mich hat nur meine Mum gewartet«, sagte Boy aus den Bergen. »Sie war stinksauer auf die Bullen, weil die niemanden schicken wollten, als sie angerufen hat und mich vermisst melden wollte.«

Wir schauten alle Venetia an. Niemand fragte, was sie für ein Wochenende gehabt hatte. Ich wagte gar nicht drüber nachzudenken.

»Wieso kommt ihr am Mittwoch nicht zu mir?«, fragte Boy aus den Bergen. »Meine Mum möchte meine neuen Freunde kennenlernen. Was meint ihr? Seid ihr dabei?«

»Ich bin dabei«, sagte ich. »Aber ich hab Hausarrest bis zu meinem Geburtstag. Mein Dad lässt mich nicht mal die Post unten holen.«

»Ich hab auch verschärften Hausarrest«, sagte Jonah. »Meine Mum hat mir sogar verboten, den Müll runterzubringen.«

»Ich genauso«, ergänzte Bit. »Meine Schwester sagt, wenn ich noch mal auf eine Mission gehe, vergräbt sie mich unter unserem Klo.«

»Ich auch«, sagte Venetia. Sie schaute auf und lächelte gequält. »Mein Dad … war nicht erfreut.«

»Ich bin dabei.« Saira nickte. »Aber ich muss mich an unendlich vielen Verwandten vorbeischleichen, um zu dir zu kommen. Machst du was an deinem Geburtstag, McKay?«

»Dad geht mit mir zum Bowling – Nesta hat versprochen, dass er mitkommt. Und ich wollte euch auch noch fragen.«

»Wir sind alle dabei«, sagte Bit.

Mir wurde ganz warm innen drin, als ich alle nicken sah.

»Vielleicht kann der Besuch bei mir zu Hause ja den vorverlegten Anfang der Feierlichkeiten bilden«, sagte Boy aus den Bergen.

»Aber das ändert doch nichts an meinem Arreststatus«, sagte Saira.

»Wir haben uns schon gedacht, dass ihr alle nicht rausdürft«, sagte Boy aus den Bergen. »Meine Mum hat vorgeschlagen, euch von der Schule abzuholen und alle einzeln nach Hause zu fahren, wenn der Abend vorbei ist – sie hat einen Minivan.«

Wir sahen einander an. »Echt jetzt?«, fragte ich. »Das würde deine Mum machen?«

Boy aus den Bergen nickte.

»Da können meine Verwandten nichts dagegen haben!«, sagte Saira. »Ich bin definitiv dabei! Kann ich was zu kochen mitbringen? Ich würde euch gerne mal Lammköfte probieren lassen.«

»Ja«, sagte Boy aus den Bergen und grinste. »Bring mit, was du magst.«

»Ich bin auch dabei!«, sagte Jonah.

»Und ich bin der Dritte!«, sagte Bit.

»Können wir auch den Billardtisch testen?«, fragte ich.

»Solange du nicht den Queue zerbrichst, wenn ich dich schlage«, lachte Boy aus den Bergen.

»Kannst du auch kommen, Venetia?«, fragte ich.

Venetia starrte erneut zu Boden.

»Ohne dich ist es nicht dasselbe, V«, sagte Saira. »Sprich mit deinem Dad. Sag ihm, dass es McKays vorverlegter Geburtstag ist. *Bitte!* Wenn ihn das zufriedener macht, bitten wir Boy aus den Berg… ich meine, Colins Mum, dass sie sich unsere Beichten und traumatischen Erlebnisse anhört. Die ist doch so was wie eine Therapeutin, oder?«

»Ist sie«, nickte Boy aus den Bergen.

»Saira hat nicht unrecht«, ergänzte Bit.

»Ich rede mit ihm«, erklärte Venetia sich bereit. »Aber ich kann nichts versprechen … wenn er einverstanden ist, vielleicht kann ich ja einen Kuchen mitbringen, oder so?«

»Er kann nicht Nein sagen«, sagte ich. »Venetia, du bist der VIP, du musst kommen.«

Dann hörte ich eine laute Stimme. »McKay! McKay!«

Sie kam von vor dem Schultor. »McKay! McKay!«

Es war Nesta. Er klang wie ein Feuerwehrmann, der vor einem brennenden Gebäude steht und sich vergewissert, dass auch niemand mehr drin ist. Ich schaute meine Kumpels an und keiner grinste mehr. Er hatte uns sofort wieder dran erinnert, was Freitagnacht passiert war. In meinem Kopf wuchs ein riesengroßer Nagelknipser.

Ich zog durch das Schultor Nesta entgegen. Sein Blick war durchdringend, er blinzelte nicht. Er schaute sich zweimal über die linke Schulter. »Er ist schon wieder draußen!«, sagte er. »Festus ist heute Morgen nach Hause entlassen worden – die haben ihn zusammengeflickt.«

»Venetia wird super erleichtert sein«, sagte ich. »Wir alle.«

»McKay, hör mir gut zu. Tut mir leid, Bro, aber Dad wird dich heute Nachmittag von der Schule abholen. Ich muss jetzt erst mal den Ball flach halten.«

»Wieso?«, fragte ich.

»Weil auf der Straße erzählt wird, *ich* hätte Festus abgestochen. Er hat gelogen, um seinen Ruf zu retten – es darf nicht rauskommen, dass er sich von einem Mädchen hat fertigmachen lassen. Ganz North Crong wird hinter mir her sein.«

Ich brauchte ein paar Sekunden, bis ich Nestas Enthüllung runtergeladen hatte. Dann schaute ich zu meinen Kumpels hinter mir. Alle sahen mich an.

»Aber es war … «

»Ich weiß«, sagte Nesta. »Ist voll gelogen. Wie gesagt, Festus würde alles tun, um seinen Ruf zu retten.«

»Was willst du machen?«

»Na ja, erst mal die nächsten paar Tage den Ball extrem flach halten«, erwiderte er. »Ein oder zwei Tage bei Yvonne die Füße hochlegen. Dann verschwinde ich aus South Crong.«

»Du verschwindest?«

»Ich hab keine Wahl«, sagte Nesta. »Für dich wird es auch besser sein, wenn ich mich nicht mehr blicken lasse. Erst mal. Außerdem hab ich eh genug von Crong. Ich muss rausfinden, was ich mit meinem Leben anfangen will und worin ich gut bin – Yvonne sagt, sie will keinen Loser, und wenn ich mich irgendwo anders niedergelassen hab, geh ich zum Therapeuten oder so. Du weißt schon, wegen Mum. Dad schaut mal für mich.«

»Aber für mich warst du immer stark, Nesta.«

»Aber nicht für mich«, gab Nesta zu.

Er holte tief Luft, versuchte, seine Gefühle zu beherrschen.

»Ich brauche *Hilfe*, McKay. Echte Hilfe. Und weißt du was, man ist keine Pussy, nur weil man welche braucht und sich welche sucht. Ist keine Schande. Aber ich muss von hier weg, sonst krieg ich keine. Hier zu wohnen ist einfach … einfach zu viel. Hast du gehört?«

»Du darfst nicht weg!«

Ich merkte, wie mir Tränen in die Augen stiegen. Ich schniefte, um sie zu vertreiben.

»Ich hab mit Dad geredet, Bruder – ist das Beste. Die haben mich auf dem Kieker, McKay. Major Worries wird hinter mir her sein. Ich will nicht hierbleiben und mich ständig umschauen müssen, auf das

Messer warten. Das ist kein Leben. So lebt man nicht. So versteckt man sich.«

Ich wusste nicht, was ich sagen sollte.

»Auf verdrehte Art ist es mir so lieber – besser, wenn Major Worries Jagd auf mich macht als auf dich und deine Crew. Speerwerfen ist sinnlos, wenn's kein Stadion gibt, wo du ihn werfen kannst. Aber du musst trotzdem echt vorsichtig sein. *Geh* auf keinen Fall noch mal auf bescheuerte Missionen!«

Jetzt konnte ich die Tränen nicht mehr zurückhalten.

»Versprich mir was, McKay«, sagte Nesta.

»Was?«

»Mach auf der Schule was aus dir«, beharrte er. »Du hast Talent. Ich hab gar nichts hingekriegt, solange ich hier war – mach was aus dem Kochen.«

»Schon dabei – heute Morgen bin ich bei Ms Penn eingeknickt. Ich mach jetzt doch mit bei ihrer Koch AG.«

»Gut – da bleibst du in der richtigen Spur.«

Er schaute sich erneut über die Schulter und drehte sich zum Gehen um.

»Wann kommst du wieder?«, rief ich.

Nesta blieb abrupt stehen und drehte sich noch mal um.

»Ich komme wieder und geb dir was auf die Ohren, wenn du Scheiße baust. Und vielleicht schick ich dir auch was zum Geburtstag. Pass auf, dass du Dad zeigst, wie man richtig bowlt – er hasst es, zu verlieren.«

Ich sah Nesta hinterher, der sich mit den Händen in den Taschen die Straße entlang entfernte.

Ich ignorierte die laute Klingel, die uns daran erinnerte, dass es Zeit war, in den Unterricht zurückzukehren.

Tränen tropften mir vom Kinn.

»Ach, und übrigens«, rief Nesta noch. »Die haben mein Fahrrad gefunden! Glaub's mir! Dad holt es später.«

Ich drehte mich um und bekam ein Lächeln hin. »Du machst wohl Witze?«

»Nein, mach ich nicht. Ehrlich! Dad und Yvonne haben es mir auch nicht geglaubt. Mach's gut!«

Ich kehrte zu meinen Freunden zurück. Sie sahen die Tränen in meinen Augen. Und bombardierten mich nicht mit Fragen. Stattdessen nahmen sie mich alle zusammen in den Arm. Das fühlte sich gut an. Ich war nicht alleine. In meiner Crew war niemand alleine.

KOCHEN MIT DER
SOUTH CRONG CREW

MCKAYS SCHARFE HÜHNERPFANNE

Zutaten

4 Hühnerfilets
1 EL jamaikanisches Jerk (Gewürzmischung)
2 TL Paprikapulver
2 TL Knoblauchpulver
2 TL Petersilie
1 TL gemahlener schwarzer Pfeffer
Olivenöl
3 gehackte Frühlingszwiebeln
Ein Viertel einer gehackten grünen Paprika
Gemischtes Pfannengemüse

Die Hühnerfilets in Würfel schneiden. In eine große Schüssel geben und mit den Gewürzen mischen.

Etwas Olivenöl in einen Wok oder eine große Pfanne geben. Erhitzen. Die gehackten Frühlingszwiebeln und die grüne Paprika kurz darin anbraten. Das Huhn dazugeben. Wenn das Huhn die Farbe verändert, das Pfannengemüse zugeben. Bei mittlerer Hitze ungefähr 25 bis 30 Minuten garen, dabei immer wieder umrühren.

Mit Reis oder Nudeln servieren. Guten Appetit!

MRS HANIS SCHOKO-CUPCAKES

Zutaten

Für den Teig:

40 g Kakaopulver
4 EL kochendes Wasser
3 Eier
175 g weiche Butter
165 g Zucker
115 g Mehl
1 TL Backpulver
1 Prise Salz

Für den Guss:

60 g Butter
30 g Kakaopulver
250 g gesiebter Puderzucker
3 TL Milch

Papierförmchen in ein Zwölfer-Muffin-Blech setzen. Kakaopulver in eine Schüssel sieben, kochendes Wasser dazugeben und zu einer zähflüssigen Masse verrühren. Die restlichen Zutaten dazugeben und mit einem elektrischen Handmixer zu einem geschmeidigen Teig verrühren.

Die Mischung gleichmäßig auf die 24 Förmchen verteilen. Im vorgeheizten Ofen bei 200 Grad zehn Minuten lang backen, bis sie aufgegangen sind. Herausnehmen und in den Förmchen auf einem Backgitter abkühlen lassen.

Für den Schokoguss die Butter schmelzen und in eine Schüssel geben. Das Kakaopulver und den Puderzucker nach und nach hineinsieben, bis sich die Masse verstreichen lässt. Ist der Guss dickflüssig, nach und nach Milch dazugeben, bis die gewünschte Konsistenz erreicht ist. Mit einem Glasurmesser auf den Cupcakes verteilen und vor dem Servieren abkühlen lassen.

SAIRAS LAMMKÖFTE

Zutaten

900 g mageres Lammhack
2 Minzblätter, fein gehackt
2 TL Paprikapulver
2 TL gemahlener Koriander
1 TL gemahlener schwarzer Pfeffer
1 TL Knoblauchpulver
Olivenöl
2 Zwiebeln, fein gehackt
Ein Viertel gehackte grüne Paprika

In einer großen Schüssel Minze, Paprikapulver, Koriander, schwarzen Pfeffer und Knoblauchpulver unter das Hack mischen. Aus der Masse Fleischbällchen formen.

Olivenöl in eine große Pfanne oder einen Wok geben. Die Zwiebeln und die grüne Paprika anbraten, dann die Bällchen dazugeben. Bei mittlerer Hitze 20 bis 25 Minuten braten, gelegentlich wenden, damit die Fleischbällchen nicht anhängen.

Mit Reis, Pitta- oder Naan-Brot und Salat oder Gemüse nach Wahl servieren.

DANKSAGUNG

Ich möchte mich bei meiner Lektorin und angehenden Kartiererin Sarah Castleton für ihren aufmerksamen Blick bedanken und auch dafür, dass sie mich sanft ermutigt hat, die beste Arbeit abzuliefern, zu der ich fähig bin. Außerdem ein dickes Dankeschön an den Rest des genialen Teams, das bei Atom / Little, Brown hinter mir steht (ich verspreche, in Zukunft öfter im Büro vorbeizuschauen!).

Vor Ms Laura Susijn, meiner stets geduldigen und mich unterstützenden Agentin, möchte ich mich verneigen. Crongton-Grüße gehen an Courttia Newland, Sandra Agard, Irenosen Okojie, Yvvette Edwards, Esther Poyer, Yvonne Archer, Nadifa Mohamed, Dreda Say Mitchell, Lemn Sissay, Lara Bellini, Vanessa Walters, Sunny Singh, Rosie Canning, Joy Francis & Words of Colour, das fantastische Team hinter Black Bookswap, alle Schul-, College-, Universitäts- und Gefängnis-Bibliothekare, die mich so herzlich mit Pfefferminztee, Schokoladenkuchen und Vanillecremekeksen empfangen haben, Simon O'Hagan vom *Independent*, der regelmäßig der Stimme dieses verlorenen Jungen aus Brixton Gehör verschafft, Tom Murray, einem unserer großartigsten Singer-Songwriter (ich kann immer noch nicht glauben, dass du einen Song über eine meiner erfundenen Figuren geschrieben hast!), die Mitglieder von CWISL, Beverley Birch, der besten Talentsucherin, die vor vielen Jahren meinte: »Alex, überleg doch mal, ob du nicht einen Roman für Jugendliche schreiben willst!« Und zum Schluss ein Brixtongruß an all euch Leser da draußen – ohne euch könnte ich das, was ich mache, gar nicht machen. Ganz einfach. Ihr wisst es vielleicht nicht, aber ihr Jungs und Mädchen habt mir durch schwierige Zeiten geholfen. Danke an euch alle. xxx

© der deutschen Ausgabe: Verlag Antje Kunstmann GmbH, München 2018
© der Originalausgabe: Alex Wheatle 2016
Die Originalausgabe erschien unter dem Titel »Crongton Knights« bei Atom, London 2016
Umschlaggestaltung: Heidi Sorg und Christof Leistl, München
Typografie + Satz: frese-werkstatt.de
Druck und Bindung: Pustet, Regensburg
ISBN 978-3-95614-255-0